JN112552

人物叢書

新装版

藤原俊成

ふじわらのしゆんぜい

久保田　淳

日本歴史学会編集

吉川弘文館

お詫びと訂正

二〇二三年二月発行の久保田淳『藤原俊成』（人物叢書）二八三頁掲載の系図に、製作過程の不手際により誤りが発生いたしました。

左の系図が正しいものです。

関係各位に深くお詫び申し上げ、ここに訂正いたします。

成家——宣家
建春門院中納言
前斎院大納言
定家
　＝藤原実宗女
　　為家
　　　＝宇都宮頼綱女
　　　　二条為氏——為世
　　　　京極為教——為兼
　　　＝安嘉門院四条（阿仏）
　　　　冷泉為相
承明門院中納言

二〇二三年二月

吉川弘文館

藤原俊成画像

（伝土佐光長筆，冷泉家時雨亭文庫蔵）

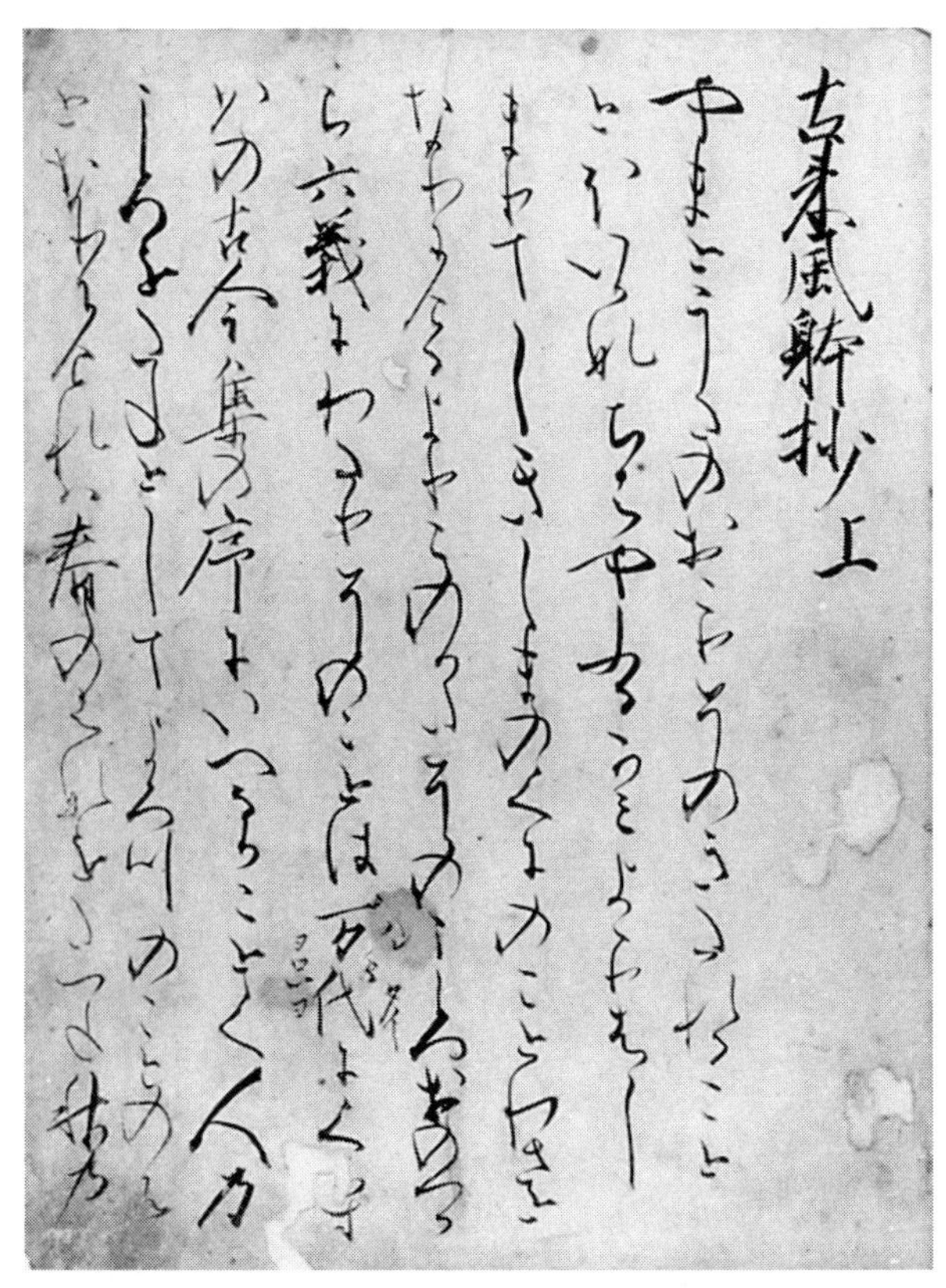

『古来風躰抄』上巻（冷泉家時雨亭文庫蔵）

建久8年（1197）7月に「あるたかきみやま」（通説では式子内親王）の求めにより藤原俊成が著した歌論書『古来風躰抄』初撰本（自筆，国宝）の冒頭．本文中で「風躰」には「スカタ」「フテイ」などの仮名を付している．曲折の際立つ筆致は，84歳の老人のものとは信じられないほどの，気力に溢れた美しさを湛えている．

はしがき

日本の国が古代末期から中世へと大きく変貌しようとしていた歴史の転換期に生まれた藤原俊成は、わが国第七番目の勅撰和歌集『千載和歌集』の撰者として知られる。息子の定家をはじめとして、俊成が指導した歌人たちは、第八番目の勅撰和歌集『新古今和歌集』の編纂を担った。いわば「中世和歌の先導者」である。また、俊成の墨蹟は、定家や西行のそれとともに、『新古今和歌集』に入集した歌人たちの中では最も貴重なものとして尊重され、日本書道史においても大きな存在となっている。

俊成は公家・宮廷歌人として生き、当時としてはまれな九十一年という天寿を全うした。武家政権の台頭を受けて、「ムサノ世」（『愚管抄』巻第四）の始まりとされた保元の乱は俊成が四十三歳の時、それに続く平治の乱は四十六歳、全国的な内乱となった源平両氏の治承・寿永の兵乱は六十七から七十二歳にかけて起こった。俊成と関わりが深く、摂関家出身で宗教界のトップも務めた慈円は、俊成亡き後の時代に、後鳥羽上皇の北条義時討伐のための挙兵を戒め、朝廷と幕府の協調を説こうと『愚管抄』を記したとされる。

俊成の親しい人や身近な人――彼が殊遇をこうむった崇徳院、しばしば歌筵を共にした源頼政、義理の兄弟にあたる藤原惟方など――にそれら戦いの当事者はいたけれども、俊成自身が争乱に巻き込まれることは全くなかった。それは一つには、彼が藤原道長の六男長家を祖とする御子左家に生まれながら、幼い時に父俊忠に死別したために官途に恵まれず、顕職に就く機会がなかったことも幸いしたのかもしれない。しかし、若い時に藤原基俊を訪れ、宮廷和歌の古典である『古今和歌集』について教えを受けて、歌人として生きようと決意したからでもあろう。

俊成の詠歌に対する意欲は、最期まで尽きることがなかった。その長い生涯を辿るために、彼の人生の節目節目に着目して、やや細かく、次のような時期区分を試みた。

1　幼・少年期　永久二年（一一一四）～大治元年（一一二六）　一～十三歳　第一

2　青年期　大治二年（一一二七）～永治元年（一一四一）　十四～二十八歳　第二

3　壮年期前半　康治元年（一一四二）～久寿二年（一一五五）　二十九～四十二歳　第三

4　壮年期後半　保元元年（一一五六）～仁安二年（一一六七）　四十三～五十四歳　第四

5　老年期前半　仁安三年（一一六八）～安元二年（一一七六）　五十五～六十三歳　第五

6　老年期後半　治承元年（一一七七）〜文治四年（一一八八）　六十四〜七十五歳　第六
7　晩年期前半　文治五年（一一八九）〜建久九年（一一九八）　七十六〜八十五歳　第七
8　晩年期後半　正治元年（一一九九）〜元久元年（一二〇四）　八十六〜九十一歳　第八

俊成は大治二年の正月、春の除目で従五位下美作守藤原顕広として宮廷社会に登場するが、それ以前のことはほとんど知られていない。そこでこの年を一つめの境とする。彼がその廷臣として出仕し、彼に宮廷での詠歌の機会を与えた崇徳天皇は、永治元年十二月七日、皇太弟としての近衛天皇に譲位して、新院と呼ばれるようになった。その頃までに俊成は、「述懐百首」を試みている。小倉百人一首で広く知られた歌、

世の中よ道こそなけれ思ひ入る山の奥にも鹿ぞ鳴くなる

（世の中よ、ここには憂さから遁れ出る道はないのだな。深く思いつめて入った山の奥にも、鹿の悲しげな声が聞こえる）

に代表される、沈淪をかこつことをテーマとした私的な百首歌であった。それらのことから永治元年までを青年期、康治元年からを壮年期と区分する。そして、顕広の名を俊成と改めた仁安二年を壮年期の終わりとする。さらに、久寿二年七月の近衛天皇の夭折とそれに伴う後白河天皇の践祚、翌保元元年七月の鳥羽法皇崩御とその直後に起こるべくして起

こった保元の乱などの、当時の貴族社会のみならず、俊成個人にも深い影響を及ぼした事柄を重視して、壮年期を前半と後半に分け、その境を保元元年とする。青年期と壮年期は、彼の名前に従って呼べば、顕広の時代とも言える。

一般的には壮年期を過ぎた後は、一括して老年期と呼ぶことがふさわしいであろう。けれども、俊成の場合はその残りの三十数年がきわめて充実した人生であったので、彼が『千載和歌集』を撰進し、奏覧し終えた文治四年までを老年期、以後没するまでを晩年期と分かつこととする。さらに老年期は、病のために出家して法名を釈阿と名乗った安元二年までを前半、以後を後半とする。晩年期も、摂関家である九条家の和歌の師として『六百番歌合』の判者を務め、建久七年の政変により九条兼実が失脚した後も「ある高きみ山」に請われて歌論書『古来風躰抄』を執筆し、初撰本の家集『長秋詠藻』を献じ、『御室五十首』にも参加した建久年間までと、後鳥羽院政の下に仙洞歌壇とも言うべきものが形成されていく正治・建仁以後とを分けて、建久九年までを晩年期前半、正治元年以後をその後半とする。したがって、彼の名前によって呼べば、俊成の時代は老年期前半の九年足らずに過ぎず、残りの三十年近くは釈阿の時代とも言えることになる。

個人の歌集を私家集・家集と言い、彼の家集としては、中世の末以来、『長秋詠藻』がいわゆる「六家集」（『新古今和歌集』の代表的な六人の歌人の家集の総称）の一つとして流布してきたが、これと組織を異にし、さらに晩年期の作品を増補した『俊成家集』、わずか三十五首を自撰した『保延のころほひ』などが伝存する。また、複数の作者と共詠し、あるいは詠進した定数歌、たとえばおそらく最初の妻の父藤原為忠の家での二度の百首歌や『正治二年院初度百首』、さらに単独で試みた『五社百首』他が残されている。仙洞・諸家などでの歌合や勅撰・私撰の撰集類、諸歌人の家集などに載る作品もかなりの数にのぼる。現存するそれらすべての作品は、すでに松野陽一・吉田薫編『藤原俊成全歌集』としてまとめられている。重複を省いて数えれば、現在約千七百首ほどの俊成の作品を読むことが可能であろう。

彼が和歌の本質や時代による歌風の変遷などについて、具体的な作品を豊富に提示しつつ、自身の見解を述べた歌論書が『古来風躰抄』である。同書の自筆の初撰本（国宝）は公益財団法人冷泉家時雨亭文庫に存し、現在では『冷泉家時雨亭叢書』の影印版によって、この原本の原装から本文の書写状態の細部までを手に取るように確かめることができる。それにとどまらず、同叢書には前に述べた俊成の家集類や歌書、断簡零墨、さらには定家をはじめとする彼の子孫による、彼に関連した記述を含む多くの典籍が、同じく影印の形で収められている。

また、前田育徳会にはやはり判者俊成自筆の写本『広田社歌合』が蔵せられ、こちらも国宝に指定されている。

現在知られている、この他の俊成筆の典籍についてふれておくと、まず皇室御物には伝藤原俊成筆『古今和歌集』二帖は、俊成の書風を学んだ人物が定家本系統の『古今和歌集』を書写したものと近年では考えられている（『皇室の至宝10　御物書跡I』平成四年十月刊、毎日新聞社）。

俊成は生涯を通じて幾度も『古今和歌集』を書写したが、俊成の書写として伝わる古筆は、顕広切・御家切・了佐切・昭和切で、顕広切は俊成がまだ顕広と名のっていた四十代から五十代初め頃の書写、御家切以下は顕広切以後、右の順に書写され、四種中最も遅い昭和切（昭和三年に分割されたことによる命名）は晩年の書写と考えられている。四種の書風はそれぞれかなり異なっており、顕広切と御家切については伝藤原俊成筆と見る説もある（『書道藝術』第十六巻　西行・藤原俊成・藤原定家、昭和五十一年四月刊、中央公論社）。

俊成が撰進した『千載和歌集』の自筆本は上下二帖であったらしいが、その下帖と思われる部分が分割されて、日野切として七十余葉の存在が知られている。撰者自身の手控え本と考えられるもので、その価値は大きい。

その他、和歌関係では、自詠『五社百首』の断簡である住吉切（「五社切」とも）、藤原良経をはじめとする数名の百首歌を母胎として撰歌合を編んだ際の草稿の『花月百首撰歌稿』、『御室五十首』の寂蓮の作品を書写した詠草切など、和歌以外の俊成書写の典籍としては、『公卿補任』の嘉承元年（一一〇六）から大治三年までの部分が冷泉家時雨亭文庫に伝存する他、補任切として諸所に分蔵されている。

俊成自筆の消息も、文治二年春、息子の定家の除籍が赦されるよう訴えた「あしたづ歌入文」をはじめ、数通の存在が知られる。それらの多くは宛て先が明らかでないが、俊成の生活の一端をうかがう資料として貴重である。

これら豊富な和歌資料の存在によって、歌人俊成の足跡をかなり事細かく辿ることは可能であるが、生活者としての彼の姿をうかがわせる材料はきわめて乏しく、わずかに定家の日記『明月記』の記述から、彼の家族関係や最晩年の生活の一端が想像される程度で、生活を支える経済的なことは全くわからない。したがって、本書の記述はどうしても和歌に関することが中心にならざるを得なかったことをお許しいただきたい。

また、できるだけ和歌の実例を紹介し、それを通して俊成の感性および社会情勢や物事のとらえ方などを示したいのではあるが、伝記という『人物叢書』の性格と限られた紙面から、歌人俊成その人の姿を浮かび上がらせることに徹した。なお、引用和歌のうち、勅撰集や『夫木和歌抄』入集歌には、部立や『新編国歌大観』の歌番号を挙げた場合がある。豊富な歌例を引いた、より詳細な評伝と典拠については、令和二年（二〇二〇）に刊行した拙著『藤原俊成　中世和歌の先導者』を参照いただければ幸甚である。

なお、執筆に際して、（『谷山茂著作集』二）『藤原俊成　人と作品』収載の「俊成年譜」の恩恵に浴することが多大であった。この年譜は八十年以上も昔の初出稿に著者自身が補訂を加え続け、さらに松野陽一氏が詳細な補注を付したものである。本書の執筆にあたっては、学会その他の場でさまざまご指導いただいた谷山先生、同じ研究会のメンバーで『千載和歌集』の校注本を共編したこともある松野氏のお二人の業績の恩恵に預っていることを明記しておく。

二〇二二年八月

久保田　淳

目次

口絵

挿図

挿　表

第一　家系

一　出生、父と養父

誕生

藤原俊成は永久二年（一一一四）、藤原俊忠（極官は権中納言）の三男（『公卿補任』仁安元年条、ただし『尊卑分脈』『御子左系図』では四男）として誕生した。父はこの時、参議兼讃岐権守であった。生母は、藤原敦家女である（後述）。俊成が誕生した月日やその幼名は不明である。

父俊忠

父俊忠は、藤原氏北家に属する御子左流の三代目であった。藤原氏北家は、大織冠鎌足の孫贈太政大臣房前を祖とする、藤原四家の中で最も繁栄した家門である。和歌ではその繁栄になぞらえて、「北の藤波」と美しく表現される。俊忠の生年については、延久五年（一〇七三）とする説（『公卿補任』）と延久三年説（『尊卑分脈』）があり、判断しがたいが、本書では前者に従うこととする。なお、生母についても二説存在する（後述）。俊成が誕生した年の正月五日、俊忠は、従三位に叙されている。この時、四十二歳と思われる。

俊忠は初名を親家と言ったという。改名の時期は明らかでないが、応徳三年（一〇八六）十四歳で侍従、寛治二年（一〇八八）従五位下・左少将。その後、右少将、五位蔵人、近江介・備中介などの後、康和四年（一一〇二）左中将、同六年正四位下に叙され、長治三年（一一〇六）三月、蔵人頭に補され、嘉承と改元された同年の十二月、参議に任ぜられた。その後、但馬権守・伊与権守・讃岐権守などを兼任していた。俊忠はまた、歌人としても活躍し、同時代の歌人たちと交流し、源俊頼とは親交があったと見られる。

俊忠には二系統の家集が伝存し、重複する作品を省くと七十首の歌（他人の詠八首、連歌形式の二首を含む）が残る。また、勅撰集には二度本『金葉和歌集』に三首入集したのをはじめとして、十四集に二十九首が採られ、私撰集にも『秋風和歌集』『万代和歌集』『夫木和歌抄』などにその作が載る。それらから彼の作歌活動を辿ると、寛治五年、十九歳の時、十月一日、白河院の大井川御幸の後の和歌御会で「落葉水に満つ」の一首を詠進したのに始まり、永久四年、四十四歳の年の閏正月二十五日、鳥羽殿において「梅の花衣に薫る」の歌を献ずるまで、十四ほどの宮廷関係の和歌行事に関わっている。

ところで幼少時代の俊成については、ほとんどわからない。わずかに二男の定家がその著『顕註密勘』の中で、『古今和歌集』（恋四・六八九）の読人しらずの歌

さむしろに衣片敷き今宵もやわれを待つらむ宇治の橋姫

（敷物に自身の衣を敷いて、今宵も独り寝をしながら私を待っているのだろうか、宇治橋の橋姫は）

に関連して、父俊成がまだ「幼稚」だった時、乳母が「橋姫といひし物語」を読んで聞かせてくれたが、それがあわれに思われて涙をこぼした、その物語の中にこの歌があった、長じた後にこの物語を見たいと思ったが見つからないと語ったと書き留めている。そのことから、俊成は穏やかな環境の中で、感受性の強い子供として成長したと想像される。

俊成の誕生から幼年期にかけた時代の政治社会の動きや、彼が後年に関わりを持つ人の動静などを確認しておきたい。

白河法皇と関白藤原忠実

俊成の生まれた永久二年には、鳥羽天皇が十二歳、院政の主は六十二歳の祖父白河法皇であった。関白は三十七歳の藤原忠実である。忠実は宇治の富家で作事を始めていたが、翌三年八月二十七日に同所の別業が成ったので、九月二十一日、法皇の御幸を仰いで御遊が行なわれ、この時の法皇と忠実との関係は良好だった（『今鏡』藤波の上第四・宇治の川瀬）。

しかし、その五年後の保安元年（一一二〇）十一月十二日、法皇は関白忠実の「文書内覧事」を停止した。このことを聞き知った藤原（中御門）宗忠が忠実に見参すると、彼は

「只運尽くるの由」（ただ運が尽きたのだということ）を伝えたという（『中右記』当日条）。前年の秋、鳥羽天皇は忠実女泰子を入内させよと命じ、それ以後、その噂が盛んになり、法皇はそれを不快に思っていたらしい（同記・十一月九日条）。法皇は以前、忠実に泰子の鳥羽天皇への入内を求めたにもかかわらず、忠実はこれを固辞したという経緯があった。

翌保安二年正月十七日の宣旨で、忠実の内覧は元のごとしとされているが、同二十二日、彼は関白を上表した。それが許されて、代わりに男内大臣忠通が内覧とされ、三月五日には関白氏長者となった。以後、忠実は天承元年（一一三一）十一月十七日、鳥羽上皇の院宣によって出仕して随身兵仗を賜わるまで、宇治に籠居するのである。

「夜の関白」藤原顕隆

忠実が失脚した後の院政で、法皇の意を体して行動したのが藤原（葉室）顕隆であった。顕隆が大治四年（一一二九）正月十五日、五十八歳で薨じた時、宗忠は顕隆のことを、忠実の内覧が停止されてからは、「天下の政は此の人の一言に在り、威は一天に振るひ、富は四海に満ち、世間貴賤首を傾けざるは無かりき」（天下の政治はこの人の一言に左右されて、その威勢は国中に及び、富裕なことは世界の宝物がいっぱいで、世の中の人々は身分の上下にかかわらず、頭を下げない者はいなかった）というありさまで、「本院女院の執行別当となり、天下の万事を知れり」（本院〈白河院〉や女院〈待賢門院〉についての事務を執り行なう責任者で、顕隆は天下のすべての事を取り仕切っていた）と述べ、「良臣国を去りしは、天下の大きなる歎きか」（そのようなすぐれた臣下がこの国からいなくなったことは、国中の人にとって大きな嘆きであろう）と書き記している（『中右記』当日条）。『今鏡』すべらぎの中第二・釣せぬ浦々に「世には夜の関白など聞こえし」と語られるように、「夜の関白」と畏怖されるほど、顕隆は白河院政における権臣であったということになるであろう。

顕隆は参議大蔵卿為房の二男である。為房が、同母の兄弟にもかかわらず、長男為隆をさしおいて二歳年下の顕隆を家嫡としたのは、宮廷社会の中で巧みに身を処し、家門を継承してゆく才覚があると見たからであろうか。

顕隆・顕頼と俊忠

俊成の父の俊忠は、顕隆の女子を室に迎えている。その顕隆女は参議藤原家政（三条悪宰相と呼ばれたという）室として中納言雅教・僧正道証を産んだ後、俊忠との間に二人の女子をもうけたらしい。そして、顕隆その人は藤原氏南家貞嗣流の従四位上右衛門権佐大学頭季綱の女子との間に顕頼・顕能をもうけたようである。その顕頼が、俊忠の女子忠子を室として、後に俊成の養父となる。

俊忠・俊成父子は、顕隆・顕頼父子とこのように入り組んだ姻戚関係にあったので、彼らの宮廷社会における地位も振り返っておこう。

永久三年には、三月二十四日に顕頼が昇殿を聴され、八月十三日に顕隆が右大弁蔵人頭に補された。

永久六年正月二十六日、権大納言藤原公実（この年にはすでに故人）女璋子（待賢門院）が中宮に立てられた日、顕隆は中宮亮、顕頼は中宮権大進を兼任している。璋子は白河院とその寵愛をほしいままにしていた白河殿、祇園女御と称される女房の猶子として、「幼くては白河院の御懐に御足さし入れて、昼も御殿籠りたれば」（『今鏡』藤波の上第四・宇治の川瀬）という溺愛のされようであったが、十七歳になった前年十二月十三日、十五歳の鳥羽天皇の宮廷に入内、十七日には女御になっていた。偶然のことだが、この永久五年、後の鳥羽院後宮で璋子と大きな関わりを持つ藤原長実女得子（美福門院）が誕生している。明けて永久六年は四月三日に「元永」と改元、西行や平清盛が生まれている。

翌元永二年（一一一九）五月二十八日には、中宮璋子を母后として鳥羽天皇の第一皇子が誕生した。顕仁親王、後の崇徳天皇である。崇徳院と西行は、俊成の後年の人生に深く関わってゆくことになる。

保安元（元永三）年末から同二年にかけては、先に述べたように白河院と関白忠実との間が険悪になった時期であり、顕隆・顕頼父子が宮廷社会で地歩を固めていく時期である。顕隆は保安元年正月六日の叙位で従三位に叙され、十一月二十九日には、前年に右衛門権佐となった顕頼がその任のまま五位蔵人に補されている。

翌保安二年六月二十六日、俊忠は大宰大弐を兼任することになり、同三年十二月十七日の秋の除目では権中納言に任ぜられ、四日後の二十一日には大宰大弐から大宰権帥に転じた。正月に参議に任ぜられた顕隆も、俊忠と同日に権中納言となった。

年が改まって保安四年の正月二十八日、五歳の顕仁親王が皇太子に立てられ、同日、鳥羽天皇は皇太子に譲位し、崇徳天皇が践祚した。この日、顕頼は新帝の蔵人に補された。

俊忠の死

それから約半年した七月九日、俊忠が五十一歳で薨じた。その死因はわからない。俊成は十歳で父を失った。父の死の前か後かははっきりしないが、俊成は、葉室家の藤原顕頼の猶子（名目上の子）となっている。その葉室家では、天治元年（保安五、一一二四）に嫡男光頼が、翌年には二男惟方が誕生した。ともに生母は俊成の姉忠子である。二人の父顕頼は天治二年の正月六日に従四位上、十一月十一日には鳥羽院行幸の賞、鳥羽殿の修造の功で正四位下と、昇階が続いた。俊成の養家は富裕で繁栄していたのである。

二　生母と兄弟姉妹

母藤原敦家女

俊成の生母は、先述したとおり藤原敦家女である（『公卿補任』『尊卑分脈』）。ただし、『尊卑分脈』では「但或云顕隆女云々」と注するが、これは誤りである。さらに『尊卑分

藤原俊成母関係系図

道綱
阿闍梨道命
隆家女
兼経
弁乳母
顕綱
女子
敦家
兼子
敦兼
女子
俊忠
俊成

脈』では敦家の子の敦兼の女子に「俊成母」と注しているのも誤りである（久保田淳『藤原俊成　中世和歌の先導者』）。

男定家は日記に「入道殿御母儀、刑部敦兼朝臣妹也」と記している（『明月記』正治二年十月十一日条）。「入道殿」は出家した父俊成、「刑部敦兼朝臣」は、敦家男の藤原敦兼のことである。また、俊成は定家の歌学書『三代集之間事』で、歌句「さくさめのとじ」に関連して、敦家室である藤原顕綱女兼子のことを、「外祖母（伊与三位兼子。堀川院御乳母）」と呼んでいる。これらの記述から、俊成の生母を顕隆女とする説は成り立たない。

俊成母の家系を辿ると、彼女は傅大納言と呼ばれた大納言正二位道綱に始まる藤原氏北家道綱流の、道綱の孫にあたる敦家と、敦家の兄弟顕綱の女子兼子との間に生まれた。生年については未詳とせざるを得ないが、兄の敦兼が承暦三年（一〇七九）に誕生しているので（『尊卑分脈』）、承暦四年以後をそれほど下らないと思われる。敦家は姪を妻としたことになる。

そして、俊成母の「敦家女」については、堀河天皇に仕え、崩御後にその思い出を『讃岐典侍日記』に綴った讃岐典侍が、彼女と同一人物であるとする仮説が存在するが、本書ではこの説をとらない。

俊成の母方の家系には、和歌に関わる人物が少なくない。とくに、顕綱の父参議兼経の兄にあたる阿闍梨道命、兼経室で顕綱を生んだ弁乳母、そして顕綱その人である。いずれも家集があり、『後拾遺和歌集』初出の歌人であることも共通している。顕綱男の和泉前司道経も『金葉和歌集』以下に入集した勅撰歌人であった。彼らの存在は、俊成の歌人形成に無関係ではあり得なかったであろう。

十七人の兄弟

俊成の兄弟姉妹はきわめて多く、十七人の兄弟（うち十三人は僧籍）と九人の姉妹がいる（姉妹の人数については後述）。『尊卑分脈』と『御子左系図』から見ていこう。

長兄忠成は、保元三年（一一五八）十月に六十八歳で卒したと記されているので、寛治五年の生まれである。俊成とは二十三歳という、親子ほどの年齢の開きがある。それゆえ俊成と同じく敦家女所生の男子なのかという疑問が生ずるが、本書では系図のとおり、俊成と同母の兄と見ておく。少納言、民部大輔となり、正五位下または従五位上に至った。『永昌記』や『中右記』には「少納言忠成」としてしばしば登場する。その男光能は藤原（徳大寺）公能の猶子となって、参議正三位に至った人物で、治承・寿永の動乱期には後白河院の側近として重要な働きをしている。

次兄忠定、また系図によれば三兄となる公長も、同母兄とされる。ともに生没は不明である。忠定は刑部大輔従五位下、公長は権中納言左衛門督藤原（西園寺）通季の猶子となり、従五位下に至った。系図では同母弟とされる俊定（俊貞とも）も生没年不明である。藤原氏南家貞嗣流の東宮学士藤原知通の猶子となり、常陸介従五位下に至った。

僧籍に入った十三人の兄弟の生母については、いずれも系図に記されていない。十三人のうち、大僧正、天台座主（第五二・五四世）に就任した快修は康和二年（一一〇〇）に生まれ、承安二年（一一七二）六月十二日に七十三歳で入寂した。俊成より十四歳年長である。比叡山に入るが、山内での対立抗争に悩まされ、座主を追われている。

山門（延暦寺）の僧としては、他に頼俊・頼仁がいる。寺門（園城寺）の僧としては禅智（後、法印権大僧都。康和二年誕生と推定される）・尊忠がおり、禅智の名は古記録類にしばしば見出される。そして仁和寺の僧として仁助・寛豪・禅寿・仁証（後、法印権大僧都、あるいは大僧都。永久元年誕生と推定される）・寛叡（阿闍梨。治承二年十月十六日入滅）、興福寺の僧として晴忠、醍醐寺の僧として俊海・忠海がいる。

彼らのうち、俊成と関わりが深かったかと想像されるのは醍醐寺の阿闍梨俊海である。俊成が後に猶子とする、中務少輔藤原定長、すなわち寂蓮の父である。生没年はわからない。

さらに、系図に載っていない忠覚という天台僧が俊忠の子に存在したらしい。興福寺本の『僧綱補任』によると、天治二年（一一二五）条に、「竪者（廿八。太宰帥藤俊忠子）」とあり、承徳二年（一〇九八）誕生ということになる。

姉妹の謎

俊成の姉妹は系図では九人を数えるものの、同じ女子が二度数えられていると考えられるなど、いくつか不審な点がある。

まず三番目の女子は宮内卿藤原師綱室として済綱母となったが、七番目の藤原顕保室も「又宮内卿師綱室」と注記されており、この二人は同一人物ではないかと疑われる。また、九番目の女子と同じ女性が、俊成の兄忠成の女子としても載っていることも問題である。この女性は仁平元年（一一五一）に誕生した以仁王の妾で、僧正真性の母と『尊卑分脈』に注記される。しかし、俊忠が保安四年に没した時にその女子が一歳だったと

表1　藤原俊成の兄弟姉妹

名　前	生母名	備　考
忠成	藤原敦家女	
忠定	藤原敦家女	
公長	藤原敦家女	
俊定	藤原敦家女	
快修（延暦寺天台座主）	不明	
頼俊（延暦寺僧侶）	不明	
頼仁（延暦寺僧侶）	不明	
禅智（園城寺僧侶）	不明	
尊忠（園城寺僧侶）	不明	
仁助（仁和寺僧侶）	不明	
寛豪（仁和寺僧侶）	不明	
禅寿（仁和寺僧侶）	不明	
仁証（仁和寺僧侶）	不明	
寛叡（仁和寺僧侶）	不明	
晴忠（興福寺僧侶）	不明	
俊海（醍醐寺僧侶）	不明	

忠海（醍醐寺僧侶）	不明	
忠覚（天台僧）	不明	系図にはなし
豪子（藤原公能室、実定・実守・公衡・太皇太后宮多子らの母）	藤原顕隆女	
女子（太政大臣藤原伊通室、後離別）	不明	
女子（宮内卿藤原師綱室、済綱母）	不明	
俊子（権中納言藤原顕長室、長方母）	藤原顕隆女	
女子（藤原光房室、経房・光長母）	不明	
忠子（権中納言藤原顕頼室、光頼・惟方・成頼母）	不明	系図では俊子
女子（藤原顕保室、又宮内卿師綱室）	不明	三番目女子と同一人物か
女子（藤原知通室）	不明	

しても、仁平元年生まれの以仁王との間に子をもうけることは考えられない。俊成の姉妹ではなく『天台座主記』や『本朝皇胤紹運録』で真性母を忠成女としているのに従うべきである。

さらに、四番目の女子と六番目の女子の名が共に俊子であることも疑問である。四番目の女子俊子は権中納言藤原顕長室となり、権中納言長方を生んだ。六番目の女子俊子は、権中納言藤原顕頼室として光頼・惟方・成頼をもうけ、『尊卑分脈』では「九条尼三位是也」と注する。ところで、『本朝世紀』永治二年（一一四二）二月三日条には、皇后宮（藤原得子）の入内の勧賞として藤原成通・源雅通とともに藤原忠子の叙位を、「従五位下藤忠子顕頼卿室故参議俊忠卿女也」と記している。また、同書康治二年（一一四三）正月三日条には、朝覲行幸の勧賞としての女叙位に「従三位藤原忠子皇后宮宣旨民部卿顕輔（頼）卿室　無品暲子内親王給故大宰権帥俊忠卿女」とあるのに加えて、藤原頼長の『台記』同日条にも「従三位藤忠子、又是暲子給也」と見える。これらのことから、六番目の女子、後年は九条尼三位と呼ばれた女性は、俊子ではなく忠子であったと考えられる。忠子（『明月記』治承四年、一一八〇、十一月十三日条により、享年八十五と知られるから、俊成より十八歳年長）の存在は、顕頼の養子となった俊成と深く関わっている。

俊忠の長女かと見られる豪子は、藤原（徳大寺）公能室となり、実定・実守・公衡らの男子と太皇太后宮となる多子を生んだ。俊成は彼女の夫や子供たちと歌の上の交流が少なからずあったから、彼女とも関わりが多かったであろう。先に述べた藤原顕長室で長方母となった俊子も、長方との間柄を考えれば、やはり俊成と関わりのあった人であろう。この二人の姉妹は藤原顕隆女所生の女子で、俊成とは異母である。

二番目の女子は太政大臣藤原伊通の室となったが、後に離別したという。伊通との間に子をもうけたとは伝わらない。五番目の女子は高藤流の権右中弁藤原光房室となり、権大納言経房・参議光長を生んだ。八番目の女子は、先に言及した、俊成の同母弟の俊

藤原俊成同母兄弟関係系図

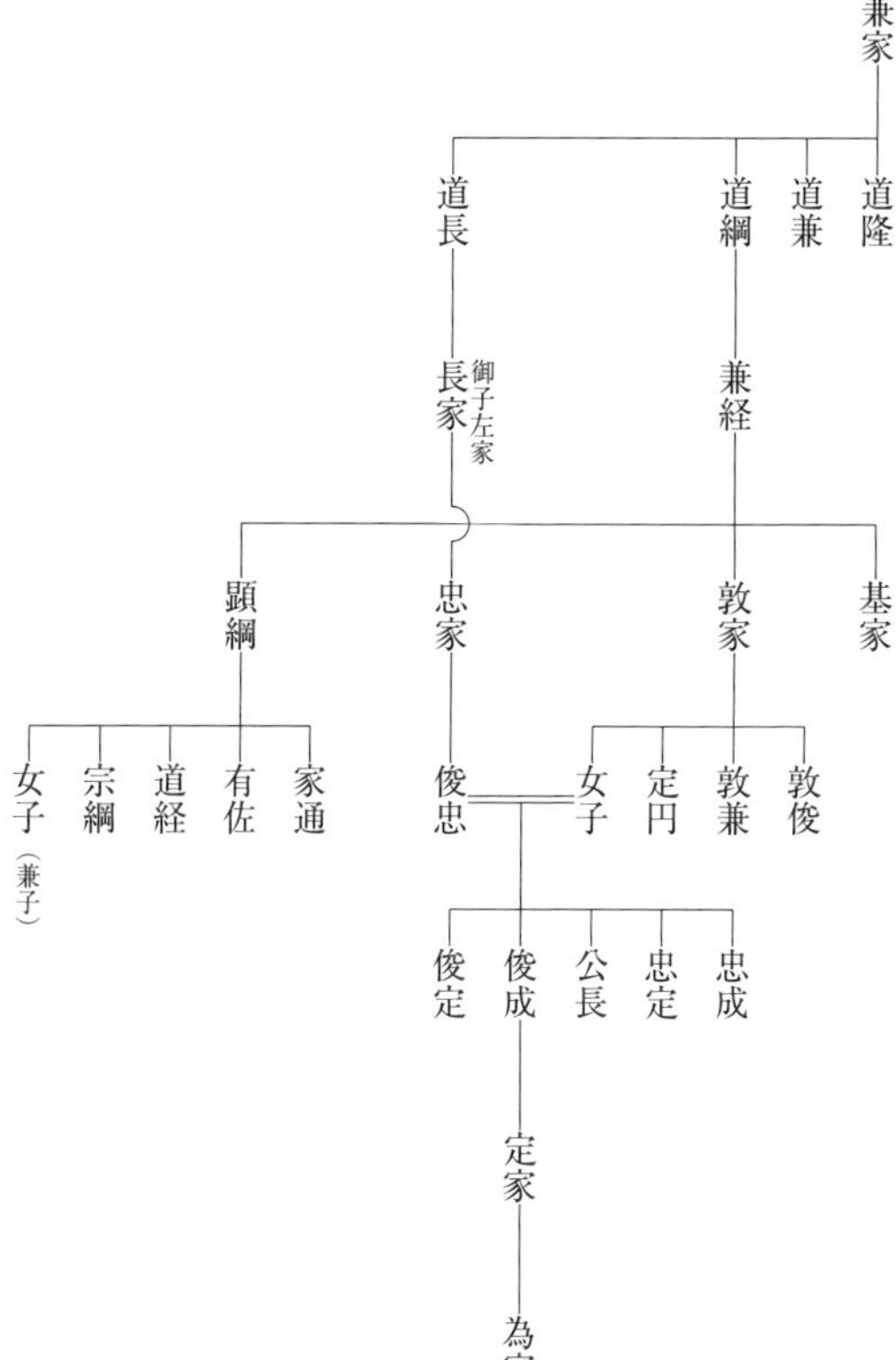

定（俊貞）を猶子とした東宮学士藤原知通室となっている。五番目の女子が姉か妹かは不明だが（三と四は姉か？）、それ以外の女子は姉であったと思われる。

三　父祖御子左家

生家御子左流

俊成の生家、御子左流は、俊成の曾祖父である権大納言長家が開いた。長家は、摂政太政大臣道長の六男である。道長室には鷹司殿（左大臣源雅信女倫子）と高松殿（左大臣源高明女明子）とがいたが、長家は高松殿所生であった（後に鷹司殿の養子となる）。母方の祖父源高明は醍醐天皇の皇子で、いわゆる賜姓源氏として左大臣となり、西宮左大臣と呼ばれたが、安和二年（九六九）の安和の変で失脚した。

高明の後任の左大臣には師尹、その次は在衡と、ともに藤原氏が任ぜられたが、天禄二年（九七一）十一月、醍醐天皇の皇子で、高明と同年齢の異母兄弟である源兼明が任ぜられた。しかしその六年後の貞元二年（九七七）四月、円融天皇の詔により兼明は皇籍に戻されて二品親王とされ、左大臣のポストは藤原頼忠に移る。関白藤原兼通が、不和な弟兼家に代わって、従兄弟の頼忠に関白職を譲るための準備であったという（『栄花物語』）。中務卿の閑職に就いた兼明親王は、後に「執政者に枉げて陥れらる」（『兎裘賦」序）と憤懣を吐露した。

兼明親王は前中書王と呼ばれる（後中書王は半世紀後やはり二品で中務卿となった具平親王を称する）。また、皇子で左大臣であったことから「御子左大臣」とも呼ばれ、京の都でのその邸宅は「御子左殿」と称された。長家はこの御子左殿を伝領していた。『栄花物語』（巻第三十四「暮まつほし」）、そして『簾中抄』（「名所」）や『二中歴』（名家歴）にも記されるいわゆる名家、名所の一つであった。現在の京都市中京区、堀川通と御池通の交わる南西側、中京区役所の西、いにしえの神泉苑の一部である現在の神泉苑の南東の一区画がその地にあたると考えられる。長家を祖として俊成で四代となる家筋を御子左家と呼ぶのはこの御子左殿にもとづく。

長家は寛弘二年（一〇〇五）八月二十日に生まれ（『御堂関白記』）、源雅信女倫子の養子となった。早く藤原行成女、また藤原斉信女と結婚したが、ともに先立たれている。おそらく二人とも長家との間に子をもうけることはなかったのであろう。長家には道家（生年不明。長元二年頃の誕生か）・忠家（長元六年生まれ）・祐家（長元九年生まれ）・証明（生没年未詳）の四人の男子がいるが、出家した証明を除く三人の母は源高雅女従三位懿子である（『尊卑分脈』『公卿補任』には夭折した道家は載らず忠家・祐家の母とする）。懿子は上東門院藤原彰子に仕えて中将の君と呼ばれていた。そして、二人の室に先立たれた長家にたいそう愛されて、「男君あまた生まれたまひにけり」(『栄花物語』巻第三十一「殿上の花見」)という。

長家は寛仁元年(一〇一七)四月二十六日、十三歳で元服、その日に従五位上に叙されて、ただちに昇殿を聴された。こうして廷臣として歩み始めた長家は以降、侍従・右少将・右中将と進み、近江介・皇太后宮権亮などを兼ね、治安二年(一〇二二)正月五日、十八歳の春に従三位に叙された。そして翌年、権中納言正三位に昇り、万寿元年(一〇二四)九月十九日には後一条天皇の賀陽院行幸の賞として従二位に叙され、同年十二月二十六日には岳父中宮大夫斉信の譲りで正二位に昇った。万寿五年二月十九日には二十四歳の若さで権大納言に任ぜられたが、それはひとえに父道長の権勢によってもたらされたものであったと言ってよい。その後は、中宮大夫、按察使、民部卿を歴任し、康平七年(一〇六四)十月二十五日病により出家。そして同年十一月九日、正二位前権大納言として六十歳で世を去った。糖尿病を患っていた(『栄花物語』巻第三十七「けぶりの後」)。公卿としてまずは順調な人生を送ったと言えるであろう。

歌人としての長家

長家はまた、歌人としても確かな足跡を残している。

晴の歌合としては、まず長元八年(一〇三五)五月十六日、関白左大臣頼通主催の『賀陽院水閣歌合』に参加して、おそらく一番左の「月」の歌

夏の夜も涼しかりけり月影は庭白妙の霜と見えつつ

（夏の夜も涼しいなあ。月の白い光は庭一面においた真白な霜かとみえて）

を、亡き室藤原行成女の兄弟の左近少将行経の歌として彼に書かせ、提出させたのであろう。この歌合に参加していた右大弁源経頼が、その日記『左経記』当日条にこの歌を引き、その傍に「行経書、実大納言」と書き添えている。後に藤原通俊が『後拾遺和歌集』に作者を「民部卿長家」として入集し（巻第三夏）、『今鏡』藤波の下第六・ますみの影でも、この歌の上句を引いて、長家の代表歌のように考えられていたことをうかがわせる。

永承五年（一〇五〇）六月五日の『祐子内親王家歌合』では、長家は「桜」「郭公」「鹿」を詠じたが、このうち「桜」と「鹿」の二首が後に『新古今和歌集』に採られた。天喜四年（一〇五六）四月三十日には、後冷泉天皇の皇后宮寛子の女房たちを中心とする歌合が催された。十番二十首、左方が春、右方が秋と、異題の歌を番えたもので、『皇后宮春秋歌合』、また『四条宮歌合』と呼ばれる。五十二歳の民部卿長家は右方の頭として右の歌の撰に当たり、自作を三首も撰んで、方人の笑いを誘った（『袋草紙』）。また、長家は、近親や関係者の不幸の際に悲しみを詠じたが、それらは『栄花物語』に多く残されている。

長家の和歌をまとめた家集があったらしいことは、『夫木和歌抄』巻第十四秋部五・

菊の一首が「家集、中宮御歌合、菊を翫ぶといふことを　権大納言長家卿」として載ることから想像されてきた。その後、冷泉家時雨亭文庫蔵藤原定家筆『集目録』（『冷泉家時雨亭叢書』第十四巻、平安私家集一所収）で、現存の私家集名を列挙した中に「御子左大納言殿」という記載のあることが知られて、定家の時代には長家の家集が「御子左大納言殿集」の名で存在していたらしいことは、ほぼ確かと言ってよい。長家の詠歌は、勅撰集には『後拾遺和歌集』初出で四十四集入集しているが、うち一首は他人の歌が誤認されたと考えられている。

祖父忠家

長家の後を継ぎ御子左家の二代目となったのは、二男忠家である。俊成の祖父である彼は長元六年に生まれた。

寛徳元年（一〇四四）十二月三十日、十二歳で元服の日に従五位下に叙され、侍従・左近権少将・近江介などを経て、永承五年十月十三日に従三位、天喜二年には従二位に昇った。康平三年に参議に任ぜられ、同六年任権中納言、同七年三十二歳で正二位に叙された。その後、中宮権大夫・右衛門督・皇太后宮権大夫・太皇太后宮大夫などを兼ね、延久四年権大納言に任ぜられ、承暦四年に四十八歳で大納言に転じた。しかし翌年の永保元年十月二十六日には、詳細は不明だが「不出仕」を理由に職封を停止されている。

寛治四年二月十七日、堀河天皇の平野社行幸の際には、忠家は摂政師実・民部卿源経信らとともに供奉した（『中右記』当日条）。その約半年後の九月二十四日に出家（『後二条師通記』九月二十五日条）、亡くなったのは翌年の十一月七日である。享年五十九。その墓は嵯峨の法輪寺あたりにあったらしい。

父長家と比べると、忠家の和歌との関わりは父ほどではなかったようだ。宮廷関係の催しでは、永承五年四月二十六日に催された『前麗景殿女御歌合』で左の講師として歌を披講した「四位少将」が、この時に十八歳で正四位下左近権少将であった忠家であると考えられる。また、翌六年正月二十七日には左近権少将から右近少将に転じており、五月五日の『内裏根合』の右念人「右近衛少将藤原朝臣」が忠家とされる。

宮廷周辺での忠家の歌としては、周防内侍との贈答歌がある。小倉百人一首での彼女の歌として著名な、

春の夜の夢ばかりなる手枕にかひなく立たむ名こそ惜しけれ

（短い春の夜に見た夢にたとえられそうな、あなたの手枕をお借りしようとしたという戯れ事のせいで、甲斐もなくわたしの浮名が立つのは惜しゅうございます）

に対する返しの歌

契りありて春の夜深き手枕をいかがかひなき夢になすべき

（あなたとわたしはご縁があるから、春の夜も更けて手枕をお貸ししようとするのに、どうしてそれを

甲斐のない夢としてしまうおうと言われるのですか）

である。これはもとより戯れで、人が月を見て夜ふかしをしていた時、周防内侍が「枕をがな（枕がほしいわ）」と小声で言ったのを「藤大納言忠家」が聞きつけ、「これを御枕に」と言って、腕を御簾の下からさし入れたのであった（『周防内侍集』）。後に孫である俊成がこの贈答歌を含む『周防内侍集』を書写し、さらに『千載和歌集』（雑上・九六四・九六五）に両人の贈答歌の形のまま採ったので、忠家の諧謔を好んだらしい性格の一端も伝えられているのである。

この他、後に子孫の定家が『新古今和歌集』（雑上・一四六二）や『新勅撰和歌集』（雑三・一二三六）に撰んだ歌が知られる。

俊忠、家督を継ぐ

祖父忠家の七人の男子（『尊卑分脈』）のうち、公卿となったのは、一男基忠と、俊成の実父である俊忠の二人だけである。顕良（従五位下、民部少輔）・忠実（従五位下、主殿頭）・家光（正五位上、伯耆守）は昇殿が許されずにおわり、忠円・祐覚は僧侶となった。基忠の母は権大納言藤原経輔卿長女であるが（『公卿補任』）、俊忠の母は経輔女（『公卿補任』『今鏡』）や伊与権守藤敦家女（『尊卑分脈』）とされ、一人の女性に特定しがたい。

忠家が没した時、基忠は三十六歳、俊忠は十九歳であった。基忠は父の死後二年目に従二位に叙され、その後、左兵衛督・右衛門督などを兼ねたが、祖父長家と同じく「飲水之病」（糖尿病）を煩って、承徳（じょうとく）二年（一〇九八）十一月十七日に（『中右記』当日条）四十三歳の生涯を終えた。こうして、俊成の父俊忠が御子左家を継いだのである。

第二　崇徳天皇に仕える

一　三人の妻と歌の研鑽

初めて叙位任官される

大治二年（一一二七）正月、藤原顕広（俊成）は十四歳になっていた。そして十九日に、無品禧子内親王給で従五位下に叙され、「院分。鳥羽御塔修理功」（『公卿補任』）により同日、美作守に任ぜられた。これは「本院分」、すなわち白河院による功賞であった（『中右記』正月二十日条）。禧子内親王は待賢門院を母とする鳥羽院の第一皇女である（五年後の長承元年に斎院〈賀茂斎院〉に卜定されるが翌二年十月十日、十二歳で病没）。

俊成のこの叙爵任官七日前の正月十二日、白河法皇は鳥羽上皇・待賢門院とともに白河の五重塔供養に臨み、能登守藤原季兼を従五位上に叙するように命じた。この塔造進の賞としての叙位であった（『中右記』同日条）。季兼は藤原敦兼の二男で、母は藤原顕季女である。俊成の母敦家女はすでに見たように敦兼の妹とされているから、俊成と季兼は従兄弟の間柄である。俊成は季兼の叙位と似たような理由で任官しているので、

「鳥羽御塔」の修理をしたのはおそらく養父顕頼だったのであろう。

五年後の天承二年（一一三二）閏四月四日の小除目で、俊成は美作守から加賀守に遷った。加賀守高階宗章が辞して男盛章を越前守に申任したためである。俊成の後任の美作守には顕頼の弟の越前守顕能が任官した（『中右記』同日条）。高階氏と葉室一門の希望が叶えられる人事が行なわれたのであろう。この後、俊成は遠江守・三河守・丹後守を歴任するが、これらはいずれも顕頼の知行国であった（五味文彦「院政期知行国の編成と分布」『院政期社会の研究』）。

妻忠子家女房

そしてこの年（八月十一日に「長承」と改元）、後に興福寺権別当となる法印権大僧都覚弁が誕生し、十九歳の俊成は男子の父となった。覚弁の母は「従三位忠子家半物」、顕頼室となって光頼・惟方・成頼らを生んだ姉忠子に仕える女房であった（柳原紀光『砂巌』第五冊「五条殿御息男女」）。「はしたもの」は、中程度の身分、さほど身分の低くない召使いの女性を呼ぶことばである（『日本国語大辞典』）。覚弁は『尊卑分脈』で「覚長―弁」とする男子に相当するが、その注記「母丹後守為忠女」は誤りであると考える。

この女性との間には、後に女子も生まれた。「五条殿御息男女」に「母又忠子家女房」と注する前斎院女別当である。「又」の字は覚弁の母についての注記を受けたのであろう。なお、この女子の「前斎院」は式子内親王を意味する。『明月記』元久元年（一二〇四）十二月二日条に「他腹、故斎院女別当六十三歟」と記すのに従えば、康治元年（一一四二）俊成が二十九歳の時の誕生となる。なお、俊成と「忠子家女房」との以降の関係については不明である。

俊成は忠子家女房と前後して、少なくとも二人の女性との間に子をもうけていた。

その一人は、「五条殿御息男女」の女子の項の最初に載る八条院坊門局の母で、俊成にとっては従姉妹にあたる。父俊忠の弟、顕良女で、後に六条院の女房として宣旨といった女性である。

この六条院宣旨は『千載和歌集』初出の勅撰歌人で、冷泉家時雨亭文庫には、定家が「六条院宣旨集」と外題を書き、「六条院のせんしの集」という内題は俊成の晩年の筆蹟と考えられる『六条院宣旨集』が伝存する。俊成との間には、八条院坊門の他に子をもうけることはなかったと思われる。仁平三年（一一五三）に生まれた八条院権中納言（家族間では延寿御前とも呼ばれる）の生母について、石田吉貞『藤原定家の研究』補訂篇では、「五条殿御息男女」にいう藤原親忠女か、『明月記』嘉禄二年（一二二六）十二月十八日条にいう藤原顕良女か、疑問で決めがたいとし、谷山茂「俊成年譜」では顕良女（六条院宣旨）とする。しかし、『明月記』藤原定家自筆本（断簡の嘉禄二年十二月十八日条〈部分〉、慶應義塾大学蔵、『冷泉家時雨亭叢書』別巻三『翻刻明月記二』）によれば、「八条院坊門」の左側に付され

室六条院宣
旨

ている「母民部少輔顕良女」の注記が、転写の過程で「同権中納言」（「同」は「八条院」を受ける）の注記と誤られたことが判明するのである。「五条殿御息男女」にあるように、彼女は定家の同母の姉、つまり藤原親忠女（美福門院加賀）所生の女子なのである。俊成と六条院宣旨との夫婦生活は短かったと思われる。

室藤原為忠女

もう一人の室は、藤原為忠女である。「五条殿御息男女」によれば、俊成との間に山僧快雲と後白河院京極の一男一女をもうけた。快雲の注記に「母正四位下丹後守藤為忠女」とあるが、為忠は天承元年に丹後守となり、長承三年（一一三四）十二月十九日に正四位下に叙されたから、これは長承三年十二月以後の為忠の呼び方によっていることになる。長承三年に俊成は二十一歳、あるいは為忠女を室としたのはその頃だったのであろうか。後白河院京極は『新勅撰和歌集』に一首入集した女性で、『平家物語』にも登場する。しかし、叡山の僧快雲は「五条殿御息男女」によって初めて知られる人物である。その注記によれば、俊成より十四歳上の兄快修の弟子で、仏教界でおそらく蜀望されながら、老後は落ちぶれた生活を送ったようである。

俊成の岳父となった藤原為忠の末子は頼業である。彼は近衛天皇が東宮であった頃には蔵人であったが、後に出家し、寂然と号して大原に住んだ。その家集『唯心房集』のうち、定家が伝来に関わった系統の本に、「はらからなる尼」との贈答歌が収められている。その詞書の「はらからなる尼」の傍に定家が「先人旧室　後白川院京極殿母儀也」と注記しているので、この寂然の同胞の尼が、快雲や後白河院京極を生んだ俊成室であると知られる。後に俊成と離別して出家したのであろうが、その没年は明らかではない。

為忠の「常盤五番歌合」に初めて参加

この女性の父である為忠は、『金葉和歌集』にも入集した勅撰歌人である。『金葉和歌集』は白河法皇の院宣により源俊頼が撰進したが、二度もさし戻された後、おそらく大治元年か同二年にようやく三奏本が納められた。その為忠の主催した歌合は散佚して、『夫木和歌抄』などに佚文をとどめている状態であるが、「為忠朝臣家三河国名所歌合」と「長承三年六月常盤五番歌合」の二度行なわれたことが確かめられる。前者の「三河国名所歌合」の佚文には俊成の歌は見られないが、後者の「常盤五番歌合」の佚文には『夫木和歌抄』に三首、『続後拾遺和歌集』に一首、計四首の俊成の歌が（後代の資料ゆえ、俊成の名で）含まれており、現在はこの歌合への参加が、俊成の歌人としての活動の最初ということになる。時に二十一歳であった。

「常盤五番歌合」の歌題は晩夏にちなむ結題（漢字三、四字から成り、詠み入れるべき複数の題材が結び付いている題）であったが、俊成の四首の作品は、いずれも題から想像しうる和歌的な情景を、精一杯古典的な装いで優美に表現しようと努めていると評してよいであろう。一例だけ挙げると、「星に寄する恋」の題を詠んだ、「浮き木あれば星にも人は逢ひにけり恋路にかよふ言の葉もがな」（筏があったので、漢の張騫は黄河の源を遡って天の川にまで至り、牽牛、織女の二星に逢ったということだ。せめてあの人にわたしの恋心を伝えてくれる、よい言葉という使いがいたらなあ）という歌は、『蒙求』の「博望尋河」の故事を用いた小大君や藤原実方の歌、あるいは『源氏物語』松風の巻での明石の上の歌、『俊頼髄脳』に引かれた古歌などから学んだのではないかと想像されるのである。

為忠家両度百首

この「常盤五番歌合」に続き、為忠は自邸で二度の百首歌会を催した。『群書類従』にはそれぞれ『丹後守為忠朝臣家百首』『木工権頭為忠朝臣家百首』の名で収められるが、研究者の間では『為忠家初度百首』『為忠家後度百首』と呼ばれる。成立時期は明らかではないが、前者が長承三年末頃、後者が保延（長承四年四月二十七日改元）元年（一一三五）頃かと推定される。常盤は洛西、現在の京都市右京区で、嵯峨の東、御室の西、鳴滝の南、太秦の北にあたる地域である。ここに為忠は宏壮な居を構えていた。

百首歌には一人で百首詠んだものと、複数の歌人が一定の題や条件を設けて百首を詠んだものとあり、その始まりは、歌人が発表意欲に駆られたり、あるいは社会的に影響力のある人物への愁訴、神仏への祈願などの目的から試みられる個人的な詠歌行為であった。それが堀河天皇の時に源俊頼を中心に当時の有力歌人たちに詠進させた『堀河百

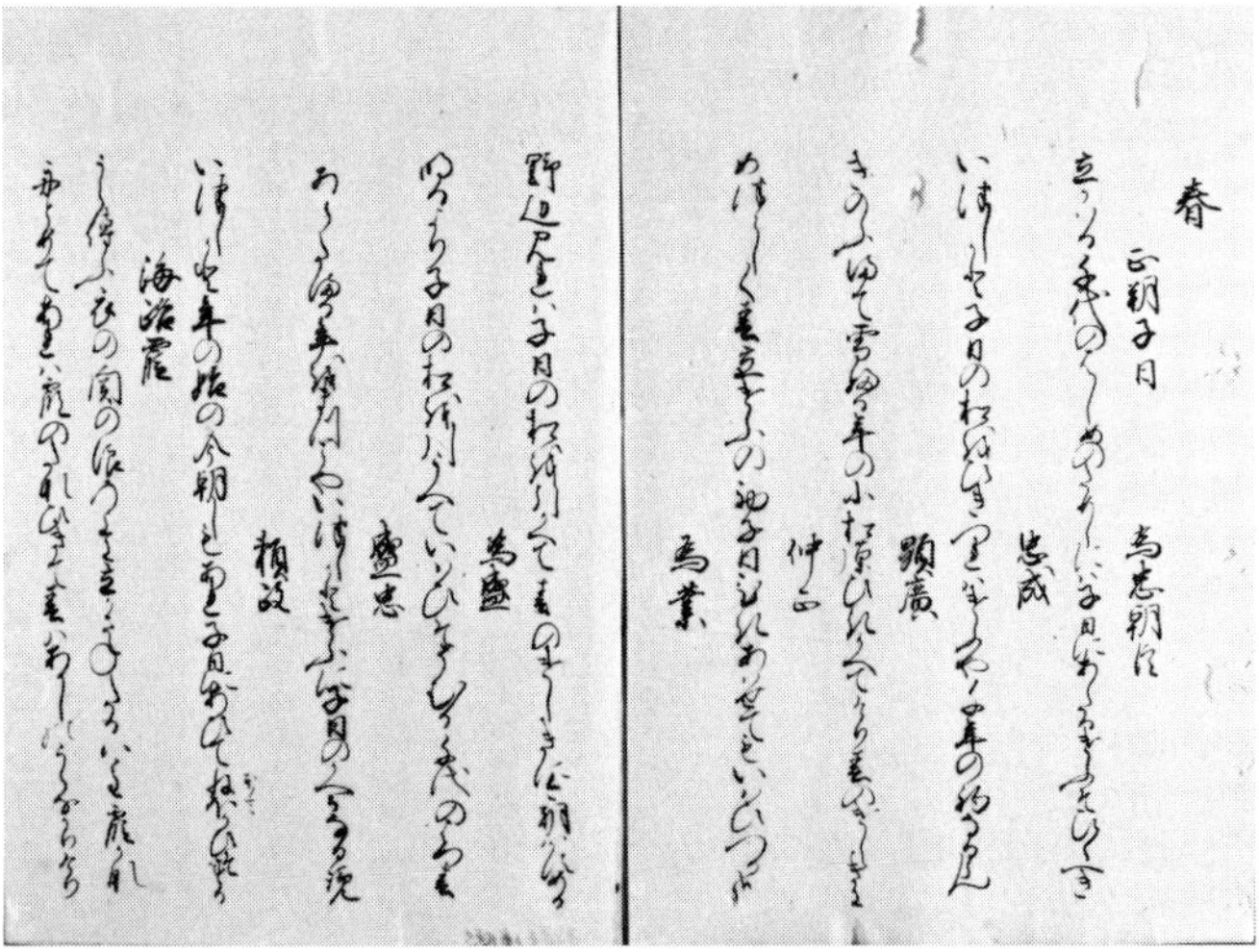

『丹後守為忠朝臣家百首』（筆者蔵）

首』や、それに次ぐ鳥羽天皇に詠進された『永久百首』によって、組織的な歌題を設けて複数の歌人たちが題詠の読みぶりを競う、宮廷歌壇で注目される行事となっていた。

さて、財力のある為忠が親しい人を集めて二度の百首歌会を主催したわけだが、作者は両百首とも八名で、主催者の為忠とその三人の男子為業・為盛・盛忠（『為忠家後度百首』では改名して為経）、源仲正とその男頼政、加賀守藤原顕広（俊成）、残る一人は、『為忠家初度百首』では俊成の兄少納言忠成、『為忠家後度百首』では勘解由次官藤原親隆であった。

親隆は藤原氏北家高藤流、参議為房

の七男で、母は法性寺関白忠通の乳母讃岐宣旨と呼ばれる女性であった。葉室中納言顕隆は異母兄なので、俊成の義父顕頼の叔父にあたり、為忠とも姻戚関係があった。『金葉和歌集』初出の歌人である。

源仲正は清和源氏のうち摂津源氏と呼ばれる、頼光の孫頼綱の男で、生没年未詳。左兵衛尉、下総守などを経て、兵庫頭従五位上で終わった。武人であるとともに、やはり『金葉和歌集』初出の歌人で源俊頼とも交わり、俊忠や為忠主催の歌合にも加わっている。男頼政は俊成より十歳年長で、この時は元白河院判官代だということしかわからない。

『万葉集』『源氏物語』への関心

両度の百首歌での俊成の計二百首を通観すると、「常盤五番歌合」の作品にも通底する万葉的な素材への関心や『源氏物語』との関係を思わせる作品があることが注目される。

たとえば、『為忠家初度百首』の「雲」、

かくらくの初瀬の山は白雲の峰にたなびく名にこそありけれ

(「かくらくの初瀬山」とは、白雲が山の峰のあたりにたなびいて峰を隠しているので、ふさわしい名であったなあ〈「かくらくの」は古代語「隠口の」の誤訓によって生じた「初瀬」の枕詞。ここでは「隠す」の意を響かせる〉)

は、『万葉集』の作者未詳の挽歌、「隠口の泊瀬の山に霞立ちたなびく雲は妹にかもあらむ」（巻第七）を雑の叙景歌に変えたものと見られるし、『為忠家後度百首』の「纔かに見る恋」、

野分してまどひし小簾の風間より入りにし心君は知るかも

（暴風に吹かれて乱されたすだれの、風を通す隙間からお部屋の内に入り込んだ、あなたに恋するわたしの心を、あなたはおわかりですか）

という恋歌は、『源氏物語』野分の巻で、源氏の息子の夕霧が風の見舞いに父を訪れた野分の夕べ、偶然義母紫の上の美しい容姿を垣間見てしまった有名な場面を連想させる。

源俊頼に傾倒

源俊頼は『俊頼髄脳』で「大方、歌を詠まむには、題をよく心得べきなり」（大体において、歌を詠もうとする際には、歌の題をよく理解しておくべきである）と教えて、とくに結題の詠み方について、「詠むべき文字」（しっかりと詠み込むべき文字）、「必ずしも詠まざる文字」（たとえば「海上ノ明月」での「上」の字。「捨つる字」ともいう）、「まはして心を（委曲を尽くしてその意味を）詠むべき文字」、「支へてあらはに詠むべき（詠み流さずに、はっきりと、わかるように詠み込むべき）文字」という四つの区別があることを十分理解せねばならないと説く。二度の為忠百首の題は大部分が結題であったから、歌人たらんと志す初心者がこういう訓練を

するには都合のよい機会であった。実際に俊成の作品は、俊頼の教えに沿って詠んでいるような例が少なくない。亡き父俊忠の歌筵（かえん）にも加わり、交渉のあった俊頼に対する関心はおおいに抱いていたに違いない。

このように詠歌のわざを磨きつつ、俊成は、貴族社会の中での自身の境遇を顧みて将来への不安感を、『為忠家初度百首』の「洲の鶴」で、

雲の上に心ばかりはあくがれて浮洲にまよふ鶴のみなし児

（天空の雲の上のような、宮中の清涼殿の殿上にばかり心は引き寄せられて、不安定な洲、それにも似たつらい境遇で迷っている、親のない鶴の子のようなわたしよ）

と吐露している。『枕草子（まくらのそうし）』の「鳥は」の段で、清少納言（せいしょうなごん）は鶴について、「鳴く声雲居まで聞ゆる、いとめでたし」と書いたが、俊成はあえて「鶴のみなし児」が「雲の上」高く飛翔したいと望みながら、「浮洲」（「憂き」を連想させる）にさまよっていると歌う。その真意は明らかである。叙景歌として歌いつつ、人によっては慶祝的な表現を加えていたりもする、他の作者たちの同題作と比べると、寓意的な彼の作品は特異な感をすら与える。このような心中をほのめかす「述懐」を、俊成はこの頃から試みていた。

藤原基俊に入門

その三年後、俊成は二十五歳で藤原基俊（もととし）に師事している。鴨長明（かものちょうめい）の『無名抄（むみょうしょう）』には「三位、基俊ノ弟子ニナル事」という歌話が収められている。「三位」とは、晩年

「五条三位入道」と呼ばれた俊成のことをさし、誰が聞き手であったかは明記していないが、老いた俊成が、若い頃に基俊の弟子になった時のことを回顧して語った、次のような話である。

二十五歳の時、基俊の弟子になろうと思い立ち、縁者の藤原道経を仲立ちとして、彼と牛車に同乗して、基俊の家を訪れた。その時に基俊は八十五歳で、その日は八月十五夜にあたっていたので、基俊は上機嫌で、もったいぶった調子で、

中の秋十日五日の月を見て（中秋の十五夜の明るい月を眺めて）

と、歌の上句を吟詠した。そこで私は、

君が宿にて君と明かさむ（あなたのお屋敷であなたとこの夜を明かしましょう）

と付けると、何のおもしろみもない句なのに、たいそう感心された。そしてくつろいだ世間話になって、「長いこと引き籠っていて、今の世間のことも知りません。この頃は誰を物事をわきまえている人と申し上げていますか」と質問されたので、「九条大納言（藤原伊通）や中院大臣（源雅定）などを「心にくき人」（奥の深い人）と、世人は思っているようです」と申したところ、基俊は「あな、いとほし」（ああ、いじらしい）と言って膝を叩き、扇を音高く使われた。このように師弟の契りを結んだが、歌の「詠み口」（詠みぶり）の点では、基俊は俊頼には及ぶべくもない。俊頼は

たいそう傑出した存在である。

俊成が二十五歳の時といえば保延四年である。前年の保延三年十二月十六日には、加賀守から遠江守へと任じられていた。翌保延四年に基俊が八十五歳であったかは、検討を要する事柄である。しかし、大体において、『無名抄』が老俊成の語ったことをどこまで忠実に伝えているか、また、彼自身の記憶がどこまで正確であったかの保証もないので、細部に不審な点が残るのは致し方ないかもしれない。ただ確かなのは、二十代半ば頃の俊成が、生母の叔父の藤原道経に連れられて歌壇の耆宿である藤原基俊を訪れ、それを機に古歌を深く学び、詠歌に精進しようと決意を新たにしたことである。そしてまたその頃、年長の伊通や源雅定を強く意識していたのであろう。当時歌人の間で読まれていたと思われる『金葉和歌集』の二度本に（白河法皇が嘉納した三奏本は広く流布しなかった）、基俊の三首を凌いで、伊通は五首、雅定に至っては七首入集していた。

歌を学び究めることを決意する

おそらく、この入門後のことであろうが、俊成は基俊から『古今和歌集』を借り、歌を添えて返却した。基俊はそれに返歌した。この時の歌は『長秋詠藻』に残されており、この『古今和歌集』が単なる本文のみのものでなく、基俊の自説などが書かれた訓釈付きの本であったらしいと想像される。

二　悲哀の『述懐百首』と天皇譲位

崇徳天皇

崇徳天皇は幼い頃から和歌を好み、侍臣たちに隠題や紙燭の歌（紙燭が燃える短時間内に詠む歌）、金椀を打ってその音響の消えないうちに詠む歌などを献ぜよと命ずることもあった（『今鏡』すべらぎの中第二・春の調）。しばしば詠歌を試みて、その内裏では十五首会や十首会・三首会などが催されていた（藤原教長『貧道集』）。俊成がそれらに参加したことは知られないが、何度かの小歌会には詠進する機会があった（『長秋詠藻』）。そして、おそらく保延の末近くには内裏での歌筵にも連なるようになり、好文の君の在位が永く続くことを願っていたに違いない。

父母の死を悲しむ

俊成は、父俊忠の十三年遠忌にあたる保延元年七月九日に、鳥部野の墓所に詣でて懺法を聞き、帰途に就きながら亡父の俤を偲んで、

分け来つる袖のしづくか鳥部野のなくなく帰る道芝の露

（道の芝草を分けてきたわたしの袖からこぼれた雫〈涙〉なのだろうか。鳥部野の亡き父の墓に詣でて、泣きながら帰ってゆく道の芝草に置いたおびただしい露は）

と詠み、後代に子孫の京極為兼が『玉葉和歌集』（雑四・二三八六）に選んでいる。

その四年後の保延五年、俊成は母（藤原敦家女）を失った。嵯峨の法輪寺に参籠して、

保延五年ばかりの事にや、母の服なりし年、法輪寺にしばし籠りたりける時、夜あらしのいたく吹きければ

憂き世には今はあらしの山風にこれやなれゆくはじめなるらむ

（このひどい夜嵐は、憂くつらいこの世にはもう生きていまいと決意したわたしが、嵐山の山風にも馴れてゆくはじめに経験するものだろうか）

日頃籠りて出づる日、籠りたる僧の庵室の障子に書き付ける

草のいほに心はとめついつかまたやがてわが身もすままむとすらむ

（わたしはこの草庵にみずからの心をとどめた。いつになったらまた心だけでなく、身体もそのままここに住もうとするのだろうか）

などと、その悲しみを詠んでいる。翌年は「正月司召しなど過ぎて、雪の降りたるあした」というから、正月二十二日以後のことであったか、「人のとぶらひたる返事」として、

思ひやれ春の光も照らしこぬみ山の里の雪の深さを

（想像して下さい。春の日の陽ざし、それにも似た上つ方のお恵みも届かない、深い山中の里の雪の深さ、わたしのつらい境遇を）

という一首を返している。「春の光」は天子の恩寵の暗喩と解されるが、春宮のそれと考えることも可能である。すでに前年八月十七日には、女御藤原得子所生の鳥羽上皇の第八皇子体仁親王が皇太弟に立てられていたのである。いずれにせよ、「とぶらひたる」人には、俊成の嘆きが母を失った悲しみとともに、十余年もの間、従五位下から昇階しない沈淪の悲哀の重なったものであることは十分伝わったに違いない。

体仁親王、皇太弟となる

鳥羽上皇の妃得子への寵愛は、長承から保延にかけて深まっていった。保延元年十二月に得子が上皇の第四皇女として叡子を生んだ翌年には従三位とされ、同三年四月に第五皇女暲子、そして保延五年五月十八日には第八皇子体仁親王を出産し、この皇子が八月十七日に皇太弟に立てられた。得子は同二十七日、女御とされた。またこの頃、鳥羽上皇が鳥羽殿に仏堂を営むことに執着していたことが、源師時の『長秋記』の保延元年から二年にかけての記事からうかがえる。保延二年三月二十三日には鳥羽勝光院（勝光明院）、翌三年十月十五日には鳥羽東殿御堂（安楽寿院）、そして同五年二月二十二日には鳥羽東殿三重塔の供養が行なわれている。この三重塔は藤原家成（故長実の甥）が鳥羽上皇の「御万歳」（ここでは帝王の死の忌み言葉）のために造進したものであった（『百練抄』同日条）。後年の記録であるが、上皇はこの三重塔を二基作らせたという。一基は自らの納骨のため、もう一基は得子のためであったようだ（『山槐記』永暦元年十二月六日条）。

保延六年九月二日、崇徳天皇の第一皇子重仁が誕生した。その母は法勝寺執行法印信縁の娘で、大蔵卿源行宗の猶子として天皇に仕えた女房兵衛佐であった。天皇にとっては異母弟の体仁親王が皇太弟である以上、この皇子の立場は微妙であった。彼が親王とされたのは、誕生した翌年（永治元年）の十二月二日のことである。

西行の出家

この年、鳥羽院の下北面の武士藤原義清が二十三歳で出家して、西行と号した（『百練抄』保延六年十月十五日条）。彼は出家以前から詠歌に親しんでおり、右少将藤原公重に勧められて、鳥羽殿南殿の東面の坪庭に飾られていた菊を歌に詠んだが、その菊は、後年太政大臣になった藤原宗輔が中納言時代に、鳥羽上皇に献じた菊であると記されている（『山家集』）。そうだとすると、宗輔は保延二年十二月九日に中納言に転じたから、保延二年の秋から出家前の同六年の秋までの詠と考えられる。俊成は詠歌のたしなみのある院の北面の武士が出家したという噂を耳にして、何らかの感慨を催したかもしれない。しかし、この時期に二人の間に交渉があったかはわからない。俊成と西行との詠歌の交渉が始まったと具体的にわかるのは、後のことである（後述九三頁）。

「述懐百首」

一方、俊成は保延六年から翌年にかけての頃、沈淪をかこつことを全篇の主題とする百首歌を試みていた。すなわち、『長秋詠藻』で「堀川院御時の百首題を述懐に寄せてよみける歌、保延六、七年のころの事にや」と前書きする「述懐百首」である。

この時代、「述懐」とは多くの場合、自身が世に容れられないこと、不遇であるという思いを愚痴として述べることを意味していた。この頃の俊成はといえば、従五位下のままで、保延三年に任じられた遠江守を、永治二年（康治元年、一一四二）正月二十三日に重任される（『本朝世紀』当日条）という状況にあった。百首歌の形式でそういう個人的な愚痴を綴った近い例としては、源俊頼の『散木奇歌集』所収の「恨ミ㆑身ヲ恥ヅル㆑運ヲ雑歌百首」や源国信の『源中納言懐旧百首』がある。

俊成の「述懐百首」で最もよく知られた作は、後に『小倉百人一首』に選ばれた、「鹿」の題を詠んだ「世の中よ道こそなけれ思ひ入る山の奥にも鹿ぞ鳴くなる」（「はじめに」に既述）であろう。彼はこの歌を含む計三首を後年『千載和歌集』（秋下・三三三、雑中・一一二七・一一五二）に自選したが、それらの一首で「虫」の題を詠んだ、

さりともと思ふ心も虫の音もよわりはてぬる秋の暮れかな

（「いくら何でも少しは良い境遇になるだろう」と期待する心も、鳴く虫の声も、すっかり弱ってしまった秋の暮れだなあ）

は、歌人月旦とも言うべき著者不明の歌論書『歌仙落書』にも、俊成の秀歌例十五首の一首として、「沈み侍りけるころ」という詞書で載せられている。また、「山」の題の、

憂き身をばわが心さへふり捨てて山のあなたに宿求むなり

（憂くつらいこの身をみずからの心までが振り捨てて、山の向うの方に住まいを探し求めているらしい）

は、藤原清輔の『続詞花和歌集』や顕昭の『今撰和歌集』にも入れられた。この百首がかなり早くから同時代の歌人たちに知られていたことは確かであろう。

崇徳天皇の譲位

保延七年三月七日、女御得子は准三后の宣旨を蒙り、同十日には上皇が、鳥羽殿にて出家した。受戒の師は僧正信証であった。法華五十講が始められたが、請僧十二人の中には俊成の兄の権律師快修も入っていた。そしてこの年は辛酉革命（天命が改まる年とされ、日本では改元する慣わしがあった）により、七月十日に「永治」と改元された。

崇徳天皇画像
（『天子摂関御影』より，宮内庁三の丸尚蔵館蔵）

このような状況にあって、おそらくすべての宮廷人が崇徳天皇の譲位が間近であることを察していたことであろう。俊成は、自身の前途を思うにつけて、心細さを禁じえなかった。彼はその頃、まだ春宮の昇殿を聴されていなかった。この年十一月十日

余り、月の美しい夜に、

忘れじよ忘るなとだにいひてまし雲居の月の心ありせば

（わたしは君を忘れまいよ、君もわたしを忘れるなよとだけでも言おうものを。もしも皇居を照らす月に心があったならば）

と詠んでいる。それから一ヵ月足らずの十二月七日に、天皇が土御門内裏で体仁親王に譲位した。

崇徳天皇を言祝ぐ歌

ところで、俊成は「述懐百首」の最後の「祝」の題で、

憂き身なりかけて思はじなかなかにいふかぎりなき君が千歳は

（つらいこの身だから、あやかりたいなどとは決して思うまい。なかなか申すも恐れ多いわが君の千年もの御寿命については）

と、取って付けたような印象さえ与えかねない祝言を述べて、巻軸の歌としている。

この歌で、「君が千歳」を予祝されている「君」とは誰であろうか。宮廷人である歌の作者が祝言として詠む「君」は、やはり帝王をさすと考えるのが普通であろう。保延六年であったならば、その時の「君」は明らかに崇徳天皇である。保延七年ならばこの年は七月十日に「永治」と改元され、永治元年十二月七日には近衛天皇が践祚したから、「君」は近衛天皇ともなりうる。俊成はあえて、「君」がそのいずれをさすのかはっきり

しない書き方を選んだのではないだろうか。しかし彼の予祝した「君」、そしてこの百首全篇を通じて身の不遇を愁訴した「君」は、やはり崇徳天皇だったのではないかと思われる。つまり、この百首は自身の憂悶を晴らす、単なる心やりとして詠まれたものではなく、何らかの形で崇徳天皇に進覧する目的で詠まれたのではないかと想像されるのである。

第三　崇徳院の内裏歌壇にて

一　生涯の伴侶美福門院加賀

皇后得子を呪詛した者流罪になる

近衛天皇への皇位継承から年が明けた永治二年（一一四二）正月十九日、待賢門院判官代の源盛行と同院の女房であった津守嶋子の夫妻が土佐国に、広田社の巫女朱雀が上総国に配流された。彼らが「待賢門院密詔」を奉じ（『台記』）、国母皇后得子を呪詛するために広田社前に巫女たちを集めて「鼓舞跳梁」したという密告があり、それを知った鳥羽法皇の命により行なわれた流罪であった。

二月二日、皇后得子が四条の藤原清隆の家から、立后後初めて内裏に入り、東対が御所とされた。鳥羽法皇はその行列を路頭で見物した。翌三日には皇后は法皇のいる白河殿に移った。内大臣であった藤原頼長は両日とも皇后の行啓に供奉した。この時の勧賞として、俊成の姉の忠子（藤原顕頼室）が従五位下に叙され、さらに翌康治二年（一一四三）正月三日には、近衛天皇の朝覲行幸の勧賞として、皇后宮宣旨の女房名で従三位に叙された。同時に夫顕頼は従二位から正二位に昇叙した。顕頼・忠子両人の多年にわたる鳥羽法皇・皇后得子に対する忠勤を嘉しての勧賞であった。

永治二年二月十一日、崇徳院が仁和寺にいた生母の待賢門院の許に朝覲御幸し、頼長も供奉した。

待賢門院の出家

その十五日後の二月二十六日、待賢門院が仁和寺法金剛院御所にて出家した。この時、鳥羽法皇と崇徳上皇が臨幸した。待賢門院璋子はこの時に四十二歳。『本朝世紀』は「未だ衰邁に及びおはしまさず。天下諸人、知ると知らざると、悲嘆せざる者無きなり」（女院はまだ衰えていらっしゃらない。世の中の人々は皆、女院を知っている人も知らない人も、女院のご出家を悲しみ嘆かない者はいなかった）と記している。二人の女房、源顕仲女待賢門院堀河と藤原定信女待賢門院中納言も尼となった。

その待賢門院中納言が、「結縁のために、人びとに詠んでほしい」と言って、俊成に「法華経二十八品和歌」の題（各品の経文の句を題とした法文題）を送ってきた。「康治のころほひ」というから康治（永治二年四月二十八日改元）元年か二年の頃である。『長秋詠藻』下には、その勧進に応えて詠んだ二十八品の各品を一首ずつと、さらに『無量義経』と『普賢経』の開結二経の句、および『般若心経』『阿弥陀経』の経旨を詠んだ三十二首から成る作品群が収められている。

俊成は後年『千載和歌集』に、法師品の偈の句「漸見湿土泥　決定知近水」を詠んだ次の歌一首だけを自選している。

武蔵野の堀兼の井もあるものをうれしく水の近づきにける

（武蔵野の堀兼の井という例もあるのに、嬉しいことには掘るにつれて次第に土が湿って水脈に近づいてきたよ）

「堀兼の井」は早く『古今和歌六帖』の「井」の項に、「武蔵なる堀兼の井の底を浅み思ふ心を何にたとへん」という作者未詳の歌を収める。また、『枕草子』の「井は」の項にも「井は　ほりかねの井。たまの井」と、最初に挙げられている。俊成にとってはおそらく歌枕として耳馴れていた井だったのであろう。抜き出された句の前の偈文は、「是経難得聞　信受者亦難　如人渇須水　穿鑿於高原　猶見乾燥土　知去水尚遠」である。『法華経』七喩の第六とされるこの「高原鑿水の比喩」を、歌の世界ではよく知られた歌枕を用いて、聞法の喜びを歌ったのだった。

藤原為経の出家

康治二年五月十日、俊成の室（の一人）の兄弟、藤原為忠の男為経が出家し、比叡山に入った（『本朝世紀』五月十日条）。為経には室がいた。藤原氏北家魚名流の若狭守親忠の女で、皇后得子（久安五年に美福門院の院号を得る）に仕えて加賀と呼ばれていた女性である。そして、その室との間には隆信が生まれていた。『兵範記』久安五年（一一四九）十月十日

美福門院加賀を室とする

条に、「親忠孫、八歳」の藤原隆信が美福門院蔵人に補されたと記すので、その誕生は康治元年ということになる。室と二歳になる男子を残して、為経は出家し、沙弥寂超と名乗った。

久安元年十一月二十三日、俊成は皇后宮御給で従五位上に叙された。また、俊成は突如出家した夫に取り残されたこの美福門院加賀を室とした。為経出家から五年後の久安四年、美福門院加賀は俊成との間に一人の女子を生んだ。後年は八条院三条・五条上などと呼ばれる女性である。俊成は三十五歳であった。この後、俊成は加賀との間に男の定家など多くの子に恵まれる（後述）。

しかしながら、室の義理の姉妹であった女性との恋は、当時も、周囲に波紋を起こさせずには済まなかったのではないか。あるいは加賀の側にはためらいもあったかもしれない。二人の恋が結婚という形で成就するまでには、かなりの紆余曲折があったであろう。

『新古今和歌集』巻第十三・恋歌三の巻末には、

女につかはしける　　皇太后宮大夫俊成

よしさらば後の世とだに頼めおけつらさに堪へぬ身ともこそなれ

（ではせめて来世で逢おうとだけでも期待させてください。あなたのつれなさに堪えられず死んでしま

うかもしれませんから）

返し　　　　　　　　　　　　　　　　　　藤原定家朝臣母

頼めおかんたださばかりを契りにて憂き世の中の夢になしてよ

（お約束しましょう。ただそのお約束だけを二人の関わり合いとして、これまでのお付き合いはこのつらい世で見た夢ということにして下さい）

という贈答歌が置かれている。また、『長秋詠藻』中・恋歌には、この贈答歌の後に、題詠ではない現実の恋で詠まれた二十首が収められている。その中には、二人の結婚までの過程で詠まれた恋歌が（贈答歌に限らず）含まれる可能性が少なくない。たとえば、

又、女につかはしける

恋しともいはばおろかになりぬべし心を見する言の葉もがな

（もしも「あなたが恋しい」とでもわたしが言ったならば、いい加減なことになってしまうでしょう。そんな程度のものではないわたしの心を見せられる言葉があったらいいのになあ）

返し

恋してふいつはりいかにつらからむ心を見する言の葉ならば

（わたしのことを恋しいというあなたの偽りはどれほどつらいことでしょうか。もしそれがあなたのお心を見せる言葉でしたならば）

という贈答歌での贈歌は、崇徳院の命によって俊成が部類した『久安百首』（巻第八・恋歌下）にも組み入れられて、自身が深く愛着していた作であることをうかがわせるが（非部類本では異本歌として書入れの形であり、詠進時には含まれていなかった可能性が大きい）、私詠をさりげなく晴の歌に入れるというこだわりも、この歌が加賀に対する激しい恋情の告白として詠まれたものと考えると納得されるのである。

成家・定家ら生まる

結婚して後、二人の子として確認できるのは次の八女二男である（括弧内は家族間の呼び名）。

久安四年（一一四八）　八条院三条、藤原盛頼室、歌人俊成卿女の母
久安六年（一一五〇）　高松院新大納言、藤原家通室（祇王御前・六角殿）
仁平元年（一一五一）　上西門院五条、源顕通女（覚性法親王の乳母）の養女
（閑王御前・安井尼）
仁平三年（一一五三）　八条院権中納言、民部大輔源頼房室（延寿御前）
久寿元年（一一五四）　八条院按察、藤原宗家室（朱雀尼）
久寿二年（一一五五）　成家
保元二年（一一五七）　建春門院中納言、八条院中納言とも（健御前・九条尼）
保元三年（一一五八）　前斎院大納言（竜寿御前）

応保二年（一一六二）　定家

長寛二年（一一六四）　承明門院中納言（愛寿御前）

右のうち、上西門院五条について、石田吉貞『藤原定家の研究』の本篇ならびに補訂篇は、『明月記』嘉禄二年（一二二六）十二月十八日条の彼女に関する注記のうち、「為五宮御乳母養子」を「五宮御乳母と為る、養子」と読み、彼女は俊成の「真の養子」で、僧正印性と母を同じくする大納言源顕通女で、後白河院の五宮円慧（円恵）法親王の乳母となったと考えた。しかし、松野陽一『鳥箒千載集時代和歌の研究』および久保田淳『藤原定家とその時代』で考証しているように、前引の注記は「五宮御乳母の養子と為る」と読むべきで、「五宮」は鳥羽院の五宮覚性法親王であり、「五宮御乳母」がすなわち源顕通女である。また、「五条殿御息男女」での上西門院五条に付された「母同」の注記は、八条院三条の注記「母親忠女」を受け、「母同」に続く注記は、印性の母であった顕通女が上西門院五条を養子として上西門院に参らせたと解すべきである。

美福門院加賀が最初の子を生んだ翌年の久安五年四月九日には、俊成は丹後守に任ぜられ、翌六年正月六日には美福門院御給で正五位下に叙されている。順風満帆という状態とはむしろ程遠いものであった俊成の人生に、彼女との結婚が大きな幸いをもたらしたことは、彼自身やその男子の官位昇進、女子たちの宮仕え先などを見れば明らかである。そして、日本の文学・文化という点から見れば、定家という巨星を生み、育てたことはやはり大きな意味を持っていたと考えざるを得ない。

二 『久安百首』の部類に挑む

歌人として評判になる

俊成は、三十代の初めから半ば過ぎの頃には、詠んだ歌が宮廷周辺で評判になるほどの歌人になっていた。そのことを物語る話がある。先にも引いた鴨長明の『無名抄』に、長明が師の俊恵から聞いた話として載る「俊成自讃歌ノ事」である。

俊恵が俊成に「あなたは自作の中でどの歌をすぐれているとお思いですか。人びとはいろいろ申していますが、御本人におうかがいします」と尋ねたところ、俊成が自身の「おもて歌」（代表歌）として挙げた歌は、

夕されば野辺の秋風身にしみてうづら鳴くなり深草の里

（夕方になると野辺を吹く秋風が身にしみるように感じられて、鶉の鳴く声がさびしく聞こえるよ、深草の里で）

だった。そこで俊恵は世間がすぐれた歌と言っている、

おもかげに花のすがたを先立てていくへ越えきぬ峰の白雲

（美しい桜の花の姿の面影として、行く手に先立たせて、幾重越えてきたのだろうか、峰にたなびく白雲を）

という歌について尋ねた。すると、俊成は「さあ、よそではそう決めているかもしれませんが、やはり自分では『夕されば』の歌とは較べようもありません」と答えたという。

この話に取り上げられた二首の歌は、ともに新院と呼ばれるようになった崇徳院関係の催しにおいて詠まれた作品である。すなわち、「おもかげに」の歌は、崇徳院が近衛殿に御幸した日、「遠く山の花を尋ぬ」の題を詠んだものと知られ（『長秋詠藻』詞書）、その時期は、康治二年三月頃とする説（松野陽一『藤原俊成の研究』）がある。一方、「夕されば」の詠は久安六年に詠進された『久安百首』中の一首である。

崇徳院、『久安百首』を詠進させる

崇徳院は在位中、『堀河百首』の題を襲用した百首を廷臣たちに詠進させていた。散佚して全貌は明らかでないが、それは保延五年（一一三九）頃のことかと推測され、俊成は召されていない。譲位後まもなくして院は自身にとっては第二度となる百首歌を計画した。それが『久安百首』である。「左京権大夫顕広（藤原俊成）」の名で記された本百首の奥書によれば、俊成は康治年間（「康治」は一一四二年四月～四四年二月）に題を賜わり、全作者の各百首が詠進されたのは久安六年であったという。十四名（五六・五七頁掲載の表2参照）全員の百首歌が出揃うまでに数年を要したのは、予定されていた作者のうち源行宗・僧都覚雅・藤原公行の三人が世を去り、代りに藤原季通・藤原実清・藤原清輔が加えられるというメンバーの入れ替えがあったからである。

『久安百首』の部類を命じられる

全員の作品である千四百首の和歌が結集されたのち、崇徳院はそれらを主題別に分類・配列して歌集のような形式に編集すること（これを「部類する」という）を俊成に命じた。『長秋詠藻』に「四品に叙してのち、崇徳院の御方の還昇はまだ申さざりしころ、百首歌部類してたてまつるべきよし仰せられたりしついでにたてまつりし」（四位に叙されたあと、崇徳院の院御所への昇殿はまだお願い申し上げなかったころ、百首歌を部類して献上せよとのご命令を下された際に詠進した歌）として、次の歌を詠進したという。

雲井よりなれし山路を今さらに霞へだててなげく春かな

（歩きなれた山路が霞に隔てられて歩けないように、お上が御在位の時からなれてきた御所への還殿上が今もって叶わなくて、この春わたしは歎いております）

この歌に対する崇徳院からの返しのお歌はなく、還昇をご下命されたと左注で述べている。

従四位下に叙される

俊成が従四位下に叙されたのは、久安七年正月六日のことである。三十八歳であった。この年は正月二十六日に「仁平」と改元され、同年中に、かねて崇徳院に勅撰集の撰進を命じられていた左京大夫藤原顕輔が『詞花和歌集』を奏覧している。

崇徳院下命の『詞花和歌集』に入集する

顕輔は藤原氏北家末茂流、正四位下春宮大進隆経の孫、父は正三位修理大夫顕季、母は大宰大弐藤原経平女である。祖父隆経の室大舎人頭藤原親国女親子は白河院の乳母となり、従二位に叙された。この女性が顕季を生み、彼が白河院の寵臣として時めく因を成した。顕季は父隆経と同じく『後拾遺和歌集』初出の歌人で、『堀河百首』の作者の一人であり、歌道家「六条藤家」の祖とされる。元永元年（一一一八）には六条東洞院の自邸で柿本人麻呂影供（人麻呂を歌聖として祀り、供養する歌会）を主催した。家集の『六条修理大夫集』は白河朝から鳥羽朝までの多彩な詠歌活動を物語っている。

崇徳院が第六番目の勅撰集となる『詞花和歌集』の撰集を下命した天養元年（一一四四）時点の宮廷周辺の歌人たちを見渡すと、大治四年（一一二九）に源俊頼、保延四年に源顕仲、康治元年に藤原基俊という具合に、撰者とされてもおかしくない歌詠みが次々と世を去って、ふさわしい人物は顕輔の他に考えられなかったのであろう。顕輔は撰集資料として、俊成に詠草を送るように求めてきた。俊成はまず父の俊忠の遺詠をまとめて送り（『長秋詠藻』）、続いて自身の詠草をも送ったのであろう。顕輔は俊成の願いを聞き届けてくれた。

俊忠の歌は『詞花和歌集』恋上に、「家に歌合し侍りけるによめる」として

恋ひわびてひとり伏せ屋に夜もすがら落つる涙や音無しの滝

（あの人を深く恋して、わたしは一人そまつな家に臥して夜通し泣いている。落ちる涙は、音無しの滝のようなものだろうか）

という一首を採り、俊成の歌は、

心をばとどめてこそは帰りつれあやしや何の暮れを待つらむ

（わたしの心はあの人のもとに留めおいて帰ったのに、不思議なことだな、いったい心以外の何がまたあの人と逢える日暮れを待っているのだろう）

を同集恋下に、「左京大夫顕輔が家に歌合し侍りけるによめる　藤原顕広朝臣」として採ったのであった。

崇徳院の和歌事業の意味

『詞花和歌集』は、崇徳院の指示により数首が除かれて、仁平元年中に再び奏覧された。源俊頼が撰進した直前の『金葉和歌集』に倣って全十巻、勅撰二十一代集を通じて最少の計四百九首から成っていたと考えられる。その内容は『拾遺和歌集』から『後拾遺和歌集』歌人に厚く、当代歌人に薄かった。藤原清輔は撰者の息男ということで前例なしとされ一首も採られなかったが、俊成はたった一首でも入集することができたのである。

『詞花和歌集』が成立した上にさらに崇徳院が十四人の百首歌、すなわち『久安百首』の部類を俊成に命じたのは、古人の歌をかなり含む『詞花和歌集』と、自身とその

表2 『久安百首』作者一覧

作者名	年齢	
崇徳院	三十二歳	鳥羽法皇の第一皇子。母は待賢門院藤原璋子。『詞花和歌集』初出。
藤原公能	三十六歳	正二位中納言右兵衛督。徳大寺左大臣実能の一男。母は権中納言藤原顕隆女。妻は俊成の姉の豪子。『詞花和歌集』初出。
藤原教長	四十二歳	正三位参議右中将。大納言忠教の二男。母は大納言源俊明女。崇徳院の側近。後に保元の乱で流罪。『詞花和歌集』初出。
藤原顕輔	六十一歳	正三位左京大夫。修理大夫顕季の三男。母は大宰大弐藤原経平女。『詞花和歌集』撰者。『金葉和歌集』初出。
藤原季通	年齢不明	正四位下前備後守。権大納言宗通の男。母は修理大夫藤原顕季女。『詞花和歌集』初出。
藤原親隆	五十二歳	正四位下尾張守。参議大蔵卿藤原為房の七男。母は法橋隆尊女。『為忠家後度百首』作者。『詞花和歌集』初出。
藤原実清	年齢不明	右馬権頭。右京大夫公信男。後に保元の乱で流罪。『千載和歌集』初出。
藤原清輔	四十三歳	位署書には「散位」とある。左京大夫顕輔の男。母は能登守高階能遠女。『千載和歌集』初出。

待賢門院堀河	年齢不明	神祇伯源顕仲女。初め白河天皇皇女令子内親王に出仕、前斎院六条とも呼ばれる。西行と親交あり。『金葉和歌集』初出。
上西門院兵衛	年齢不明	待賢門院堀河の妹。初め待賢門院に、後にその所生の上西門院（統子内親王）に出仕。西行と親交あり。『金葉和歌集』初出。
待賢門院安芸	年齢不明	皇太后宮少進橘俊宗女。『詞花和歌集』初出。『金葉和歌集』初出の郁芳門院安芸と同一人とする説もあり。
花園左大臣家小大進	年齢不明	式部大輔菅原在良女。母は三宮輔仁親王家大進。花園左大臣源有仁に女房として出仕。小侍従の母。『金葉和歌集』初出。
藤原隆季	二十四歳	正四位下左馬頭兼越後守。中納言家成の一男。母は中務大輔高階宗章女。『詞花和歌集』初出。追詠した仁平三年には二十七歳
左京権大夫顕広	三十七歳	

（注）年齢・経歴は久安六年時点

同時代人の作品のみから成る歌集の二つを、心ならずも中断せねばならなかった自身の治世の記念として残そうと考えていたためであろう。

俊成にしてみれば、大層名誉なことであった。それでこれを機に還昇を願ったところ、叶えられた。仁平二年十二月三十日の小除目（こじもく）で、俊成は丹後守を去って左京権大夫に任ぜられている。久安六年には「丹後守顕広」として詠進した『久安百首』を崇徳院の「別御気色」（格別のご意向）によって部類し、仁平三年暮秋に「左京権大夫顕広」と署名して奏進した。

この『久安百首』の人別百首には「左京権大夫顕広」の名での俊成の簡単な奥書の他に、男定家の識語が添えられている。それによれば、俊成が部類した百首は、奏覧後、他の作者に遅れて詠進された藤原隆季（たかすえ）の百首も加えるようにと命じられて返却されたという。現存する『久安百首』の伝本には、歌人別百首本・部類本とも隆季の歌が含まれているが、仁平三年正月に没した平忠盛の作品は含まれていない。没したために忠盛の歌が除かれ、急遽その補充として隆季が詠進を命じられたのであろう。俊成も隆季が詠進した後、ただちに部類し終えていた初稿本に切り入れる形で改訂を加えたのであろうが、定家の識語によれば、保元の乱によって再奏覧することはできなかったという。

この百首は、四季六十首、恋二十首、その他二十首から構成されていた。四季は「春二十首」「夏十首」のように大枠を示すのみで、恋も同様である。しかし、その他の二十首は神祇・慶賀・釈教・無常・離別・羇旅（きりよ）・物名・短歌に細かく部類されていた。おしまいの短歌は、『古今和歌集』の雑体における小区分に倣ったもので、長歌を意味する。反歌を添えた作者と添えない作者とに分かれており、長歌の内容は、ほとんどが自身の今回の百首の跋文（あとがき）に相当するような意識で詠まれている。しかし、俊成のそれは自身の沈淪を愁訴した部分がきわめて長いのである。その部分を挙げると、

……水曲にかかる　埋れ木の　沈めることは　唐人の　三代まで遇はぬ　歎きにも　変はらざりける　身のほどを　思へばかなし　春日山　峰の続きの　松が枝の　いかにさしける　末なれや　北の藤波　かけてだに　いふにもたへぬ　下枝にて　下ゆく水に　越されつつ　五の品に　年深く　十とて三も　経にしより……

（流れの淀みに掛かった木が埋もれ木となって水底に沈んでいるように、わたしが沈淪していることは、漢の国の顔駟が三代の帝王に仕えて不遇であった嘆きにも変わらない、わたしの身分の低さを思うと悲しい。たとえとして言えば、春日山の峰続きに生い茂る松の枝にどのように生えた枝の下端なのだろうか、藤原氏北家の子孫であると口に出して言うにも価しない下位にあって、わたしよりも若い人に追い越されて、五位になってからも、十三年もの長い年月が経えてしまい……）

と続く。崇徳院はこの愁訴におおいに動かされ、そのこともあって、この百首歌の総体の部類と再編成という大役を俊成に命じたのであろう。そして、俊成は同時代の歌詠みたちの詠みぶりを知り、学んで、自身の詞藻を豊かにする機会に恵まれたのであった。

翌仁平四年は十月二十八日に「久寿」と改元される。明けて久寿二年五月、『詞花和歌集』を編んだ顕輔が六十六歳（一説に、六十七歳）で亡くなった。

後白河天皇、践祚

この年、七月二十三日午刻（午前十一時から午後一時までの間）、近衛天皇が近衛殿において崩じた。享年十七。死因はわからないが、二年前から目をわずらっていたという。天皇が崩じた時、父の鳥羽法皇と母の美福門院は鳥羽殿にあって、近衛殿に臨幸することは叶わなかった。法皇は蔵人頭左中弁光頼を使者として、関白の藤原忠通に、高松殿を新帝の宮殿とする、新帝の事は沙汰があるであろうと告げた。そして、翌二十四日になって「第四親王雅仁」を新帝に「登用」すると、光頼を使者として、忠通に告げた。その夜、新帝の後白河天皇が高松殿において践祚し、改めて忠通が関白、光頼が蔵人頭とされたのである。

藤原忠通と忠実・頼長の対立

後代、忠通の男慈円は次のように語っている。

鳥羽法皇は新帝として誰がふさわしいか、藤原忠実・頼長父子にはいっさい相談せず、ひたすら忠通の意見を徴した。それに対して忠通は、「帝位は人臣の容喙すべきことではございません」と答えたが、法皇が四度目の下問で強く迫ったので、忠通は「四宮、親王ニテ二十九ニナラセオハシマス、コレガオハシマサン上ハ、先コレヲ御即位ノ上ノ御案コソ候ハメ」（四宮が親王で二十九歳になられておられます。この方がおられますので、法皇がまずこの方を即位させられた上でお考えなさるべきでございましょう）と答えた。それで雅仁親王に決して、「御譲位ノ儀」がめでたく行なわれたのである（『愚管抄』巻第四）。

忠通は、彼を憎む父忠実によって、久安六年、藤原氏の氏長者の地位を弟である頼長に奪われていた。さらに頼長は、翌七年に内覧とされている。しかし、後白河天皇が践祚すると、頼長には内覧の宣旨が下らなかった。

これは、巫の口寄せで、近衛天皇の霊が現われ、朕を呪うために先年ある人が愛宕山の「天公」（天狗）像の目に釘を打ったので目が明らかでなくなり、死に至ったのである、と告げたというのである。実際、鳥羽法皇が検べさせると天公像には釘が打たれてあった。それは忠実と頼長の所為であると、美福門院と忠通は考えているということが天下道俗の噂となっていたという。

後白河天皇画像
（『天子摂関御影』より，宮内庁三の丸尚蔵館蔵）

近衛天皇の大葬・仏事に勤仕

久寿二年七月二十七日には近衛天皇の晏駕雑事（天子の死に関わる諸事）が決められ、八月一日、大葬が行なわれた。御陵は船岡西北に定められた。俊成は、迎火の役を務める殿上人十五人のうちの一人として役にあたった。この後も、八月九日に初度の御誦経使が諸寺に遣された際、俊成は東寺に遣されている（『兵範記』当日条）。

この大葬の翌日に近衛殿に参った俊成は、次の歌を詠んでいる（『長秋詠藻』）。

のぼりにし夜はのけぶりのかなしきは雲の上さへかはるなりけり

（空に立ち昇った夜の荼毘の煙が悲しいことには、宮中の様子までも変わってしまったなあ。〈天子の死を「昇遐」というので、「のぼりにし……けぶり」と表現した〉）

内昇殿を聴さる

八月二十八日には立太子雑事定があり、九月二十三日に新帝の一宮守仁親王（後の二条天皇）が皇太子に冊立された。なお、守仁親王を養育したのは美福門院である。俊成は、十月二十三日に行なわれた御即位叙位で美福門院御給で従四位上に昇階し、さらに十一月十日に内昇殿を聴された。

十二月十六日、高陽院藤原泰子が六十一歳で崩じた。忠通の同母姉で、保安元年（一一二〇）、父忠実が鳥羽天皇に入内させようとしたが、以前に白河法皇が入内を命じた時には断った経緯もあったため、白河法皇の怒りを買った父は内覧停止となり、法皇崩後の長承二年（一一三三）に三十九歳で鳥羽院の上皇宮に入るものの、御子を生むことはなかった女院である。

大事がうち続いたこの久寿二年、俊成は、美福門院加賀との間に最初の男子をもうけた。長じて正三位兵部卿に至った成家である。

第四　政変と内紛の世に宮廷歌人として

一　保元・平治の乱

久寿三年（一一五六）の元旦、内裏では例年のとおり四方拝が行なわれていた一方で、鳥羽法皇は、旧年中に公卿殿上人が新年に参仕せぬように命じ、近習の者だけが祗候する鳥羽殿で新年を迎えた。関白藤原忠通家では高陽院の喪に服していた。

頼長の内覧承認

正月二十七日の除目で、忠通の嫡男基実が権中納言兼左衛門督に任ぜられた。二月二日の除目下名では、頼長が「左大臣、元の如し」とされた。前年五月十日に近衛天皇に上表を奉ったものの、勅答がないまま天皇が崩じたので、左大臣の地位はいわば宙に浮いたような状態になっていた。頼長の内覧は、先述したように後白河天皇の践祚によって停められていた。それゆえ、彼や父忠実は内覧を承認してもらうことを切に願っていたので、この通達はそれらを確認したことになる。

三月三十日には、俊成の兄の禅智が、祭除目の僧事で、権少僧都とされた。

鳥羽法皇の崩御

この年は四月二十七日に「保元（ほうげん）」と改元される。

五月の末頃から六月にかけて、鳥羽法皇の病が重くなった。六月三日夜、崇徳院（すとくいん）は鳥羽殿に御幸したが、そのまま還御（かんぎょ）したとも、田中殿に御幸したので、法皇との対面はなかったとも噂された（『兵範記（ひょうはんき）』同日条）。六月十二日には、美福門院（びふくもんいん）が出家した。

そして、七月二日申刻（さるのこく）、鳥羽法皇は鳥羽安楽寿院御所（あんらくじゅいんごしょ）で五十四歳の生涯を終えた。亡骸（なきがら）は、生前定められた役人たち（惟方（これかた）や信西（しんぜい）も入っている）によって入棺され、安楽寿院境内の三重塔に移されて、終夜殯（もがり）が行なわれた。葬列には出家した皇子たち、太政大臣実行（さねゆき）・内大臣実能（さねよし）・左大将公教（きんのり）・右衛門督公能（きんよし）・参議光頼（みつより）らが従った。左大臣頼長の姿はない。新院と呼ばれていた崇徳院は法皇の臨終の際に臨幸したが、この時も対面することはなく還御し、以後は訪れなかった。

崇徳院・頼長、軍兵を集める

朝廷側は源（みなもとの）義朝（よしとも）・義康（よしやす）らに禁中の守護を命じ、源平の軍兵を鳥羽殿に祇候させていた。新院と頼長が法皇の崩御後に同心して兵を動かすであろうとの風聞が、以前よりあったためである。

法皇の初七日にあたる七月八日、忠実・頼長父子が荘園の軍兵を集めることを停止せよとの勅定が下された。頼長の東三条殿（ひがしさんじょうどの）は朝廷側に没収され、秘法を修していた僧が逮捕された。

九日の夜半、崇徳院が鳥羽殿内の田中御所を出て白河殿に移った。十日には頼長も宇治から白河殿に参り、作戦を練った。そして左京大夫の藤原教長（のりなが）が祇候し、源為義（ためよし）とその子息たち、平忠正（たいらのただまさ）らが軍兵として集められた。一方、後白河天皇のいる禁中高松殿には、下野守源義朝・前安芸守平清盛（きよもり）・兵庫頭源頼政（よりまさ）らが集められ、清盛・義朝が戦術を執奏した。

保元の乱

十一日の早暁、清盛・義朝ら六百余騎の軍兵が白河殿に夜襲をかけ、辰刻（たつのこく）（午前八時頃）に火の手があがった。崇徳院や頼長の行方はわからなかったが、十三日に院は仁和寺に身を寄せたことがわかり、勅定により源重成（しげなり）が守護した。出家して投降した教長は、十五日、推問を受けた。流矢に当たったと言われ、生死が長らくはっきりしなかった頼長は、後日、母の兄弟である興福寺の僧千覚（せんがく）の房で十四日に死し、大和の般若山にひそかに葬られたことが判明した。そして二十三日の夕、崇徳院は仁和寺を出て、鳥羽辺で船に乗せられ、讃岐国に移された。

その後、平忠正や源為義らの武将が斬刑に処され、八月三日には頼長の子息らと、教長や藤原実清などの流罪が行なわれて、この未曾有の乱逆は収束した。

後白河上皇の院政開始

保元の乱が収まった後の後白河天皇の時代は、信西の才幹に支えられ、社会はほぼ安定していた。なお、信西は頼長と並ぶ博識ではあるが、彼が朝廷内で影響力を持つまでになったのには、後白河天皇の乳母を室としていたことも大きいだろう。信西は、保元二年（一一五七）十月に大内裏の新造、同三年正月に内宴の復活、六月には相撲節会の再興など、復古的な試みを実行に移した。

俊成はこうした抗争に関わることはなかったが、保元二年十月二十二日、正四位下に叙されている。そして、保元三年八月十一日、十六歳の皇太子守仁親王が受禅、二条天皇として帝位に就き、後白河院が院政の主となった。同日、関白忠通は上表して一男の右大臣基実が関白とされ、権大納言藤原経宗・権中納言藤原信頼・従三位平範家が院司に補任された。

信西と藤原信頼の対立

経宗は藤原氏北家師実流、大納言経実の男で、二条天皇を出産後まもなく夭亡した懿子の同母兄弟である。また、信頼は藤原氏北家道隆流、大蔵卿忠隆の三男、母は民部卿藤原顕頼女である。この時に信頼は二十六歳、後白河院が彼を寵愛した有様は並外れていた。正四位下左近権中将で蔵人頭であった信頼は、この一年間に、二月二十一日任参議、五月六日叙従三位、八月十日任権中納言、同日叙正三位、と栄進を続けている。

信西は、引き続き譲位後の後白河院政を支えていたが、院が信頼を寵愛することについては強く諫めていた。しかし、院は聞き入れなかった。一方、信頼は優秀な子息を持つ信西を嫉視していたという（『愚管抄』巻第五）。信西の子息たちは、保元四年四月二十日の平治への改元直前の四月六日に一男の俊憲が参議となり、閏五月には二男貞憲が権右中弁となった。三男成範は前年に左中将になっていた。

また、源義朝は、信西の子息の是憲を聟に取ろうとしたが、信西は「我子ハ学生ナリ。汝ガ聟ニアタハズ」（私の息子は大学別曹で学ぶ学徒である。武家であるそなたの聟にはふさわしくない）と拒んだ一方で、成範を平清盛の聟にしようとしたのであった（『愚管抄』巻第五）。義朝と清盛は互いに激しい対抗心を抱いていたので、義朝の怒りも深かったに違いない。

平治の乱、起こる

信頼はその義朝と手を結び、さらに源師仲・藤原惟方を引き入れて、信西とその一族を滅ぼそうと企てた。平治元年（一一五九）十二月九日、清盛が熊野詣でのために都を留守にしていた隙に、信頼・義朝らは後白河院の御所三条殿を囲み、火を放った。事件の起こることを悟って、事前に信楽近くの田原に逃れた信西は、穴を掘ってその中に隠れたが、信頼方の武士に気付かれ、穴の中で自害した。十四日、信頼は天皇・上皇を大内裏に幽閉してみずから除目を行ない、十七日には信西の首を獄門の木に掛けた。

一方、『愚管抄』によれば、熊野詣での途中で、この急報に接した清盛の一行が、同じ十七日、都に取って返し、清盛は信頼に名簿（従属の証しとして自分の姓名・官位などを書いて送る名簿）を送って油断させ、ひそかに策をめぐらせて、二十五日、信頼側に幽閉されていた天皇・上皇の脱出に成功、その後、信頼・義朝軍と戦ってこれを破った。信頼は二十七日六条河原で斬られ、義朝は年改まった正月四日、落ちのびた尾張国の内海で家来の鎌田政清とともに、政清の舅長田忠致に謀殺された。頼朝は父義朝とともに戦った後、落ちてゆく途中ではぐれて捕らえられた。

信頼・源義朝方の没落

平治二年は正月十日に「永暦」と改元された。惟方は先の乱に際して、天皇・上皇の内裏からの脱出に功があったとされ、咎められなかった（『愚管抄』巻第五）。しかし、二条天皇の側近だった経宗や惟方の指図により、後白河院が大路で物見をする桟敷に外側から板が打付けられて外が見えなくなったことや、この二人が政治は天皇の御命令に従うべきで、院の意のままにさせまいと言ったのが院の耳に入ったことが原因で、二月二十日、二人は捕らえられ、三月十一日、経宗は阿波国に、惟方は長門国に流された（『愚管抄』巻第五）。同じ時に師仲は下野国に、頼朝は伊豆国に流された。経宗は応保二年（一一六二）三月に召還されて復権を果たすが、惟方と師仲が召還されたのは永万二年（一一六六）二月である。しかも惟方はすでに出家していたので、師仲のように本位に復することはなかった。

藤原師長・惟方・源師仲に同情する

俊成は、保元の乱にも平治の乱にも、いっさい関わっていない。しかし、養家である葉室家の惟方や同家に繋がりのある信頼の、一時の栄耀と没落のありさまを目のあたりにして、思うところは少なくなかったに違いない。

俊成は後年に撰進した『千載和歌集』（離別・四九四）に、保元の乱後、頼長の二男で土佐に流された師長の、

教へおく形見を深くしのばなむ身は蒼海の波に流れぬ

（今こうして、君に教えておく青海波の曲の楽譜をわたしの形見として深く偲んでほしい。これからわたしは青い海の波――南海道の土佐国に流されてしまうのだから）

の歌と、いつまでも赦免されない惟方が配所から都の女房に托して哀訴した次の歌（雑中・一一一八）、

この瀬にも沈むと聞けば涙川流れしよりも濡るる袖かな

（多くの流人たちが赦免されるこの機会にもわたしは赦されないという噂なので、流されたその時よりも袖は涙でひどく濡れています）

の歌の他、師仲が流されてゆく途中、尾張国の鳴海で詠んだ作（羇旅・五一八）などを採っている。

美福門院哀傷歌

永暦元年も暮れにさしかかった十一月二十三日には、美福門院得子が四十四歳で世を去った。

俊成は美福門院の在世中、女院に仕えていた加賀が室であるという関係もあったためか、女院の命により、極楽六時讃絵の歌十九首や彼岸念仏会の歌十首を詠んでいる。前者は『長秋詠藻』下の釈教歌に、後者は同じく『長秋詠藻』中の春歌に四首、恋歌に六首が載っている。一家の者たちが女院の庇護の下にあったことも確かである。そのようなことから、俊成は女院の葬送に際して、女院とは母方の従兄妹となる入道大納言藤原成通、皇后宮権亮を務めた権大納言源雅通、藤原清輔の三人それぞれと、哀傷歌を詠み交わしている。これらの美福門院哀傷歌は、『長秋詠藻』において一つの群を形作っている。

二 二条天皇の内裏歌壇と崇徳院の遺詠

応保年間の俊成家の慶事

永暦二年は天下に疱瘡が流行し、二条天皇も罹患したので、九月四日に「応保」と改元された（『山槐記』同日条）。同月十五日に除目があり、仁平二年（一一五二）十二月三十日に左京権大夫に任じられて以後、ずっとその官にあった俊成は、左京大夫に転任した。『山槐記』九月十五日条に、「左京大夫藤顕広元権大夫」と記されている。なお、同日に左馬権頭平教盛・右小弁平時忠が解官されている。改元前の九月三日に生まれた後白河上皇の皇子（憲仁親王、後に高倉天皇、母は上西門院小弁、後に建春門院）を皇太子にしようと謀ったとされたのである。

翌応保二年には、俊成室美福門院加賀が二男定家を出産した。

二条天皇の内裏歌壇

俊成にとって慶事の続いた永暦から応保にかけての、二条天皇の内裏歌壇における俊成の存在は、必ずしも際立っていたとは言えない。

内裏では、永暦二年七月に「内裏十題百首」、翌応保二年前半に「内裏艶書歌会」などの注目すべき詠歌の試みがあった他、保元四年春頃から、小規模の歌会や歌合が頻繁に行われていた（『重家集』）。それらのうち、俊成の出詠が知られるものは、保元四年春の二度の御会、永暦二年の内か、応保元年と改元された後か明らかではないが、応保元年秋の催しである「東三条殿五首御会」、応保二年三月十四日の「高倉殿二首貝合後宴歌合」などにすぎない。その他、永暦二年四月二十八日の御書所作文に参会し、連句をも試みたことが知られるが（『山槐記』当日条）、作品は伝わらない。

藤原清輔の批判を受ける

応保二年三月十四日の「高倉殿二首貝合後宴歌合」の際には、和歌評定の場で、詠歌のために昇殿を聴されたばかりの藤原清輔に名をなさしめたエピソードがある。このことは清輔が『袋草紙』に詳しく自記し、自讃している。

高倉殿で「兼題二首御会」が披講された後、藤原範兼の出題で作者名を隠しての当座二首歌合が行なわれた。そのうちの一首の題は「躑躅路を夾む」であった。

天皇の御簾が上げられ、範兼が評定を主導した。清輔はとくに御座近くに侍らされていたが、発言しなかった。すると天皇は「清輔は今夜和歌の議論をするまいと思っているのか」と、いささかご機嫌斜めの様子であった。そのうちに「このもかのも」（こちら側とあちら側）という句を詠み入れた歌が講じられた。これは源有房の「岩つつじこのもかのもに咲くころは過ぎぞやられぬ峰の細道」（『有房中将集』）であったと考えられる。範兼はこれを「「このもかのも」という語句は、筑波山の他は詠むべきではない」と、筑波山の山容を述べつつ、強く主張し、俊成（清輔はこの時の名で「顕広」と記す）は、「そうです。近い歌合でもそのような批判があったようです」と同調した。清輔が「その歌合は基俊が判者だったものですか」と問い、俊成は「そうです」と認めた。すると範兼は傍若無人な態度で、「それならば、この歌は負としよう」と言い、清輔は「しかし、それはひどい間違いです」と異を唱えたが、清輔の異母弟である重家までも、「基俊が書き置いたことを後世の者が間違いとは言えないでしょう」と、範兼らの意見に従う姿勢を示した。清輔は「基俊の説を後世の者が新説にもとづいて批判するのであれば、そのとおりでしょう。もしも基俊より前の先学が申した説があったならばどうでしょうか」と答えた。人は面白がって、「証歌があるのならばそれを出して見せよ」と、清輔を責め勅撰集に入集できなかったことを「遺憾の第一」と感じていた（『袋草紙』）。

俊成も、清輔に対する不快感や敵愾心がかき立てられていたことであろう。男定家は、『後撰和歌集』（恋五・九一六）に載る源英明の歌の「海人のまてがた」という歌句の解釈に関して、俊成の語ったことを書き留めている。歌学書『僻案抄』と『三代集之間事』に記されており、両書の記述は若干異なる部分もあるが、主として『僻案抄』に拠って記す。

俊成が崇徳院に参仕していた時、清輔の歌学書『奥義抄』（『僻案抄』では作者はわからないが、清輔の筆跡の本という）を御前で示されて、「一見して意見を述べ、ただちに返上せよ」と命ぜられたので、「とくに問題はありませんが、「あまのまくかた」として「未勘」（まだ調べていない）としておりますのは、『あまのまてかた』が正しく、これは砂の中に棲むまで（蛤）の跡をいうと、基俊が申しました」と奏上した。その後、年を経て清輔が『奥義抄』を二条天皇に進覧した際、「あまのまくかた」の解釈が書き加えられてあり、このことは父顕輔・祖父顕季から伝授されたとのことであったが、以前「未勘」として、後日注したものが伝授された説でないことは明らかである。

このような趣旨のことを晩年の俊成が定家に語っていることからも、崇徳院から二条天皇の時代にかけて、早くも俊成と清輔との間には、お互いに張り合う感情が高まっており、清輔が崇徳院にも二条天皇にも自著を進覧し、自身が和歌の見識を備えていると認められるように努めていたこと、俊成はそれをひどく不快に感じていたことなどが想像される。そうであるならば、二条天皇の内裏歌壇は、六条藤家と御子左家という二つの歌道の家が競い合い、俊成にとってかなり神経を労する場所であったかもしれない。

忠通、死す

長寛二年（一一六四）二月十九日、入道前関白太政大臣忠通が六十八歳で薨じた。彼は最晩年の作歌活動として、月三十五首会を主催した。この歌会は、ほぼ年代順に作品が並ぶ『重家集』での位置から、永暦元年か翌年応保元年かの秋頃の開催と推定される。忠通は「歌よみを撰びて、五人によめと侍りし」（俊恵の『林葉和歌集』）と命じたというが、作者として確認できるのは、忠通自身の他は、重家・清輔・俊恵・藤原公通の四人である。俊成は加えられなかったのであろう。そのことは、俊成には残念であったに違いない。

「白河歌合」で判者となる

八月十五夜には、俊恵が京の白川の自坊歌林苑で催した散佚歌合「白川歌合（俊恵歌林苑歌合）」で、俊成は判者を務めた（萩谷朴『平安朝歌合大成　増補新訂』第四巻、『夫木和歌抄』）。現在のところはこれが、俊成が判者を務めた最初の経験であったと考えられる。

崇徳院、崩御

同じく長寛二年の八月二十六日、崇徳院が讃岐の配所において崩じ、九月十八日、白峰で火葬された。京を追われた保元の乱から八年後、平治の乱からは五年を経ており、四十六歳であった。後白河院は喪に服さなかったという（『百練抄』）。なお、当時「讃岐院」と呼ばれた崇徳院の称号は、没後十三年を経た安元三年（一一七七）に起こった強訴や大火などの不穏な社会情勢は、怨霊となった讃岐院の祟りだと恐れられたので、「崇徳院」と改められたのである。

崇徳院の遺詠に応和す

崇徳院の崩後、いつのことかは明らかでないが、俊成は故院の供をした人物からとして（おそらく人を介してであろう）、「折紙に御神筆なりけるもの」（「神筆」は「宸筆」の意か）を送られた。それは百七句から成る長歌に反歌一首を添えた、崇徳院の遺詠であった。

長歌では流謫の生活を送った在原行平や小野篁の古歌を引きつつ、みずからの配所でのわびしさを述べ、保元の乱に敗れた自身を「あらしの風の　はげしさに　乱れし野辺の　糸すすき」になぞらえていた。そして、昔の都での群臣との集いを回顧しつつ、今は音信もとだえたことを嘆く。反歌は、

夢の世になれこし契り朽ちずして覚めむあしたに会ふこともがな

（悲しい夢のようなこの世で馴れ親しんだそなたとの縁が朽ちることなく、仏の教えを悟って目覚めた来世でそなたと逢いたいよ）

と、俊成との浄土での再会を願っていた。

この遺詠を知った俊成は、百六十九句から成る長歌に反歌一首を添えて、応和した。その長歌では、まず古人のつらい流謫の生活も、院のそれに比べれば浅いことを述べ、孤児として沈淪(ちんりん)していた自身が初めて崇徳天皇の宮廷で仙籍を許され、竜顔(りゅうがん)を拝し、四季折々の歌筵(かえん)の末に連なったことなどを回顧し、保元の乱についても、崇徳院の長歌での表現を受ける形で、それとなくふれつつ、崇徳院の讃岐への配流のつらさを推し量(おしはか)る。遺詠の美しさをたたえ、折につけつつ院を偲んだことや、沈淪している自身の歌を認めてくれる人のいないことなどを述べ、院と同じく極楽に生まれあうことを願い、「昔も今も　この道に　心を引かん　もろ人」を同じ極楽浄土に誘おうと結んでいる。反歌は、

先立たむ人はたがひに尋ね見よ蓮(はちす)の上に悟り開けて

（わたしに先立って亡くなられる方とは、来世でお互いに尋ねてお逢いしましょう。西方浄土の蓮華(れんげ)の上で成仏されて）

というものである。院をはじめとする、乱で死んだ人の成仏を祈ったもので、俊成はこの院への返事としての詠草を愛宕山近辺に送ったという。

これが崇徳院の廷臣であり続けた俊成としては、精一杯の崇徳院鎮魂の行動であった。そして、俊成はこれらの崇徳院から送られた遺詠や自身による応和の歌を、『俊成家(しゅんぜいか)

集』に書き残したのだった。

三　六条天皇の大嘗会和歌

二条天皇の譲位

長寛二年には、二条天皇に待望の皇子が誕生した。夏に、故馬助光成女を母として第一皇子（後の尊恵法親王）が、そして十月十四日には、第二皇子の順仁親王が生まれた。二宮の生母は、伊岐致遠女（『顕広王記』）や伊岐善盛女（『本朝皇胤紹運録』）、藤原義盛女（『百練抄』）などとされ、明らかでない。

平時忠・源資賢、配流

遡ること約三年、応保元年に後白河院の寵愛を受けていた上西門院小弁（後の建春門院。平時信女滋子）が院の皇子（後の高倉天皇）を出産した時に、「ユ、シキ過言」をした由で、九月十五日、小弁の兄の平時忠は左馬権頭平教盛らと解官されている。天皇が時忠を解官したのは、彼らが小弁所生の皇子を自身の後に帝位に即けようと策謀をめぐらせていると見なしたからであろう。翌応保二年六月二十三日には、二条天皇を呪詛していたとの罪により、院の近習の源資賢が修理大夫を解官され、平時忠とともに配流された。

二条院の崩御

年が改まって長寛三年正月二日、二条天皇は父の後白河院の居所の法住寺殿に朝覲行幸、三月二十三日には石清水行幸もあったものの、しばしば体調がすぐれず、平癒を祈る祈禱や諸社への奉幣などが行なわれた。六月五日、「永万」と改元される。同月十七日、関白基実邸にて立太子の礼が執り行なわれ、前年に誕生した第二皇子順仁親王が皇太子とされ、二十五日に譲位した。わずか二歳（満一歳に達していない）の新帝六条天皇の即位の儀は七月二十七日、大極殿において行なわれた。新帝は二条院の中宮育子の子として、二宮であるが東宮とされて、践祚したのである。この譲国の経緯を見ると、病の重くなった天皇の意志でいっさいのことが進められ、後白河院の介入する余地は全くなかったことがわかる。二条上皇が押小路洞院第で崩じたのは、新帝の即位の儀の翌日であった。

八月七日、二条院の葬送が行なわれ、亡骸は香隆寺（現在、京都市北区にある等持院の東にあったとされる真言宗の寺）の艮の野で火葬された。その際に供奉した延暦寺と興福寺の大衆が墓所の周囲にかける額の順をめぐって争い、『平家物語』などに語られるいわゆる額打論を起こしたのだった。

後白河院と平清盛

二条天皇の関白であった基実が摂政となって幼主を輔けるという形をとりつつ、再び後白河院が院政の主として、権力を強めてきた平清盛の力を借りながら、政治を動かすこととなった。十二月十六日、院の第二皇子が以仁の名を与えられて元服した。同月二十五日には平滋子（上西門院小弁）所生の第三皇子が憲仁と命名され、親王とされた。

料金受取人払郵便

本郷局承認

5788

差出有効期間
2025年1月
31日まで

郵便はがき

113-8790

東京都文京区本郷7丁目2番8号

吉川弘文館 行

愛読者カード

本書をお買い上げいただきまして、まことにありがとうございました。このハガキを、小社へのご意見またはご注文にご利用下さい。

お買上 **書名**

＊本書に関するご感想、ご批判をお聞かせ下さい。

＊出版を希望するテーマ・執筆者名をお聞かせ下さい。

お買上書店名　区市町　書店

◆新刊情報はホームページで　http://www.yoshikawa-k.co.jp/

◆ご注文、ご意見については　E-mail:sales@yoshikawa-k.co.jp

ふりがな ご氏名	年齢　　歳　男・女
〒□□□-□□□□	電話
ご住所	
ご職業	所属学会等
ご購読 新聞名	ご購読 雑誌名

今後、吉川弘文館の「新刊案内」等をお送りいたします(年に数回を予定)。
ご承諾いただける方は右の□の中に✓をご記入ください。 □

注文書

月　　日

書　名	定　価	部　数
	円	部
	円	部
	円	部
	円	部
	円	部

配本は、○印を付けた方法にして下さい。

イ．下記書店へ配本して下さい。
(直接書店にお渡し下さい)

(書店・取次帖合印)

書店様へ＝書店帖合印を捺印下さい。

ロ．直接送本して下さい。

代金(書籍代＋送料・代引手数料)は、お届けの際に現品と引換えにお支払下さい。送料・代引手数料は、1回のお届けごとに500円です(いずれも税込)。

＊お急ぎのご注文には電話、FAXをご利用ください。
電話 03－3813－9151(代)
FAX 03－3812－3544

なお、流布本『公卿補任』によれば、続いて定家が季光の名で翌仁安二年十二月三十日に紀伊守に任ぜられたように読めるが、定家本『公卿補任』にはこの記述は存在しない。五味文彦はその時に紀伊守にされたのは、定家にとっては従兄弟の藤原光能（俊成の兄忠成の男）の男であり、定家は受領になっていないことを明らかにした（『明月記の史料学』）。

大嘗会悠紀方和歌を詠進

大嘗会は大嘗祭とも言い、天皇が即位後、初めて新穀を皇祖・天神地祇に供え、国家の安寧と五穀豊穣を祈念する一世一度の大礼で、新穀を献ずる国を悠紀国と主基国と呼んだ。この二つの斎国は、初めは卜定で決められたが、宇多天皇の大嘗会以後、悠紀は近江国に固定し、主基は播磨国の場合もあったが、ほぼ丹波国・備中国のいずれかが選ばれた。儀式は天皇の即位が七月以前ならばその年の、八月以降ならば翌年の、十一月の下の卯の日（三卯ある年は中の卯の日）より始まり、辰の日は悠紀節会、巳の日は主基節会、午の日は豊明節会が行なわれた。

儀式では、「本文」と呼ばれる漢詩文の佳句を選んで書いた五尺の唐絵屏風と、それぞれの斎国の所名（地名）一覧から選ばれた土地の風景を描き、それにふさわしい和歌を書いた四尺の大和絵屏風が飾られ、風俗歌（民謡に起源を有する）が奏せられる。大和絵屏風に書かれる和歌と悠紀節会・主基節会で歌われる風俗歌は、当然そのたびごとに新作された。この屛風歌と風俗歌を合わせて大嘗会和歌と呼ぶ。その構成は、悠紀・主基ともに、風俗歌は、稲舂歌(いねつきうた)・神楽歌(かぐらうた)・辰日参入音声(まいりおんじょう)・同日楽破・同日楽急・同日退出(まかで)音声・巳日参入音声・同日楽破・同日楽急・同日退出音声の十首、屛風和歌は甲帖から己帖までの六帖に、一帖三首ずつ、計十八首である。一帖の三首は、甲帖が正月と二月の、己帖が十一月と十二月の景をという具合に、十八首によって一年の景を歌い、風俗歌の十首と合わせて、二十八首のすべてにあらかじめ行事弁から送られてきた斎国の所名(地名)一覧から選んだ二十八ヵ所にふさわしい詞を、一首につき一ヵ所ずつ詠み入れるという条件で詠まれた歌は行事弁に提出される。行事弁はそのうちの風俗歌を楽所に遣し、楽人に楽曲を作らせる。また、屛風和歌は絵所に遣し、絵師に絵を描かせるという手順で、大嘗会の準備は進められる。

俊成と同時代の能書家の藤原(世尊寺)伊行(これゆき)が書いた、入木道(じゅぼくどう)(書道)の伝書『夜鶴庭訓抄(やかくていきんしょう)』に、

五尺屛風には本文を書き、四尺屛風には仮名(和歌)を書く。本文は二人の博士(儒者)が勘案し、彼らが歌人でもある場合は和歌も兼ねて詠むが、そうでない場合は別人が詠む。悠紀の和歌は普通の仮名に主基の和歌は草仮名に書くのが秘説である。

と述べられている。実際にこのような役割分担で大嘗会和歌は詠まれてきたので、俊成

より後代になるが、順徳院（じゅんとくいん）は『八雲御抄』で、

先例は歌人が詠んだが、中古から儒者が必ず加わるようになった。悠紀・主基とも儒者が詠むという例もある。二人のうち一人は必ず儒者を作者とすべきである。

と記している。

六条天皇の大嘗会の準備は、仁安元年九月三日に大嘗会国郡卜定が行なわれ、十月八日には、悠紀の奉行（行事弁）は左中弁藤原俊経（としつね）、主基の奉行は左小弁藤原長方（ながかた）という方針が固まっている（『兵範記』同日条）。そして、俊成は悠紀方の大嘗会和歌の詠進を命じられた。悠紀方はもとより近江国である。俊成はいったんは辞退したものの、結局詠進した。主基方は丹波国で、和歌作者は藤原氏南家の儒者で和漢兼作の人とされる正四位下式部大輔兼東宮学士永範（ながのり）であった。

大嘗会は十一月十五日乙卯の童女御覧に始まって、十六日の辰日節会（悠紀の節会）、十七日の巳日節会（主基の節会）と進み、十八日の午日節会（豊明節会）で終わった。

俊成は、「常は儒者などこそつかうまつるを、いかが」（大嘗会和歌は通常儒者などが詠進するのに、儒者でもない私が詠進するのは不適当ではありませんか）と、いったんは辞退しようとした（『長秋詠藻』）。後冷泉（ごれいぜい）朝以降の大嘗会和歌の作者の顔ぶれを見れば、漢文学をよくする実務官僚的な人物が圧倒的に多いので、それはもっともなことだと考えられる（表3参照）。

表3　後朱雀朝から二条朝の大嘗会和歌作者一覧

天　皇	年　次	西暦	悠　紀	主　基
後朱雀天皇	長元九年	一〇三六	大中臣輔親	藤原義忠
後冷泉天皇	永承元年	一〇四六	藤原資業	藤原家経
後三条天皇	治暦四年	一〇六八	藤原実政	藤原経衡
白河天皇	承保元年	一〇七四	藤原実政	大江匡房
堀河天皇	寛治元年	一〇八七	大江匡房	藤原行家
鳥羽天皇	天仁元年	一一〇八	大江匡房	藤原正家
崇徳天皇	保安四年	一一二三	藤原敦光	藤原行盛
近衛天皇	康治元年	一一四二	藤原顕輔	藤原敦光
後白河天皇	久寿二年	一一五五	藤原永範	藤原茂明
二条天皇	平治元年	一一五九	藤原俊憲	藤原範兼

しかし、俊経は「御気色あるよし」（天皇のご意向である由）を何度も伝えて説得したという。三歳の幼主がそのような意思表示をしたとは考えにくいから、これは後白河院の意向などをうかがって政治の中心にある人々が俊経に指示したことなのであろう。そして、俊成も自身が大江匡房や藤原顕輔などの歌詠みに比せられる機会を逃すことはないと考えて、詠進を決意したと思われる。

宮廷和歌と政事との関わり

俊成はこの詠進を機に、政事に深く関わるという宮廷和歌の有する一つの働きに自覚的になったのではないだろうか。後年、自身が撰進した『千載和歌集』では巻第十・賀歌と巻第二十・神祇歌の二巻に大嘗会和歌を載せたが、自詠は一首も選ばなかった。次の世代の定家や弟子の藤原家隆が、風俗和歌の最初の稲舂歌、

近江のや坂田の稲をかけ積みて道ある御代のはじめにぞつく
（近江国の坂田の稲を稲木に掛けて積み重ね、正しい政道の行なわれるわが君の御代の初めの大典として稲舂をするよ）

を『新古今和歌集』（賀・七五三）に選び入れ、さらに後代ではやはり風俗和歌から『玉葉和歌集』（賀・一〇九九）と『風雅和歌集』（賀・二二〇七）に一首ずつ採られただけで、御屛風和歌からは勅撰集に採られていない。

四　歌評者となる

歌評者として活躍

五十歳を越え、俊成は歌合の判者を依頼されるようになり、そのような機会に同時代の和歌を批評し、和歌のあるべき姿を探究していった。俊成が最初に歌合判者を務めたのがいつかははっきりとはしないが、現在のところでは長寛二年八月十五夜に俊恵が催した「白川歌合」と呼ばれる散佚歌合ではなかったかとされる（前述七六頁参照。なお、『平安朝歌合大成　増補新訂』では「俊恵歌林苑歌合」と呼ぶ）。

『中宮亮重家朝臣家歌合』

その二年後、藤原清輔の異母弟である中宮亮重家が主催した『中宮亮重家朝臣家歌合』の場合は、端作に「永万二年」と小書きし、「判者　前左京大夫顕広朝臣」と記す証本が伝わっている。永万二年正月十二日に俊成は、長男成家の侍従への申任のため左京大夫を辞しており、刑部卿重家が中宮亮を兼ねたのは同年四月六日のことである。そして、八月二十七日に仁安と改元された。それゆえにこの歌合は永万二年の四月初めから八月末までの間に催行されたこととなる。歌題は「花」「郭公」「月」「雪」「恋」の五題、歌人は権中納言藤原実国・女房小侍従・俊恵ら二十八人で、計七十番という規模のものであった。

俊成は作者として参加したのではなく、おそらく歌合が催された後に結番（左方と右方に分けられた歌人たちの歌を一首ずつ、左右に番える〈組み合わせる〉こと）された本文を送られ、判者を依頼されたので加判し、判詞を書き付けたと推定される。この頃には俊成と清輔が歌の上でライバルの関係にあることは誰の目にも明らかであった。それなのに重家が、義兄弟の顕昭や同母弟の季経も加わるこの歌合の判者を、なぜ異母兄の清輔ではなく、俊成に依頼したのかは全くわからない。四年前の「このもかのも」論争では俊成の意見を支持するような発言をしているし（七三頁参照）、重家にとって、清輔は時に煙たい兄であったのかもしれないが、何とも言えない。俊成としては清輔を強く意識しつつ、気を入れて加判したに違いない。

この判詞は、現在の我々が接することのできる最初の俊成のまとまった歌評である。

そして、彼の歌の読みがきわめて周到で、古代から近い時代までのおびただしい数の和歌に精通していたことを想像させるに十分なものである。俊成歌論で重要な「幽玄」や「余情」といった用語も見られる。たとえば、「花」の二番についての俊成の判詞を見てみよう。まず番えられた歌は次のとおりである。

左　　　　　　　　　　　　　　　別当隆季

うち寄する五百重の波の白木綿は花散る里の遠目なりけり

（水辺に寄せる幾重にも重なった白木綿のような白波かと見えたのは、じつは遠目に見た、桜の花が散っている里の風景だったよ〈「五百重の波」は『万葉集』の歌句にもとづく。「白木綿」は神事などに用いられる楮の皮の繊維〉）

右　　　　　　　　　　　　　　　三河

散り散らずおぼつかなきに花ざかり木のもとをこそすみかにはせめ

（桜の花がもう散ったかまだ散らないか気がかりなので、いっそのこと花盛りの木の下を住みかとしよう）

俊成はまず左の歌について、「風体は幽玄、詞義は凡俗にあらず」（歌としての姿は奥深く感じられて趣があり、歌の句が意味することも平凡ではない）と評価しつつ、海や川などの語もなくて遠望する里の落花を波にたとえ、森や社などを詠み入れずに白木綿に見立てることには無理がある。遠望する風景ならば、花が散っている有様をとくに「五百重の白木綿」かと錯覚することもないのではないかと批判した。

一方、右の歌については、伊勢の「散り散らず聞かまほしきを古里の花見て帰る人も逢はなん」（『拾遺和歌集』春・四九）と、おそらく花山院の「木のもとをすみかとすればおのづから花見る人となりぬべきかな」（『詞花和歌集』雑上・二七六）を念頭に置いて、「古言どもをとかく引き寄せられたる」（古歌の表現をあれこれと取り入れておられる）と、その技巧は認めつつも、それらの古歌に比べて「花を思ふ心」が深くなく、結句（第五句）も「すみかにはせめ」という、自身の意志をはっきりと表明した点を「余情足らずやあらむ」（言外にただよう情趣が足りないようだ）と述べ、左の「なほ波の白木綿は、歌のさま、たけまさりてや」（やはり「波の白木綿」という句を含む左の歌は格調の高さが右の歌よりも勝っているであろうか）と結論づけた。「たけ」（格調の高さ）の有無も歌評でしばしば論じられる美的要素であった。

本歌取り

古歌の趣向や表現を取り入れながら自身の歌を創出することの可否や難しさは、多くの歌人が考えさせられる問題であったに違いない。

俊成はこの歌合で、重家が「花」の五番（左）で詠んだ「小初瀬の花のさかりを見わたせば霞にまがふ峰の白雲」（花五番左）という歌について、『後撰和歌集』の読人しらず

正三位昇叙、院司とされ俊成と名のる

（雑三・一二四二）の歌を花の歌に変えたのであろうと指摘した後、やや時代が下ると本歌取りと呼ばれる、有名な古歌（本歌）から一〜二句を自分の歌に取り入れるという技法について、自分の考えを述べている。当時はまだ歌人の間に、この技法についての共通の認識は存在しなかったのであろう。すなわち俊成は、古い名歌を巧みに取ることはよいという「古き人」の考えを尊重しつつも、それは慎重になされねばならないと考える一方で、『白氏文集』のような漢詩の風韻や『万葉集』のような古代的な雰囲気を取り込むことには、積極的な姿勢を示そうとしていたと思われる。そこには師として仰いだ基俊の影響も考えられるが、また、清輔などに代表される六条家の歌学を意識した結果であったかもしれない。

また、その他にこれまでの歌合判者同様、歌病（和歌の修辞上の欠点）の指摘も行なっている。

俊成はこの時すでに、自身の歌評の基準や方法を持ち、実作者にとどまらず、和歌のよしあしを判定する目を備えた歌評者として自立していたのである。

仁安二年正月二十八日に、後白河上皇の新造御所となった法住寺殿への六条天皇の朝覲行幸に参仕した勧賞で、俊成は正三位に叙されて、院司に加えられた（『兵範記』同日条）。そして、十二月二十四日にそれまでの顕広を改めて俊成としたという（『公卿補任』仁安二年条)。『尊卑分脈』が「本名顕広」として、さらに「顕頼卿の子となり、顕広と改名し、後に又本流に復す」と注記するのは曖昧な点を残しているが、養父顕頼の一字を取った顕広の名を実父俊忠の一字を襲った俊成に改めたことは確かである。もとより朝臣が勝手に改名することは許されないはずだから、勅許を得てのことだったのであろう。翌仁安三年十月三日、天変地妖諸社怪異を祈禳のために二十二社に奉幣使が遣された時には、「賀茂正三位俊成卿」と賀茂社に遣されている(『兵範記』同日条)。これは晴がましく、誇らしいことに違いなかった。『長秋詠藻』の神社歌の冒頭に、次のような歌が掲げられている。

三品に叙してのち、初めて諸社の奉幣使にまゐりたるに、賀茂の使にあたりて、下(しも)の御社(みやしろ)より、夜ふけて上(かみ)の御社にまゐるほど、昔若くて百度詣などしけるを、年久しくまゐらで、河原の有様も早く見しには変りたる心地するも、思ふこと多くてよみける

昔わが祈りし道はあらねどもこれもうれしな賀茂の河かみ

(昔わたしが賀茂明神に祈願した、廷臣として栄達する道は思い通りにはならなかったが、これも嬉しいな、奉幣使として賀茂川の川下から川上へと歩む道も。〈第五句は「かみ」に「神」を響かせるか。「賀茂の川なみ」とする本もあるが、このままで意は通る〉)

この歌によれば、俊成は正三位となっても心からそれを喜ぶ気持ちにはなれなかったことが知られる。父祖の官歴を思えば、五十五でなお散位で三位、いわゆる散三位であることは、自身の腑甲斐なさをかこちたかったであろう。しかし、本流に復したことで得られた心安さから、「これもうれしな」と自足する心境にも近づいていたらしいとも思われる。

そして、この年十二月十三日の除目では、右京大夫に任ぜられた。

「本流に復す」ことは、住居の変更をも含んでいたと考える。仁安二年十二月二十四日の改名以前、同年三月十四日に行なわれた後白河院御所での普賢講に参仕した公卿たちの名を記録した、藤原（中山）忠親の『山槐記』は、自身や、権中納言藤原（中御門）宗家、参議藤原（六角）家通の二人の俊成の女婿（後述一〇五頁参照）とともに、「五条三位顕広」の名をも書き留めているのである（同日条）。このことは明らかに、俊成が改名以前から五条に居を構えていたことを物語っている。

けれども、彼が顕広と名のっていた頃、大宮に住んでいたと解される文言を、西行（さいぎょう）がその家集の『聞書集（ききがきしゅう）』に書き残してもいるのである。すなわち、「五条の三位入道、そのかみ大宮の家に住まれける折」、西行は西住（さいじゅう）や寂然（じゃくぜん）とともにその家に参上して、仏道について語り合い、釈教歌めいた歌を詠み、「家主顕広」が扇に置かれた桜を見て連歌の前句を出し、西行に付けさせたという。俊成が安元二年秋に出家した以後の西行の回想であるが、前句の主をわざわざ「家主顕広」と書いていることから、俊成が改名以前であることは間違いないであろう。さらにその場に寂然も居合わせたのであれば、藤原頼業が出家して寂然となった後のことである。それも明らかではないが、井上宗雄は久安四年（一一四八）にはすでに出家していたかと考えた（『平安後期歌人伝の研究　増補版』）。

『聞書集』の続篇ともいうべき『残集』では、出家以前の西行が西住とともに、嵯峨の法輪寺近くの庵室に、出家後さほど経っていない空仁（俗名大中臣清長。『金葉和歌集』の作者大中臣定長の男。『千載和歌集』以下の作者。生没年未詳）を訪れて歌を詠み、連歌に興じたことが語られている。それにきわめて似ている西行・西住・寂然の大宮にあった俊成宅訪問も、久安四年頃からかなり経った頃よりは、俊成の歌名がかなり高まってきた頃に行なわれたと想像してもよいのではないかと思う。そして、少なくとも仁安二年三月半ば以前には、本流に復する準備として、五条に居を移していたのであろう。

五　俊成の住まい――大宮の家と五条の家――

壮年期を過ごした大宮の家

俊成が本書で仮に設けた壮年期の大部分を過ごしたと考えられる大宮の家は、現在の京都市のどのあたりに位置していたのだろうか。現在の京都市を南北に通ずる大宮通は、平安奠都の際に朱雀大路を中心線として分けられた左京と右京のうち、左京の東大宮大路（単に大宮大路とも）にほぼ該当する。右京にも西大宮大路が開かれたが、平安時代の貴族たちが居を構えたのは、もっぱら東大宮大路だったと考えられるから、「そのかみ」の顕広時代の俊成家も、多分現在の大宮通に近接するどこかにあったのであろう。しかし、現在その場所を特定することはできない。ただ、現在の京都下京区の北西にあたり、京福電鉄嵐山本線（嵐電）の起点四条大宮駅がある四条大宮町（平安時代には大宮大路の東、四条大路の南）付近には、俊成と同時代人の藤原隆季（隆房の父。『久安百首』作者の一人）の家があったらしい。『尊卑分脈』での隆季の項目に、「号四条（宿所四条大宮）、又号大宮（……彼の卿を以て始めと為す）」と注するのである。また、『拾芥抄』の「東京図」によれば、御子左家にゆかりの深い御子左邸の所在地は三条坊門南二町と大宮東一町の間と図示されている。顕広時代の俊成家も、隆季の四条大宮の家やかつての御子左邸からさほど遠くない地点にあった可能性はあるのではないかと考える。

移り住んだ五条の家

では、移り住んだ五条の家はどのあたりに営まれたのだろうか。『京都市の地名』（『日本歴史地名大系』二七）では、下京区の記事の中に「藤原俊成邸跡」の見出しを立てて、『山槐記』の前引の記述や長門本『平家物語』の平忠度都落ちの逸話で「俊成卿の五条京極の宿所」と述べていることから、俊成の五条の邸跡は「ほぼ五条京極の北に存在したことが推定できる。これは現在の枡屋町の全域と、京極町・鍵屋町・石不動之町・茶磨屋町の各一部を含んだ範囲となる」と考えている。なお、『平家物語』は延慶本も「彼俊成卿ノ五条京極ノ宿所」とある。覚一本は単に「五条三位俊成卿の宿所」という。

昔の五条大路は、現在の松原通にほぼ該当するという。枡屋町・京極町・鍵屋町は松原通の北側、高辻通の南側、以上の三町は、東から京極・枡屋・鍵屋の順に隣接し、この三町の南側に位置し、町の中央を松原通が東西に貫いているのが石不動之町である。鍵屋町と石不動之町の西側に麩屋町通が、枡屋町の中央を御幸町通が、京極町の東側に寺町通が、それぞれ南北に通じている。茶磨屋町は鍵屋町と枡屋町の北側と接し、中央を高辻通が貫いている。『京都・刊行文化時代MAP』(平成二十年十一月三刷、光村推古書院)でも、北は昔の高辻小路(現在の高辻通)、南は昔の五条大路(現在の松原通)、東は昔の東京極大路(現在の寺町通)、西は昔の富小路(現在の麩屋町通)に囲まれた部分を藤原俊成邸跡としている。

室町時代の歌僧正徹(しょうてつ)は、定家が母美福門院加賀の死後、父の家を訪れた後に詠んだ「たまゆらの」の歌について語る際に、「俊成の家は五条室町にありしなり」と語り始めている(『正徹物語』)。俊成の家は都の東西に通ずる五条大路と室町小路(現在の室町小路に該

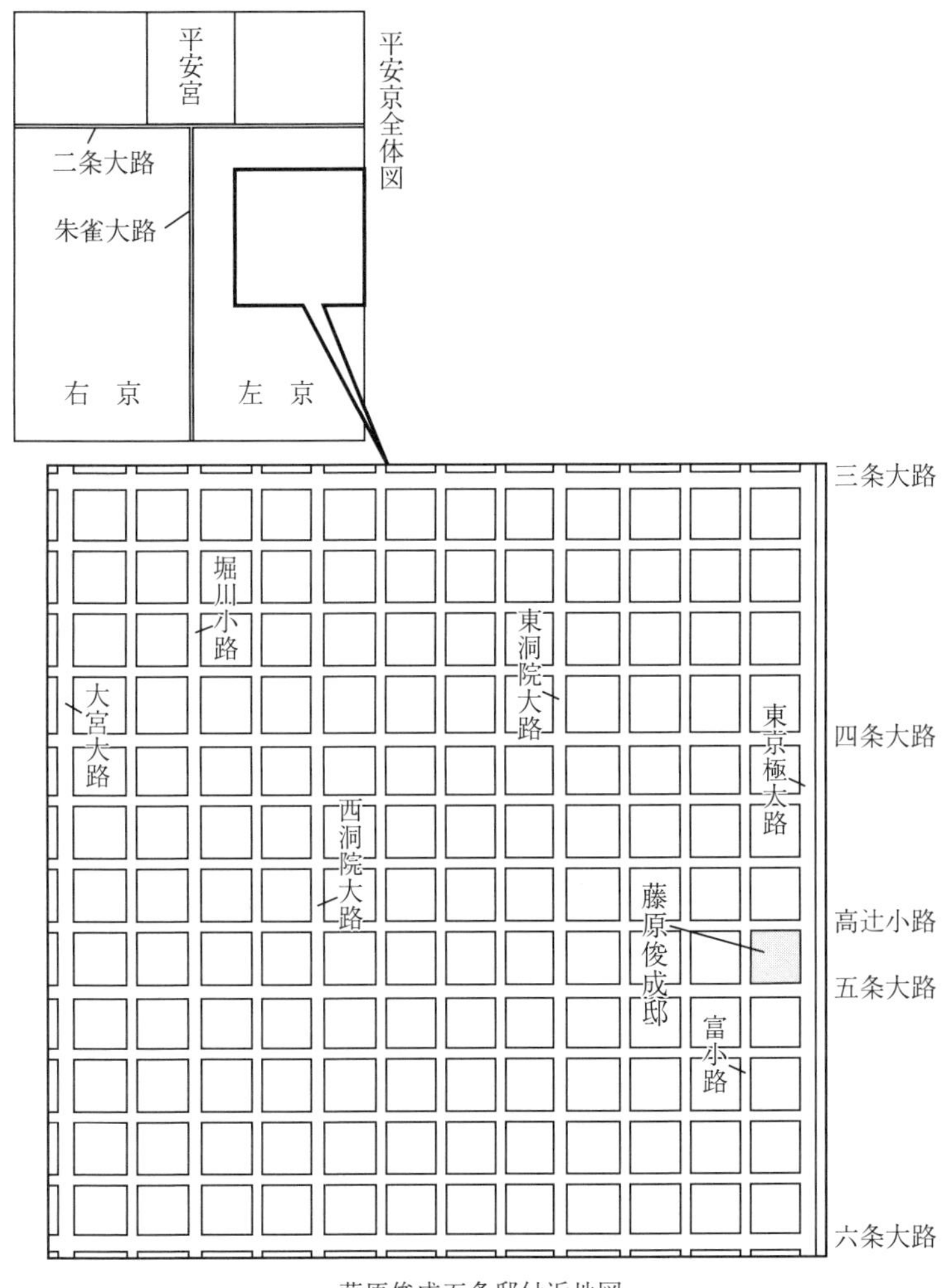

藤原俊成五条邸付近地図

当する）の交わるあたりにあったというのである。

現在の京都市の地図を見ると、松原通と地下鉄烏丸線が走っている烏丸通（昔の烏丸小路に該当する）とが交わるあたりに、烏丸通を挟んで東側に下京区俊成町が、西側に同玉津島町が向かい合って位置する。『京都市の地名』によれば、玉津島町の名は寛永十四年（一六三七）の洛中地図に見えるが、俊成町の名は因幡堂前町の町の別名として宝暦十二年（一七六二）刊の『京町鑑』に載るのが初めであるらしい。玉津島町の南側には新玉津島神社がある。社伝によれば、文治二年（一一八六）十一月、俊成が勅旨を得て宅地に社殿を造営し、勧請したのに始まるという。その後、頓阿が再建し、室町将軍の庇護の下、社殿も新造され、貞治六年（一三六七）には『新玉津島歌合』も催行された。一方、俊成町の西側には、創始時期不明の俊成社が現存する。『京都市の地名』では、その付近と烏丸通を挟んで境を接する玉津島町が、俊成の旧宅跡と伝えられたのであろうとしている。

大宮の家での俊成と西行の和歌・連歌

前述のように時日の特定はできないが、西行ら三人が俊成の大宮邸を訪れた折に詠み交された俊成と西行の作品を、いちおう壮年期の半ばくらいかと考え、本章の最後に掲げておく。なお、同じ折の西住・寂然の作品は知られない。

俊成の歌は、『長秋詠藻』中・春歌の、

西行・西住などいふ上人どもまうできて、花に対して西を思ふといふ心をよみ

しに

散る花ををしむにつけて春風の吹きやる方にながめをぞする

（散る花を惜しむにつけても、春風が花びらを吹き送る西の極楽浄土の方角をじっと見つめて、往生したいと思うよ〈五行説では春は東から来るとされるので、春風は西に向かって吹くと考えた〉）

という一首が、西行の『聞書集』の、

五条の三位入道、そのかみ大宮の家に住まれける折、寂然・西住なんどまかり

西行画像（伝土佐広周筆，神宮文庫蔵）

あひて、後世の物語申しけるついでに、花に向ひて浄土を念ずと申すことをよみけるに

心をぞやがてはちすに咲かせつる今見る花の散るにたぐへて

〈わたしの心をそのまま、今見ている散る桜の花びらに連れ添わせて、極楽浄土に咲く蓮の花の上に咲かせたよ〈第三句「さかせつる」の「つ」に「や」と傍書する。それによれば「さかせやる」〉〉

という歌に対応する。そして、『聞書集』はこれに続けて、俊成と西行の連歌を次のように掲げている。

かくて物語申しつつ連歌しけるに、扇に桜をおきてさしやりたりけるを見て

家主顕広

梓弓(あづさゆみ)春のまとゐに花ぞ見る

とりわき付くべきよしありければ

やさしきことになほ引かれつつ

〈梓の弓を張って的を射るのではなくて、春の団欒の席で桜の花を眺めるよ〈「春」に「弓」の縁語「張る」を掛け、「梓弓」は「春」の枕詞。「まとゐ（団居）」は、輪になって坐ること。「弓」の縁語「的射」を掛ける〉。

優雅なことにやはり心が引き寄せられて〈「優しき」に「矢差し」を掛ける。「引かれ」は「矢」の縁

語〉)

と続ける。ここで「家主顕広」とあるので、この集いは、少なくとも仁安二年までの春のある日に行なわれたものと考えられるのである。

俊成が『長秋詠藻』に右の連歌を収めなかったのは、同集が守覚法親王に献ずる家集として編まれたために、くつろいだ場での座興という感じがする連歌を意識的に省いたのであろうか。

第五　平家の栄華と歌壇の大御所俊成

一　高倉天皇の践祚と俊成子女の成長

高倉天皇の践祚

前太政大臣平清盛は、仁安三年（一一六八）二月の初めから寸白（寄生虫による病）を病んでいたが、病状はいっこうに快方に向かわない。そこで二月十一日、天台座主明雲を授戒の師として、五十一歳で出家、法名を清蓮といった。室の時子も四十三歳で同じく出家した。折しも熊野御幸中であった後白河上皇は、予定を早めて二月十五日に帰京し、そのまま六波羅の清盛邸に赴いて見舞った。上皇の命により、翌十六日には六条天皇の名において、清盛の延命のために非常赦が行なわれた。そして、同日下された院宣により、二月十九日、五歳の幼主六条天皇は、摂政藤原基房の閑院第において、八歳の叔父である皇太子憲仁親王（高倉天皇）に譲位した。六条天皇の在位期間は二年八ヵ月と短いものであった。

『平家物語』に、「仁安三年三月廿日、新帝大極殿にして御即位あり。此の君の位につかせ給ひぬるは、いよいよ平家の栄花とぞ見えし（巻一・東宮立）」という時代が到来したのである。即位の日、母后である女御平滋子は皇太后とされた。そして、翌仁安四年四月八日、「嘉応」へと改元がなされ、その四日後の嘉応元年（一一六九）四月十二日に平滋子は、建春門院の院号を蒙った。

『梁塵秘抄』、成る

後白河上皇は改元前の三月中旬、『梁塵秘抄口伝集』巻第十を書き終えている。今様（平安時代から中世にかけて流行した歌謡）を集成した『梁塵秘抄』十巻と『口伝集』十巻、合わせて二十巻が成立したのである。そして六月十七日、上皇は四十三歳で法住寺御所において、園城寺の前大僧正覚忠を戒師として出家した。この日から始められた逆修（生前に自身の死後の冥福のために仏事をすること）に参仕した公卿の中に、正三位俊成も加えられている。俊成は前年の仁安三年十二月十三日、右京大夫に任ぜられていた。

俊成の子供たち

ここで、次頁掲載の表4を参照しながら高倉天皇の代が始まった仁安三年頃の、俊成の家族の様子を探ってみよう。

忠子家女房所生の子女

生年のわかる子供のうち最も年長の男子は、興福寺の僧覚弁である。古記録類には最勝講での聴衆の僧や法華八講の問者・講師などとして、しばしば登場する。俊成にとっては、兄の快修についで仏教界で重きをなした息子であったろう。

覚弁と同母の女子前斎院女別当は、後白河法皇の皇女、斎院式子内親王に仕えて

表4　藤原俊成の子女

為忠女所生の子女
六条院宣旨所生の子女
美福門院加賀所生の子女

名　前	年　齢	生母名
興福寺の僧覚弁	三十七歳	忠子家女房
前斎院女別当	二十七歳	忠子家女房
快雲	生没年不明	藤原為忠女
後白河院京極	生年不明	藤原為忠女
八条院坊門	生年不明	六条院宣旨
八条院三条	二十一歳	美福門院加賀
高松院新大納言	十九歳	美福門院加賀
上西門院五条	十八歳	美福門院加賀
八条院権中納言	十六歳	美福門院加賀
八条院按察	十五歳	美福門院加賀
成家	十四歳	美福門院加賀
建春門院中納言	十二歳	美福門院加賀
前斎院大納言	十一歳	美福門院加賀
定家	七歳	美福門院加賀
承明門院中納言	五歳	美福門院加賀
定長	三十歳くらい	（養子）
建春門院左京大夫		（養子）
源隆保妻		（養子）
尊円		

（注）年齢は仁安三年時点

いた。「前」とあるのは、嘉応元年七月二十六日をもって式子が賀茂斎院を退下した後も、奉仕を続けていたからであろう。

藤原為忠女を母とする快雲は、生没年も動静もわからない。同母の女子後白河院京極も生年不明だが、夫の藤原成親との間に公佐や平維盛室となった女子をもうけた。

六条院宣旨所生の女子八条院坊門も生年不明である。

次に美福門院加賀との間にもうけた子女十人のうち、最長年は久安四年（一一四八）誕生の八条院三条である。仁安三年には二十一歳、異母姉八条院坊門とともに八条院に出仕していたのであろうか。時期は不明だが、藤原成親の弟の少将盛頼に嫁ぎ（「五条殿御息男女」）、承安元年（一一七一）頃、後代に「俊成卿女」と呼ばれる女歌人を生んだとされる。

八条院三条の二歳年少の女子が、高松院新大納言（祇王御前）である。宮仕えをした後、師実流の権中納言忠基男で、頼宗流の大納言重通の養子となった藤原家通に嫁して、教通を生んだという（「五条殿御息男女」）。

上西門院五条（閑王御前）は「五条殿御息男女」によれば、仁和寺の僧印性（藤原長輔男）の母で覚性法親王の乳母になった、大納言源顕通女の養女となったという。仁安三年に上西門院に出仕していたとすれば、若女房であった。

八条院権中納言（延寿御前）も、八条院に出仕していたとすれば、やはり若女房である。『明月記』嘉禄二年（一二二六）十二月十八日条に「後頼房民部大輔妻」という。「五条殿御息男女」では「後、少納言頼房に嫁す」とある。この民部大輔または少納言であった頼房は、もとは仲能と言った。村上源氏の権中納言雅頼（歌人薄雲中納言雅兼男）の男で、菅原公賢女を母とする民部大輔従四位下であった頼房である。

八条院按察も、八条院女房であったならばやはり若女房だった。彼女は宮仕えの後、頼宗流、内大臣宗能の男宗家の室となったが、二人の間に子はなかったという。冷泉家時雨亭文庫本『中御門大納言殿集』は宗家の家集である。定家は若い時、宗家の猶子となったという。御子左家には関わりの深い公卿であった。

八条院按察の一歳下が俊成の嫡男成家である。永万二年（一一六六）正月十二日、まだ顕広といっていた父俊成は左京大夫を辞して、成家を侍従に申任した。そして、仁安三年正月六日の東宮憲仁親王の法住寺殿への朝覲行啓の勧賞で、従五位上に叙された。

建春門院中納言は、家族の間では健御前と呼ばれていたらしい。仁安三年三月二十日に後白河院の女御平滋子（高倉天皇生母）が皇太后に立てられた折、異母姉の後白河院京極に面倒を見てもらいながら初めて宮仕えし、翌年に滋子が建春門院の院号を蒙ったので、建春門院中納言が女房名となった。その仮名日記は冒頭の歌の初句から『たまきはる』と呼ばれて、平安最末期の宮廷生活を知る際の貴重な文献となっている。建春門院亡き後、少しの間を置いて八条院に出仕したので、八条院中納言とも言われた。

前斎院大納言（竜寿御前）が斎院（式子内親王）に出仕したのは、異母姉の女別当よりはかなり遅かったかもしれない。『明月記』嘉禄二年十二月十八日条に、「御車の後に乗る」と注しているので、内親王の信頼を得ていたのであろう。結婚はせず、斎院亡き後は尼となった（「五条殿御息男女」）。

俊成の二男定家は、仁安元年の十二月三十日に従五位下に叙されている（翌年の仁安二年十二月三十日に紀伊守に任ぜられたとする国史大系本『公卿補任』の記述は誤りとされている）。

承明門院中納言（愛寿御前）は美福門院加賀の末子で、仁安三年には五歳の幼女である。

寂蓮

以上の他、俊成には養子がいた。男子で猶子としたのは、醍醐寺の僧となった兄弟である阿闍梨俊海の男定長である。高倉天皇の践祚の日、先帝の譲位の際に行なわれる固関の手続きをする公務に、中務少輔定長として従っている（『兵範記』仁安三年二月十九日条）。歌人としては藤原隆信と一双と言われて競いつつ、詠歌に精進した。官は中務少輔のまま、従五位上に至り、承安二年頃に出家した。すなわち、新古今時代の代表歌人の一人寂蓮である。

建春門院左京大夫

女子の養子に、建春門院左京大夫がいた（『たまきはる』）。俊成の兄の園城寺の僧禅智が、衛門佐という女性との間にもうけた女子である。衛門佐とは、詳しくは藤原教長の孫にあたる高松院右衛門佐と言い、先に述べた俊成女八条院按察の夫宗家との間に左中将宗経という男子をもうけている。おそらく右衛門佐は、初め禅智との間に建春門院左京大夫をもうけ、後に宗家の男宗経を産んだのであろう。しかし、宗家の正室は八条院按察であり、俊成にとっては、兄に加えて娘にも関わりある女性の娘であるから、左京大夫を自身の猶子として建春門院に出仕させたのではないだろうか。

源隆保室

さらに、「五条殿御息男女」で「此外」として挙げる源隆保室も、猶子の一人と考えるべきであろう。定家は『明月記』元久元年（一二〇四）九月七日条で「殿」（九条良経か）から、「隆保朝臣妻」が死去したことを告げられ、軽服なので急いで退去したと記した後、「件の女房、近衛院備前内侍源季兼朝臣妹の腹なり。予の姉と云々。少年より彼の朝臣の妻と為り、遠行の時出家せり。年来聞くと雖も未だ対面せず」（その女性は近衛院備前内侍〈源季兼朝臣の妹〉が生んだ子である。私の姉ということだ。彼女はまだ若い頃から源隆保朝臣の妻となり、夫が遠流された際に尼となった。多年彼女のことは聞いているけれども、まだ対面したことはない）と記している。源隆保は村上源氏で、従五位下三河権守師経の男、正四位下治部少輔・左馬頭とされた隆保である。近衛院備前内侍はこの隆保室の生母であるが、彼女と同母の兄弟の源季兼は、醍醐源氏の正五位土佐守俊兼の男、正四位下木工権頭・石見守とされた季兼であろう。『明月記』の記述からは、源隆保室は定家の実の姉とも受け取られかねず、実際そう考えられたこともあったが、「五条殿御息男女」で、「父知らず」と注することから、猶子と知られる。彼女は二条院に仕え、兵衛督と号した。仁安三年にはやはり若女房であったと思われる。

最後に、『尊卑分脈』藤原氏北家伊尹公孫では従五位上宮内権少輔伊行の男とされる、叡山の僧尊円（初め定伊といった）は、『新勅撰和歌集』の記載によれば、じつは俊成の子であると考えられる。同集・巻十七雑歌二・一一九二の「尊円法師」の歌に、

文治の頃ほひ、父の千載集撰び侍りし時、定家がもとに歌つかはすとてよみ侍りける

という詞書が付されているが、この「父」は作者尊円の父の意に解するのが自然であるから、尊円と定家は異母兄弟の間柄、尊円と建礼門院左京大夫は異父同母ということになる。すると、『尊卑分脈』で伊行の男とするのは、じつは猶子を意味することになるのであろう。ただし、「五条殿御息男女」には尊円の名はなく、谷山茂の「俊成年譜」(『藤原俊成 人と作品』所載)では、俊成の養子としている。尊円は慈円の『拾玉集』文治五年(一一八九)冬頃の詠草に、「妹の女房、右京大夫」とともに、「円闍梨」と載るので、仁安三年にはやはり健在であった。

二 歌合――作者・判者・主催者として――

『嘉応元年宇治別業和歌』

嘉応元年十一月二十六日、摂政藤原基房は宇治別業(別荘のこと)で歌会を催した(『嘉応元年宇治別業和歌』)。名の明らかな作者は十九人、藤原重家や季経、清輔など六条藤家の人が多く、俊成自身は加わらず、誰のためかは明確ではないが、二首を代作し、そのうちの一首は歌会には出されなかったことが、左註から知られる(『長秋詠藻』)。

『頼輔家歌合』

この年の夏から秋の頃には、五題を詠む藤原頼輔家の歌合に、俊成は作品を送っている。その五首のすべてを『長秋詠藻』に収めており、『千載和歌集』にも主催者頼輔の詠や他の作者の歌を採っていることなどから、この時、判者も務めた可能性が大きい。

『成範家歌合』

また、この頃、俊成は、左兵衛督であった藤原成範が催した歌合の判者として、顕昭の「羇中落花」を詠んだ歌を「判歌」という方式で判したことが知られる（『夫木和歌抄』巻第四・春部四・花・一二二〇～一二二二）。

さらに、『高良玉垂宮神秘書紙背和歌』には、この年十一月に催されたとされる、清輔と俊成の両判ということで注目された「或所歌合」の佚文が見出される。この「或所歌合」と、成範家歌合は同じものだとする説には説得力がある（中村文『後白河院時代歌人伝の研究』）。

皇后宮大夫を兼任

翌嘉応二年七月二十六日の除目で、右京大夫俊成は、甥にあたる藤原（徳大寺）実定から皇后宮大夫の職を譲られ、兼任することになった。皇后は平治元年（一一五九）二月二十一日、後白河上皇の中宮から皇后とされた忻子（藤原公能女、実定の同母姉）であり、俊成にとっては姪にあたる。

『住吉社歌合』

十月、『住吉社歌合』と『建春門院北面歌合』が行なわれ、俊成はこれら二つの歌合に出詠し、同時に判者を務めることとなった。『住吉社歌合』は後に出家して道因といった藤原敦頼勧進の三題、歌人五十人、計七十五番の歌合である。『建春門院北面歌合』のほうは、建春門院平滋子や後白河院に近侍する朝臣たちが女院の御所法住寺北殿で催した三題、歌人二十人、計三十番の歌合である。どちらの歌合にも清輔が歌人として加わっていた。俊成は判者の立場で、自詠と誰が見ても明らかに対立的な存在である清輔の作品を論評せねばならない局面に立たされた。『住吉社歌合』では、俊成は右方、左方は藤原実定で、判者の俊成は二題を実定の勝とし、「旅宿の時雨」を歌った番では、実定の歌を「幽玄の境に入っていて、よい」と褒め、自詠については「判者の拙い歌なので判を加えることができない」として、実質的に「持」(引き分け)とした。一方、俊成は清輔と藤原実綱の三番に対しては、「持」が二題、「社頭の月」の歌を清輔の勝とした。ただし、『源氏物語』の和歌にも詠まれている「よるべの水」という歌句を、清輔が用いたことを批判した俊成の判詞に対して、清輔は異議を唱えたことが、『夫木和歌抄』によって知られる(『平安朝歌合大成　増補新訂』第四巻)。

また、清輔は「述懐」の題で、

わがさかりやよいづかたへゆきにけむ知らぬ翁に身をばゆづりて

(壮年だったわたしの男盛りよ、おいお前はどこへ行ってしまったのかい。知らない老人にその身体を譲って)

と詠んだ。判詞で「盛りの時殊に声華の客となり、或いは重職顕官を帯び、或いは羽林蘭省に列なりなどして、ことに思ひ出であらむ人の、「わが盛りやよいづかたへ」など言へらむ、いよいよをかしく聞こゆべきなり。されば定めてさやうの人の御歌なるべし」（とくに名望の高い人で、その身は重職や高官に任じられ、または大納言・中納言や弁官などに列して、格別よい思い出があるような人が、「わたしの盛んだった時よ、どこへ行った」などと言うのはいっそうおもしろく聞こえることでしょう。ですからきっとそのような人の歌でしょう）と言うのは、この歌の作者が「散位従四位上藤原朝臣清輔」と書かねばならない卑位の官人であると知りながらの皮肉であろう。しかし、両歌合で俊成と清輔の二人が結番（けちばん）されることはなかった。

『住吉社歌合』には、判者俊成の記した跋文（ばつぶん）が付されている。この跋文の中で俊成は、和歌の道の深奥を究め、秀歌を見定めることがいかに難しいかを告白し、道の衰えを憂えて、人によって評価の分かれる作品について、自身の見解をはっきりと書き記したと弁明している。清輔らの批判に先廻りして、自身の立ち位置をはっきりさせておこうという配慮が働いたものと思われる。

『建春門院北面歌合』

『建春門院北面歌合』は比較的小規模なものであったが、鴨長明（かものちょうめい）の『無名抄（むみょうしょう）』に、この歌合で源頼政が詠んだ「関路の落葉」の歌や、同じく頼政の「水鳥近く馴れたり」の題で「鳰（にほ）の浮き巣」と詠んで勝となった歌などが歌人たちの間で話題になったという。

もっとも、『無名抄』には、「鳰の巣作りの生態を知っている人がいなかったから、この歌は勝とされたのだ」と、俊恵（しゅんえ）の弟で比叡山の僧の祐盛（ゆうじょう）が批判したことも語られている。

後に俊成は『千載和歌集』にこれら二つの歌合からそれぞれ八首を選び入れている。そこには『住吉社歌合』での「述懐」を詠んだ自詠、

いたづらにふりぬる身をも住吉の松はさりともあはれ知るらむ

（ただ空しく年老いた身であるわたしをも、昔から生えている住吉の社の松は、いくら何でもあわれな者とわかってくれるだろう）

などを含む。判者の務めだけでなく、作者としても力量を示したと自負したのであろう。

『広田社歌合』

『住吉社歌合』『建春門院北面歌合』が催された二年後の承安二年十二月、『住吉社歌合』を勧進した藤原敦頼はすでに出家して沙弥道因（どういん）と称していたが、再び神社に奉納する歌合を勧進した。『広田社歌合（ひろたしゃうたあわせ）』である。広田明神が歌合を奉納された住吉明神を羨んでいるとの夢告があったので、『住吉社歌合』と同じく、道因が勧進したと、俊成は『長秋詠藻』に記しているが、『平安朝歌合大成　増補新訂』第四巻では、これは大治（たいじ）三年（一一二八）、神祇伯源顕仲が催した『西宮歌合』や『南宮歌合』を住吉明神が羨んだので、顕仲が『住吉社歌合』を挙行したという先例を模倣した、道因の演出と思われると言う。

『広田社歌合』は『住吉社歌合』と同じく三題であったが、歌人は五十八人、計八十七番で、俊成は右方作者として出詠し、請われて判者を務めた。このたびは清輔は加わっていない。俊成は俊恵と結番された三首の自詠を、持二負一と判した。後年自撰した『長秋詠藻』には、ともに持と判した、

いさぎよき光にまがふ塵なれや御前(おまへ)の浜につもる白雪

（清らかな神の光とまじりあった塵なのだろうか、広田神社の御前の浜辺に積もっている白雪は）

と、和光同塵思想(わこうどうじんしそう)（仏・菩薩が本来の知徳を隠して、煩悩にとらわれた衆生を救うために日本の神と化現すること）にもとづいたという「社頭の雪」の歌と、

ちはやぶる神に手向(たむ)くる言の葉は来(こ)む世の道のしるべともなれ

（広田明神に手向けるこの歌の言葉は、来世でのわたしの道案内となってほしい）

と、白居易の言葉にもとづく狂言綺語の観念を詠じたものであることを判詞において、自注するような形で述べた「述懐」の歌の二首のみを採録している。

判詞では、「幽玄」「遠白し」「うるはし」「（姿）さび」などの評語を用いていることが、俊成の歌評に際しての姿勢を探る上で注目される。判しおえた俊成は巻末に、

敷島や道はたがへずと思へども人こそわかね神は知るらむ

（歌道を取り違えたことはしないとわたしは思っているが、たとえ人びとにはそれがわからなくても、

神はそのことをご存知であろう）

の一首を添え、承安二年十二月八日に道因から送られてきた歌合の本文に判詞を記し、判を加えて、清書し、同月十七日に返送したと記している。これは前田育徳会蔵俊成自筆本『広田社歌合』（国宝）に書かれている識語で、同本は俊成が手許に留めた手控え本である。道因は返送された俊成の清書本（判詞・判の付された歌合原本）をさらに作者の一人で能書の藤原実家に浄写させ、それを広田社に奉納したらしいことが、冷泉家時雨亭文庫蔵『近衛大納言集』下の、実家と道因の贈答歌によって知られる。このような成立過程が判明しているので、本歌合の場合は『平安朝歌合大成　増補新訂』が言うように、承安二年十二月の成立として、日付けを特定しないのが穏当であろう。

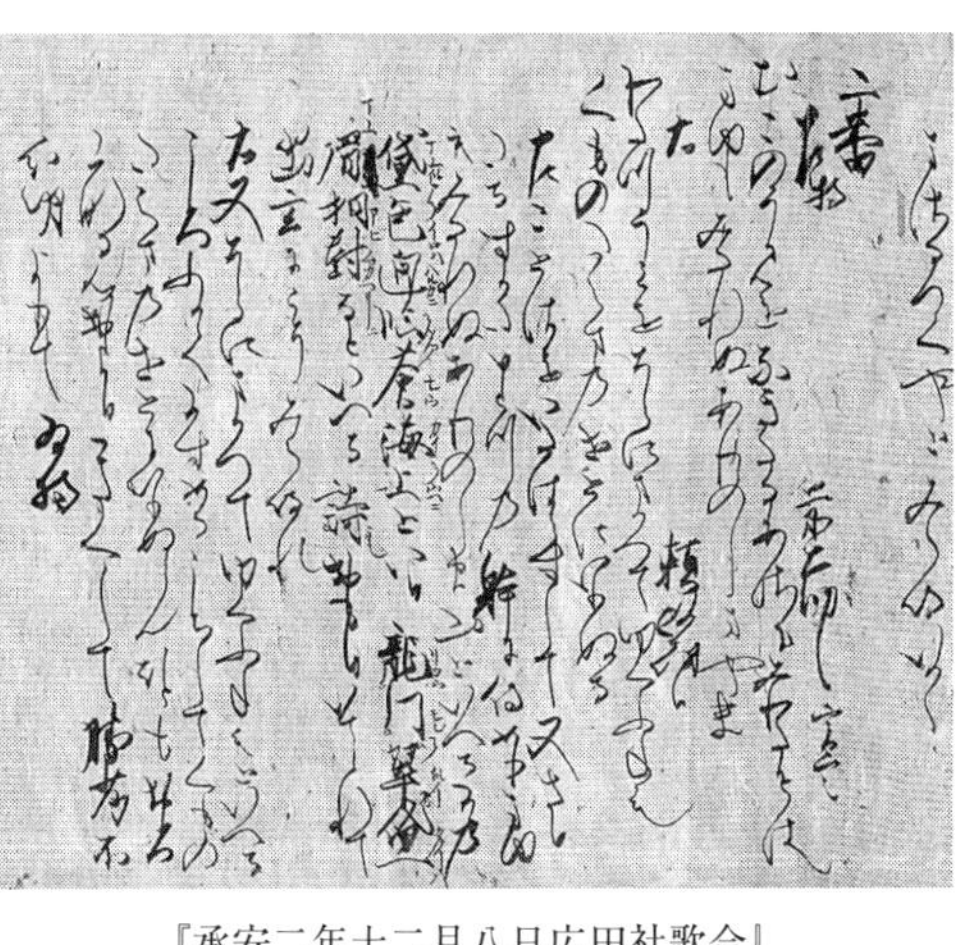

『承安二年十二月八日広田社歌合』
（「海上眺望」部分，前田育徳会蔵）

俊成主催の十首歌会

俊成自身は左右に分かれて勝劣を競う

歌合を主催した形跡は生涯を通じて残していない。しかし、家集や私撰集などから、一度だけやや規模の大きな歌会を催したことがわかる。それは四季が各二題に「恋」「祝」を加えた、計十題で一題一首の十首歌会であった。『長秋詠藻』は十首のすべてを収める。

作品が（人によって歌数は異なるが）残っている参加歌人は、俊恵・藤原実定・藤原公重・観蓮（藤原教長入道）・藤原隆信・藤原頼輔・源頼政・源仲綱・源行頼・源師仲・藤原敦仲・藤原盛方・顕昭である。作品の存在は確かめられないが、鴨長明の『無名抄』で、「隆信・定長と番ひて、若くより人の口に同じやうに言はれ」た俊成の猶子の藤原定長（すなわち出家以前の寂蓮）も、美福門院加賀の前夫との子である藤原隆信とともに参加して、よい歌を詠んだという。この顔ぶれの中には、顕昭を除いて、六条藤家の歌人は見えない。なお、鴨長明の『無名抄』によれば、その頃は隆信と二人で一組のように、歌のうまさを評価されていた定長が、出家して寂蓮となり歌道に精進するうちに、彼に並ぶ者はいないとまで言われるようになり、後鳥羽院は、隆信が寂蓮と同列などと誰が言っていたのだと評したので、隆信は、早死にすればよかったとくやしがったということである。

ところで、この催しはいつのことだったのであろうか。参加者の一人である藤原公重の『風情集』は、その冒頭近くで俊成のことを「左京大夫顕広」と呼びながら、この十首会の作品には「俊成三位歌ども乞ひしに」という詞書を掲げる。そのことから、俊成と改名した仁安二年十二月二十四日以後の開催かと、いちおうは考えられる。また、参加した歌人のうち前権中納言師仲は承安二年五月十六日に、五十七歳（一説、五十五歳）で没しているので、これ以前のことになる。

さらに手がかりとなるのが、主催者俊成の最初の歌となる、次の「立春」の歌である。

年のうちに春立ちぬとや吉野川かすみかかれる峰の白雪

（年が明けないうちに立春になったというので、吉野川に早くもかかっている霞なのだろうか。山の峰の白雪と見えたのは）

この歌が、「古年に春立ちける日」に詠まれた、在原元方の「年の内に春は来にけりひととせを去年とやいはむ今年とやいはむ」（『古今和歌集』巻頭歌）の本歌取りであることは見逃せない。じつは、旧年立春（年内立春）はそれほどめずらしいことではない。仁安二年（十二月二十日）、この三年後の嘉応二年（十二月二十三日）、さらに二年を経た承安二年（閏十二月二十五日）と、ひとまず見当を付けた時期の近くでも三回を数えるが、そのうち嘉応二年五月二十九日に講ぜられた『左衛門督実国家歌合』（判者清輔）では、「立春」の題を藤原成範が「めづらしき春のはじめのしるしとて山も霞の衣着てけり」、頼政も

「めづらしき春にいつしかうちとけてまづものいふは雪のした水」と詠んでいる。実際はさほどめずらしくなくても「めづらしき春」というのが歌なのであろう。

もし、俊成の十首歌会も嘉応二年の催しであったなら、彼はこの年五十七歳となるが、この十首歌会の「歳暮」の題で詠んだ彼の、「なかなかに昔は今日も惜しかりき年やかへると今は待つかな」（昔はかえって、大晦日の今日も暮れるのが惜しかった。年をとった今は、新年が帰ってくるだろうと心待ちされるなあ）という歌は、老人の正直な感懐の表出としてふさわしいと思われるのである。

後年、俊成はこの歌会の作品から、自詠の歌（春上・七六）、

み吉野の花のさかりをけふ見れば越(こし)の白根(しらね)に春風ぞ吹く

（吉野山の花盛りを今日眺めると、白雪を頂いた越の国の白山に春風が吹いているようだ）

の他に、藤原実定の歌（秋上・二八〇）と藤原教長の歌（恋五・九五三）などを『千載和歌集』に採っている。

俊成の月五首歌

この他、会というには足らないごく小人数で詠まれたものか、それとも、全く個人的な試みか、いずれにせよ、『俊成家集(しゅんぜいかしゅう)』に載る一首に「家にて月の五首よみける時」の詞書が付されているので、俊成が主体的に詠んだ小歌群として「月五首歌」が挙げられる。『長秋詠藻』に三首を拾うことができるが、そのうちの「山居の月」の歌、

住みわびて身を隠すべき山里にあまりくまなき夜はの月かな

（世の中に住んでいるのがいやになって、この身を隠そうと思っている山里なのに、あまりにも陰がなく明るく照っている夜の月だなあ）

は、『歌仙落書』にも「山里に住み侍りける頃、月を見て」として選ばれた。さらに後年、俊成が自撰したわずか三十五首の小家集『保延のころほひ』にも「山家にて月の歌よみける時」として入れ、『千載和歌集』雑上・九八八にも「山家の月といへる心をよみ侍りける時」の詞書で入集させている。

『歌仙落書』

『歌仙落書』は、文中の歌人の官位記載などから、承安二年二月から十二月までの間の成立と考えられるので、俊成の月五首歌はそれ以前の試みとなるであろう。この歌書は批評入りの歌人別秀歌選である。最初に『大鏡』の序文に倣ったような、老人二人が「今の世の撰集」（「歌花抄とかや」という。「歌花抄」は「歌苑抄」の誤りか）を見て、選歌のよしあしを論じる。後日、その一人が編んだ秀歌選がこれであると述べた序（流布本による）を掲げ、以下俗人男子十三人、僧侶四人、女房三人の順に、それぞれの歌風を『古今和歌集』仮名序の六歌仙評のようなスタイルで評し、代表歌を挙げ、初めの評での比喩をそのまま歌にしたような評歌を添えたものである。代表歌数の最も多いのは俊成の十五首（先の「山居の月」の歌が最後に選ばれている）である。これは匿名の書であり、流布本が書名の下に「俊成卿亭」と小書し、著者として「後久我太政大臣通光卿」と記すのは、後人が加えたものであろう。源通光は後鳥羽院の時代の歌人である。

著者については諸説あり、俊成に関係深い歌人（久曽神昇『日本歌学大系』第二巻・解題）、「俊成・実定の近辺者で俊成の詠歌好尚に深い理解をもっている者」（松野陽一『鳥帚—千載集時代和歌の研究』）、藤原教長説（五味文彦『書物の中世史』）、藤原惟方説（田仲洋己『中世前期の歌書と歌人』）などであるが、現在なお著者未詳とされ、定説はない。俊成や俊成に近い歌人に対して好意的で、清輔や彼の一門にはやや冷淡ではある。

皇太后宮大夫となる

嘉応三年正月十八日の除目では、俊成は前年の皇后宮大夫の職に加え、さらに備前権守を兼ねることになった。この年は四月に「承安」と改元、十二月には清盛女徳子が後白河法皇の猶子とされ、従三位に叙されて入内し、同月二十六日に高倉天皇の女御となった。年が改まって承安二年二月十日には立后節会が行なわれ、皇后忻子が皇太后に、二条院の中宮であった育子（藤原実能女）が皇后に、女御徳子が中宮に冊立された。それに伴って皇后宮大夫俊成は皇太后宮大夫に改められた。以降、安元二年（一一七六）九月二十八日まで、この職を務めることになる。

宝荘厳院和歌尚歯会

承安二年の暮春、藤原清輔が主催して、洛東白川の鳥羽院の御願寺宝荘厳院（現在の京都市左京区聖護院山王町辺りが跡地という）で、「和歌尚歯会」が行なわれた。都の歌びとた

『承安二年尚歯会図記』（筆者蔵）

ちの間でひとしきり話題となったと思われる。これは、中唐の詩人白楽天が催した尚歯会の例に倣い、七叟とされた七老歌人の長寿を祝って詠歌した集いである（『百練抄』同年三月十九日条）。七叟は、藤原敦頼（八十三歳）・顕広王（七十八歳）・祝部成仲（七十四歳）・藤原永範（七十一歳）・源頼政（六十九歳）・清輔（六十五歳）・大江維光（六十三歳）で、年齢順に着座した。俊成は当然含まれず、垣下（饗宴で正客以外の相伴の人）に加わる理由もないが、主催者である清輔が、俊成の存在を意識しなかったとは考えにくい。

俊成家十首会の行なわれた日時がはっきりせず、『歌仙落書』の成立も確たることが言えないが、それらからうかがわれる、俊成を当時の歌壇の最高位に位置づけようとする空気はすでに漂っていたのであろう。清輔はそれに強く反発したに違いない。だからこそ、我々こそは和歌の伝統を受け継ぐ歌詠みの長老たちである、という姿勢を誇示したかのごとき趣がある尚歯会を開催したのではないだろうか。

三　幻の打聞『三五代集』

俊成の私撰集

俊成も他の歌人たちのように私撰集（当時の言い方に従えば打聞（うちぎき））を編んでいる。おそらく、それは嘉応年間（一一六九～七一）のことと思われる（後述）。撰集について歌の形でみずから述べた一首を残しているのである（『長秋詠藻』）。

撰集のやうなることしける時、古き人の歌どものあはれなるなどを見てよめる

ゆくすゑはわれをも偲ぶ人やあらむ昔を思ふ心ならひに

（将来はこの撰集を見てわたしのことをも思い出してくれる人がいるだろうか。今、昔の人をなつかしく思う自身の心に照らし合わせて、そう思うのだ）

この歌は後年、定家や家隆らが「千載集撰び侍りける時、古き人々の歌を見て」という詞書を付して、『新古今和歌集（しんこきんわかしゅう）』（雑下・一八四五）に入集しているが、治承（じしょう）二年（一一七八）に成立した『長秋詠藻』第一次本に載るこの歌が、寿永（じゅえい）二年（一一八三）二月に後白河院

より院宣が下ってから始められた『千載和歌集』撰進という大仕事の際の感懐であるわけはない。また、勅撰集を撰進する作業を「撰集のやうなること」と、朧化した表現で言ったとも考えにくい。これはやはり私撰集を編んだことを述べたとしか考えられないのである。

俊成、打聞を編むの評判

『長秋詠藻』には、この和歌より前の、雑歌の部の最後に、

西行法師高野にこもりゐて侍りしが、撰集のやうなるものすなりと聞きて、歌書き集めたるもの送りて、包み紙に書きたりし　西行法師

花ならぬ言の葉なれどおのづから色もやあると君拾はなむ

（とても美しい花などとは言えない歌ですが、ひょっとしてよいところもあるか、とご覧なさって、いくらかでも取り上げていただきたく存じます）

返し

世を捨てて入りにし道の言の葉ぞあはれも深き色は見えける

（俗世を捨てて仏道に入られたあなたがお詠みになったお歌を拝見して、深いお心がよくわかりました）

という、西行との間に交わされた贈答歌も見られる。西行の『山家心中集』（妙法院

本）や『山家集』下にも同じ二首が収められている。『山家心中集』では、「花ならぬ」の詞書が「五条三位歌集めらるると聞きて、歌つかはすとて」、返しの作者表記が「右京大夫俊成」である。同様に『山家集』では詞書が「左京大夫俊成、歌集めらるると聞きて、つかはすとて」、返しが「俊成」である。

俊成はまだ顕広と名のっていた応保元年（一一六一）九月十五日から永万二年正月十二日まで左京大夫、俊成と改名した後の仁安三年十二月十三日から安元元年十二月八日まで右京大夫の官にあった。ただし、嘉応二年（一一七〇）七月二十六日には皇后宮大夫を兼任している。したがって、西行が俊成を「右京大夫俊成」と呼んだとすれば、それは仁安三年十二月から嘉応二年七月までの間のことになる。「左」と「右」は誤りやすいが、この場合は『山家心中集』を正しいと見てよいのではないかと考える。すると、嘉応（一一六九〜七一）の頃、俊成は「撰集のやうなること」をしており、その噂は高野に住む西行にも伝わっていたことになる。

西行だけでなく、かつて義理の弟であった葉室家の惟方入道（寂信）もこれへの入集を望み（『粟田口別当入道集』）、清輔は俊成の意向を打診する歌を送ってきた（『清輔朝臣集』）。平経盛の場合は俊成から父忠盛の詠草を求められて送ったという（『経盛卿集』）。上賀茂社の禰宜賀茂重保も自身の集を俊成のもとに送ってきたらしい（『月詣和歌集』巻第九・雑

『三五代集』

下)。

俊成も、ここに挙げた歌人の誰も、その「打聞」の集名を語っていない。しかし、順徳院撰の歌学書『八雲御抄』巻第一正義部の末尾、「学書」の項に、その初撰本には存しなかったらしい「私記」と称する、歌書を中心とする書目を追補した記述があり、その比較的初めに、「三五代集俊成卿」という文字が見出される。これが、俊成の言う「撰集のやうなるもの」に相当するというのが、研究者の共通認識となっている。そして、「三五代」とは十五代の帝王の治世を意味し、一条天皇から高倉天皇までを数えると十五代になるので、選歌対象をこの十五代に作歌活動をした歌人の歌とした打聞だったのであろうと考えられている。なお、「三五」は古代中国の聖主を意味する三皇五帝を連想させるから、この集名には「聖代の集」の意にも解しうる余地があるという見方もあり、早ければ俊成の左京大夫時代に着手され、高倉天皇の在位中頃までには成立したとされる(谷山茂『陽明叢書』国書篇・第三輯、『千載和歌集・長秋詠藻・熊野懐紙』解説)。ここでは『山家心中集』の記載を拠り所にして、いちおう俊成の右京大夫時代にはすでに撰歌していたかと想像する。さらに『清輔朝臣集』の詞書が「俊成入道打聞せらるると聞きて、わが言の葉の入り入らず聞かまほしきことを尋ぬとて」(俊成入道が私撰集を編集されると聞いて、私の歌がそれに入るのか入らないのか聞きたいと尋ねて)というのであるから、安元二年九月末の俊成の出家以後、その翌年六月の清輔の死去以前にほぼ形を成していたのであろう。

俊恵の『歌苑抄』を意識

俊成が『三五代集』を編んだと思われる頃、俊恵も『歌苑抄』を撰している。先に言及した『八雲御抄』の「私記」（『八雲御抄』板本で「御本（「無」ノ誤リカ）云　誰人記載尋ぬべし」と注記する）での記載順を見ると、『三五代集』は『歌苑抄』の次、源師光撰とされる『花月集』の前である。この『歌苑抄』は、近年その佚文かと目される古筆断簡の調査が進み、選歌範囲は永承年間（一〇四六〜五二）から高倉天皇の代まで、成立は嘉応元年から承安四年頃までの間とされている（久保木秀夫『中古中世散佚歌集研究』平成二十一年、青簡社）。

『千載和歌集』への発展的解消

つまり、それは後冷泉天皇の代から高倉天皇の代まで、十一代の帝王の治世にわたる打聞ということになる。そして、『三五代集』で想定される十五代はその十一代を完全に包み込む。おそらく俊成は、藤原清輔の『続詞花和歌集』はもとより、この『歌苑抄』をも強く意識しながら、『三五代集』の選歌を続けていたのであろう。けれども、『三五代集』は一首の佚文も知られていない。『八雲御抄』の「私記」に名が残るから、『三五代集』が成立したことは確かなのであろうが、あまり流布しなかったのだろうか。それは、成立後まもなく後白河法皇の院宣が下されて、『千載和歌集』撰進の作業が始まったため、同集の母胎として用いられ、作品の多くが同集に吸収されたためであろう。勅撰集撰者たり得たのであるから、俊成としても『三五代集』の発展的解消を残念に思うことはなかったに違いない。

四　後白河院の供花会と俊成の出家

後白河院供花会

熊野御幸に熱心だった後白河院は、その一方で今様を愛し、近臣には今様の弟子もいた（『梁塵秘抄口伝集』）。院の神仏信仰が文芸と関わり合いを持った例として、供花会と和歌も挙げられよう。俊成は今様に親しんだとも、熊野御幸に随行したとも考えられないが、供花会の際に催された歌会には加わっている。なお、供花会は仏に花をささげる儀式だが、後白河院が六条長講堂で五月と九月に行なったものが最も知られている。

俊成の院供花会での作品は、『長秋詠藻』に六首採られている。他に院供花会に参加した歌人として源頼政・源有房・藤原重家・藤原隆信・平親宗・藤原頼輔・惟宗広言・藤原親盛らが、それぞれの家集に供花会での和歌が見出されることからうかがえる。また、藤原公重や藤原清輔は、供花会での詠とは明記しないが、歌題の一致から、やはり供花会のために詠んだと考えられる作品を家集に残している。

惟宗広言や藤原親盛は、後白河院に近侍する今様グループのメンバーでもあった（『梁塵秘抄口伝集』巻第十）。彼らも供花の後の歌会に加わっていることは、本体である供花会の主催者としての院の作歌意欲をもそそったのではないか。それならば『続古今和歌集』（秋下・四四七）に「鹿の声何方ぞといふことをよませ給ひける　後白河院御歌」として載る、

山里は秋の寝覚めぞあはれなるそことも知らぬ鹿の鳴く音に

（山里では秋の寝覚めにしみじみとした感慨をもよおすよ。どこから聞こえてくるのかもわからない鹿の鳴き声のせいで）

という一首も、歌題の一致から供花会に伴った歌会での詠の可能性が高いことになる。供花会はかなり長い期間にわたって続けられたので、歌が詠まれた時期を推定するのは難しく、俊成の六首は嘉応・承安・安元の頃の数年間に詠まれたかと想像する他ない。

『九条兼実家歌合』

藤原（九条）兼実の『玉葉』にも、院供花に関する記事が嘉応二年以後かなり多く見られる。兼実は忠通の三男で、仁安元年、長兄基実の死により次兄基房が摂政とされた後、十八歳で内大臣から右大臣に昇任したが、以後二十年この地位にいた。忠通の和歌への愛好を継承したのは兼実であった。承安三年三月一日に最初の兼実家歌合を、同五年七月二十三日には二度目の兼実家歌合を、どちらも清輔を判者として催している（『平安朝歌合大成　増補新訂』第四巻）。その他、「密々」の和歌（時には連歌を伴う）を、しきりに試みている。

承安五年は七月二十八日、「安元」と改元される。閏九月十七日に兼実の催した歌合は、「会者は十余人、清輔、頼政棟梁たり。題は十首、作者は廿二人、合はせて百十番なり。歌甚だ多く、時刻を移せり」（参会者は十人余り、清輔・頼政が中心的な歌人であった。歌題は十首、和歌の作者は二十二人、全部の歌を左右に番えて計百十番であった。和歌がはなはだ多いので、披講にも多くの時間を要した）という大がかりなものであった（『玉葉』）。作者を隠して合わせ、清輔が判者として加判した。歌合証本は伝わらないが、この時の作品として『平安朝歌合大成　増補新訂』には四十五首が集成されている。

藤原兼実画像
（『天子摂関御影』より，宮内庁三の丸尚蔵館蔵）

定家の侍従を申任

十二月八日には京官除目（きょうかんじもく）が行なわれた。この日の兼実が執筆として奉仕したので、この日の『玉葉』の記事は詳細を極めている。その中に「侍従従五位下藤原朝臣定家中文無し」という記述が見出される。俊成の名は見られないが、じつはこの日、俊成が右京大夫を辞すことによって、十四歳になっていた男定家の侍従を申任したのである（『公卿補任（くぎょうぶにん）』建暦元年条)。

明けて安元二年、三月四日に高倉天皇が法住寺殿に行幸し、父の後白河法皇の五十の賀を祝う遊宴が六日まで続いた。賀宴に深く関わった右少将藤原隆房(たかふさ)が仮名日記『安元御賀記(あんげんおんがき)』で平維盛(これもり)の青海波(せいがいは)の舞のすばらしさを詳しく描いている。兼実も参入しているので『玉葉』の記述も詳細であるが、そこで「参入せざる人々」として書き連ねている人名の中に、「俊盛、俊成、永範、経盛、已上四人、近年晴の出仕無し、重家、所労」と記されている。

皇室の不幸相次ぐ

六月十三日、鳥羽院皇女で二条院の皇后であった高松院姝子(しゅし)内親王が三十六歳で亡くなった。俊成には、かつて、高松院に仕えていた女子(高松院新大納言)もいるから、娘の女主人を偲んだことであろう。

七月八日には、二禁(にきん)(腫物)を煩っていた建春門院が三十五歳で崩じた。俊成の娘の建春門院中納言(健御前)はこの翌日、御所に植えられた女郎花(おみなえし)が今を盛りとばかりに咲きこぼれているのを見てからは、女郎花さえうとましく思われると、女院の面影を偲んでいる(『たまきはる』)。

さらに同月十七日、先帝六条院が元服以前の十三歳で崩じた。皇室の不幸はなおも続き、九月十九日には近衛院の皇后であった九条院藤原呈子(ていし)が四十六歳で亡き人の数に入った。

出家し釈阿と号す

ちょうどその頃、六十三歳になる俊成も重く病み、おそらく死を覚悟したのであろう。九月二十八日、残されていた皇太后宮大夫の官をも辞して出家し、法名を釈阿(しやくあ)と号した。実はこの時には、俊成が亡くなったという虚説が流れている(『玉葉』安元二年九月二十九日条)。初撰本『長秋詠藻』にはかつて皇后宮大夫の職を譲ってくれた、甥にあたる実定との間で交わされた次のような贈答歌が収められている。

安元二年にや、九月廿日頃より心地例ならず覚えて、廿七、八日限りになりにければ、さま変へむとするほど、皇太后宮大夫辞し申すよしなど、左大将のもとに消息つかはすついでに添へける歌

昔より秋の暮れをばをしみしに今年はわれぞ先立ちぬべき

(昔から秋が暮れるのを惜しんできましたのに、今年はわたしが秋に先立って、この世から去ることとなるでしょう)

返し　　大将

霧晴れぬ心ありともとまりゐてなほこの秋もをしめとぞ思ふ

(たとえすっきりなさらない御気分でも、この世にとどまっていらっしゃって、今年の秋が暮れるのをも、例年のようになごりを惜しまれて下さい)

遁世ののちぞありける

なお、安元二年には、実定は前権大納言であった。けれども幸いに、俊成の天寿は尽きてはいなかった。初撰本『長秋詠藻』は、次の二首で終わる。

そのたび希有（けう）に生きとまりにける年の暮れに、人の消息したる返事のついでに
身につもる年の暮れこそあはれなれ苔の袖をも忘れざりけり
（この身に齢（よわい）が加わる年の暮れがしみじみと思われます。あなたは僧衣をまとったわたしのことをお忘れではなかったのですね）

又の年の秋、九月十余日の月ことにくまなく見えけるに
思ひきや別れし秋にめぐりきてまたもこの世の月を見むとは
（去年には想像もできただろうか、別れを告げた秋にこうしてめぐり逢い、再びこの世を照らす月を見ようとは）

第六　源平争乱のさなか『千載和歌集』を編む

一　藤原清輔の死と兼実、源平の歌人たち

凶事が続いた安元二年（一一七六）も暮れ、宮廷周辺は諒闇（天皇が喪に服する期間）のうちに新年を迎えた。そのため、通例なら正月五日に行なわれる叙位の儀式はないままに叙された。この時、藤原俊成の一男の成家は、正五位下に叙されている。除目は正月二十二日から始まり、二十四日が入眼（文書に名前を記入して完成させる）であった。内大臣兼左大将の藤原師長が左大将を辞し、大納言兼右大将の平重盛が左大将に遷任、権中納言の平宗盛が右大将とされ、兄弟が左右の大将を占める形になった。三月五日の任大臣節会で内大臣の師長が太政大臣に、大納言の重盛が内大臣に任ぜられ、永万元年（一一六五）以来、前権大納言で陸沈をかこっていた藤原（徳大寺）実定が大納言に還任した。

安元三年の除目

この年三月十一日には、式子内親王、守覚法親王、以仁王などの生母藤原成子（高倉三位）が五十二歳で薨じた。

山門僧徒の強訴・安元の大火

この頃から、比叡山延暦寺の加賀国白山領をめぐって、加賀守藤原師高（西光の嫡男）と延暦寺とが争い、師高の流罪を求める山僧衆徒の強訴が続き、四月十三日には流血の不祥事に及んだ。その結果、十五日に師高と西光の流罪が決まった。それから半月ほどした二十八日の亥刻（午後十時）頃、樋口富小路より起こった火事は火焔を飛ばして、大極殿・応天門・朱雀門・大学寮・神祇官八神殿・真言院その他が灰燼に帰した。世に言う安元の大火である。

鹿ヶ谷の陰謀

五月二十三日には、加賀国白山領の事件の責めを負って伊豆国への配流が決まった前天台座主明雲が、粟津で衆徒に奪われるという不祥事が起こる。そして、六月一日には西光らの平家打倒の密謀が発覚して、関係者がことごとく入道相国（清盛）に捕らえられるという大事件が起こった。藤原成親は備前国に流された。六月五日に成親の妹を室としていた重盛が左大将を辞し、成親は七月に死去した。成親の死は説話化されていて、本当のことははっきりしない。

崇徳院の謚号

左大臣藤原経宗は、このように悪事が続くのは讃岐院（崇徳院）と宇治左府（藤原頼長）の怨霊のせいであると藤原（三条）実房に語っていたが（『愚昧記』五月九日条）、七月二十九日、讃岐院の号を止めて崇徳院とし、故左大臣頼長に太政大臣正一位を贈ることが決まった。

八月四日には改元定があり、安元三年は治承元年と改められた。

清輔、死す

この間の六月二十日には、俊成のライヴァル藤原清輔が急死した。享年七十。三条実房もその死を悼んでいるが（『愚昧記』同日条）、九条兼実の悲嘆は深かった（『玉葉』同日条）。

兼実との接触

翌治承二年（一一七八）、兼実は正月・二月とも何度か和歌連歌会を催した。それらには俊成室の美福門院加賀の前夫との子である藤原隆信や、清輔の異母弟で前年出家した重家なども参加し、また重家の同母弟の季経が清輔の「和歌文書」について語ることもあった。清輔没後も、兼実の詠歌の意欲は衰えることなく、自邸における和歌行事について、清輔に代わって俊成の指導を得たいと考えるに至ったらしい。この頃、兼実は出入りする隆信を通じて、俊成との接触を試みた。俊成にすれば、今まで六条藤家の支援者であり、近づく機会のなかった右大臣家の方から接触してきたのであるから、渡りに船という気持ちであったに違いない。隆信を介して「召し有らば出家の身と雖も、夜陰に参入すること、更に憚り有るべからず」（お召しがありましたならば、出家の身ではございますが、夜分に参上することは一向に不都合ではありません）と返事をしている（『玉葉』二月二十六日条）。

兼実の百首和歌会

兼実が計画を温めていた自邸での和歌行事とは、百首和歌会のことであろう。この試みは一題につき五首、計二十題で百首の和歌を十度に分けて披講する、その進め方は一度に二題分ずつ、十日ごとに行なうというものであった。その初度（第一回）はこの年三月二十日に、第十度は六月二十九日に催されている。初度には「立春」と「初恋」、第十度には「歳暮」と「釈教」というように、各回四季の題と恋や雑の題を組み合わせて披講された。各回七、八人から十余人が参会し、時には当座歌会や連歌も行なわれた。『玉葉』には、時々参会者の名が記され、源頼政もしばしば加わっていた。

　俊成は五月末頃に兼実から題を与えられて追詠を求められたが（『長秋詠藻』）、兼実家への参上が実現したのは六月二十三日であった（『玉葉』）。その翌々日の二十五日、兼実はまだ完結していない自邸での百首和歌を俊成の許に送り届け、合点を請うた。また、俊成もこの百首に加わってほしいとの兼実の内々の要請を「廃忘に依り」（和歌のことはすっかり忘れてしまいましたので）ご辞退しておりましたが、つらつら子細を承るとたいそう興味が深いので詠進いたします、と承諾した。翌二十六日にも二人は消息を往返している。そして、俊成の百首歌は七月に追詠が進覧された（『長秋詠藻』）。俊成が兼実の許に、作者を隠した百首歌に合点を付したものを返送してきたのは、八月二十二日のことである。それを見た兼実は「尤も比興有り」（たいそうおもしろく興味深い）と感想を書き付けている。そして九月二十日、この百首が披露され、『右大臣家百首』として、広く世間に知られるようになった（『玉葉』当日条）。

　病後二年を経て六十五歳になっていた俊成は、兼実に述べた「廃忘」などは、じつは

『右大臣家百首』中の歌

しておらず、気力充実して意欲的に詠歌したのであろう。しかし、同時代の歌人たちの間では吹毛の難（あらさがし）に類する批判もあったらしいことは、鴨長明の『無名抄』の「名なしの大将の事」（本百首での俊成の富士山を詠んだ歌と藤原実定の酒を詠み込んだ歌が、ともに誤りを犯していると批判された）の条からもうかがえる。

この『右大臣家百首』は、「時鳥切」「神祇切」「五首切」などの名で呼ばれる古筆切（古筆の断簡）として伝わるが、完本は伝存せず、そのため作者も二十人が知られるものの、総人数はわからない。俊成の場合だけは、夏に守覚法親王に進覧した『長秋詠藻』の奥に、彼自身の本百首歌が追補されているので、彼のこの時の和歌的達成を知ることができる。

俊成はこの百首の自詠から『千載和歌集』に七首を選び入れた。男定家らが撰者となった『新古今和歌集』には十三首、晩年の定家が単独で撰した『新勅撰和歌集』には四首が入集している。

俊成のこの百首で、とくに意欲的な作と考えられる歌の数首を紹介すると、たとえば「旅」の題の第三首、

あはれなる野島が崎のいほりかな露おく袖に波もかけけり

（旅の寂しさが身にしみる野島が崎の庵だなあ。涙の露が置く衣の袖に波も懸かったよ）

は、『万葉集』に歌われ、近くは源俊頼や藤原顕輔なども詠んだ歌枕の「野島が磯」に仮寝する旅人の旅愁を素直に表現し、「郭公」の題の第三首、

昔思ふ草の庵の夜の雨に涙なそへそ山ほととぎす

（昔のはなやかな宮廷生活を思い出しながら、草葺きの庵に降る夜の雨の音を聞いていると、涙がこぼれてしかたないのに、さらに悲痛な声で鳴いて、わたしの涙を増してくれるな、山ほととぎすよ）

では、三宮輔仁親王の「さみだれに思ひこそやれいにしへの草の庵の夜はのさびしさ」（後年『千載和歌集』に採った歌である）を念頭に置きながら、そこでも意識されていたに違いない白居易の詩句「蘭省の花の時の錦帳の下、廬山の雨の夜の草庵の中」（『和漢朗詠集』下・山家）のうちの「廬山の雨の夜……」の句のみを採り用い、さらに古歌の「声はして涙は見えぬほととぎすわが衣手のひつを借らなむ」（『古今和歌集』夏・一四九・読人しらず）から、和歌的な連想を呼び起こす時鳥の涙を加えて、述懐的な内容を抒情味豊かに詠じたのである。

朝雲暮雨の故事

「紅葉」の題の第二首、

雲となり雨となりてや竜田姫秋のもみぢの色をそむらむ

（朝には雲となり、夕には雨となったという唐土巫山の神女のように、竜田姫は秋の木々の紅葉を染めているのだろうか）

での「雲となり雨となりて」という句は、『源氏物語』葵の巻で、男児（後の夕霧）を出産した直後、六条御息所の生霊かと想像される物の怪に取り憑かれて急逝した葵の上の喪に服していた源氏が、風が荒々しく吹き、時雨がちな秋の夕暮れにつぶやいた言葉、「雨となり雲とやなりにけん、今は知らず」にもとづく。そして、その原拠は『文選』に収められている宋玉の「高唐賦」の序に述べられている、朝雲暮雨の故事である。それらのことは『源氏物語』に親しんでいた俊成は熟知していたに違いない。ただ、物語の中の源氏の悲痛な言葉を紅葉の美しさの描写に転用するに際して、そういう発想を促す歌を知ったということは考えられないだろうか。俊成とかなり親しい間柄であったかと思われる平親宗（堂上平氏の大納言時忠の弟）が、散佚した平経盛の主催した歌合で、「恋」の題を「うたたねのはかなき夢のさめしより夕べの雨を見るぞかなしき」（うたた寝で女人と逢ったという夢があっけなく覚めて、夕方降る雨を見るのは悲しい〈『中納言親宗集』〉）と詠んでいる。この歌も朝雲暮雨の故事をかすめて詠んだものと解されるが、親宗がこれを詠んだ時期は特定できないものの、『右大臣家百首』が催された治承二年よりは以前である可能性が大きいのである（久保田淳『「うたのことば」に耳をすます』「朝雲暮雨の故事」）。

「井手の玉水」の歌

「初めて遇ふ恋」の第五首では、思い合っていた恋人同士が、初めてその恋を成就したときの喜びを歌っている。

解きかへし井手（ゐで）の下帯ゆきめぐり逢ふ瀬うれしき玉川の水

（この井手の玉川のほとりで見知ったときに取り換えた約束の下帯を解いて、再びめぐり逢えたあなたと初めて深い契りを結ぶことができたのは、何と嬉しいことでしょうか）

この歌は『大和物語（やまとものがたり）』第百六十九段で語られる、次のような中途半端な物語を本説（ほんぜつ）としている。

奉幣使として大和に遣された内舎人（うどねり）の男が、途中山城の井手の付近で里女に抱かれた六、七歳ほどのかわいらしい女の子を気に入って、「決して他の男と結婚しないで、私を夫にしなさい。大きくなったら迎えにくるから」と言って、形見として自身の帯を与え、幼女の帯を解いて持ち去った。この男は色好みなので、すぐに忘れてしまったが、幼女はこの約束を忘れずに男の帯を持ち続けていた。それから七、八年後、男は再び同じ公用で大和へ赴く途中、井手付近に宿ると、宿の前の井戸で水を汲む女たちが話していることには（原文「水汲む女どもあるがいふやう」以下なし）、

『大和物語』の研究では、これを切断形式と呼んで、原文からこのとおりであったとする説もある。少なくとも、俊成の時代にすでにこのような状態であったことは確かで、彼は井手の玉川という場所はそのままに、帯は下帯に、不実な男は純情な男に改変して、さながら『落窪物語（おちくぼものがたり）』の落窪の君と少将道頼の恋にも似た、王朝の恋歌には珍しいハ

ッピー・エンドの物語的世界を作り出して見せたのである。

『伊勢物語』百二十二段は、約束を違えた女に、男が、

　山城の井手の玉水手にむすびたのみしかひもなき世なりけり

という歌を送ったが、女は返歌もよこさなかったという短い話である。この話からの連想で、『大和物語』百六十九段で語られない、幼女のその後の人生は悲しいものだったであろうという想像は、おそらく当時の多くの人が描いたものであっただろう。俊成は、その意表を突こうとしたのではないだろうか。

顕昭はいち早く俊成のこの手法に気付いて、『袖中抄』第十三の「ゐでのたまみづ」の解説中で、この歌の「玉川の水」という第五句を批判したが、六十五歳の俊成がこのような野心的な試みをしているのは、彼の歌心が若々しさを失っていないことの現れと見てよいであろう。

『別雷社歌合』

兼実家の百首和歌会に先んじて、治承二年三月十五日、賀茂別雷社（上賀茂社）の神主賀茂重保の勧進による歌合が同社の広庭で催されている。三題、作者六十人、計九十番の『別雷社歌合』である。俊成は左方の作者として出詠し、判者を務めた。二十四歳になる一男成家と十七歳の二男定家も作者に加えられ、俊成の縁者としては寂蓮・藤原隆信と、俊成室に連なる勝命（俗名藤原親重。美福門院加賀の父若狭守親忠の叔父）が

いた。

六条藤家からは季経・経家・顕家・顕昭、宇多源氏の俊頼の子として俊恵・祐盛、藤原氏北家閑院流から公重・実綱・実国・実房・公時・実守・公衡が連なった。また、村上源氏では師光・雅頼・有房・通親・定宗が、信西の子では成範・脩範・静賢が参加した。清和源氏の頼政・仲綱・讃岐と伊勢平氏の経盛・忠度・経正や堂上平氏の時忠・親宗も、二年後に敵として戦う運命にあることをおそらく夢想だにせず連なっていた。

俊成は源頼政と（勝負持一ずつ）、成家は藤原公衡（母は俊成の妹姉）と（勝負持一ずつ）、定家は藤原（滋野井）公時と（持二に公時が勝一、定家が負二）合わされた。

俊成は後年、『千載和歌集』に、公時・実守・公衡・寂蓮・重保らの歌計五首を選び入れている。二人の息子とともに参加した上に、判者としてすべての歌に目を通したこの歌合は、俊成にとって思い入れの深いものであったのであろう。

家集『長秋詠藻』を編む

同じ三月に、俊成は家集『長秋詠藻』を編み（筑波大学本『長秋詠藻』の俊成自身の奥書）、先に言及したように同年夏、仁和寺宮守覚法親王に進献した。皇太后宮大夫が極官だったことの記念として、皇后の唐名である「長秋」を付したのであろう。それは三巻の自筆本で、出家の翌年九月半ば、月を眺めて「思ひきや別れし秋にめぐりきて」と感慨にふけった歌までを収めたもので、したがって『右大臣家百首』やそれ以後の作は収められていなかったことが、寛喜元年（一二二九）四月の定家の識語によって知られる。なお、七月に『重家集』が、八月には俊恵の家集『林葉和歌集』が、ともに彼ら自身の手で編まれている。さらに『源三位頼政集』や藤原教長の家集『貧道集』も、いずれも守覚法親王の需めによって成った可能性が大きいと考えられている。

十一月十二日、中宮平徳子が男御子を出産、十二月十五日にはこの御子言仁親王（後の安徳天皇）が皇太子に立てられた。

治承三年の政変

年が明けた治承三年三月、内大臣の平重盛が病のため上表（辞任）、七月二十九日に四十二歳で薨じた。この後、入道相国清盛と後白河法皇の対立が顕在化してゆく。十一月半ばには、清盛は数千騎の兵を率いて福原より上洛し、その要求によって、関白藤原基房をはじめ法皇の側近は解官、流罪にされ、亡き六条関白基実の男基通が新たな関白となった。後白河法皇は院政を停められて鳥羽殿に幽閉された。

『右大臣家歌合』

この大事件のひと月ほど前の十月十八日、俊成は、兼実が催した歌合に作者として加わり、判者を務めている。歌人は二十人であったが、当日に参上したのは七、八人で、俊成は出家の身、かつ判者でもあるとの理由から座に列しなかった。

二十人が各十首を詠み、集まった二百首からまず左右が各三十首を選んで三十番に番えた撰歌合であった。俊成も加わっていた左方の歌を選んだのは俊恵、右方の歌を選んだのは重家であった。六十首に選ばれた内訳は、最多が俊成の六首で、兼実・重家・俊恵の五首がこれに次ぐ。頼政・道因・顕昭は四首、季経・隆信・藤原資隆・寂蓮・源仲綱は三首、基輔・藤原資忠・皇嘉門院別当・丹後は二首、藤原経家・源師光・源行頼・藤原良清は一首であった。撰歌は名を顕した詠草にもとづいて行なわれたのであろうから、この数字は歌人としての力量と社会的地位を勘案した結果のものであろう。判者である俊成の許には名を伏せて（兼実は自詠を「女房の事と称」したと記す）送られたが、彼が作品の詠み手を全く知らなかったとは考えにくい。俊成は、亭主兼実の五首を勝三持二、重家の五首を持三負二と判している。六首の自詠については、一番左方とされた「霞」の歌は慣例により勝とし、残り五首は持の扱いで処理した。歌合本文の奥には、いい歌が多いので判定に迷いましたという意味に解される俊成の歌と、長老のあなたが指導されたので人びとの詠草もよいものになったのですと謝した内容の兼実の歌が添えられている。

俊成は自詠の中でも「恋」の題詠、

逢ふことは身をかへてとも待つべきによよをへだてむほどぞかなしき

（恋人と逢うことは、生まれ変わって来世でも変わらずにと期待するものの、そうなるとこの世と来世

とを隔てることになる、その期間がつらく悲しい）

では、右方の丹後の作を恋の歌にふさわしいと賞しつつも、珍しく左方の自詠について、「もの深き心地して、をかしきさまにも見え侍るべし」（趣きが深い感じで、感興をそそるように見えましょう）と、自讃ともとれる言葉を記して、勝負を決められないとした。そして後年、『千載和歌集』に選び入れた。この歌は『源氏物語』朝顔の巻で、老いて尼となった源内侍と偶然出会った源氏が、年甲斐もない彼女の詠みかけた歌に返した歌をいわば本歌とし、下の句は『後撰和歌集』に載る藤原清正の恋歌（同集・恋二・六七三）の句を転用したと思われる。

また、「述懐」の題詠でも、『源氏物語』幻の巻での源氏の歌の上の句をあからさまに取り込み、「霞」の題詠でも、橋姫の巻での宇治八宮の大君が薫に返した歌の句を、季節を変えながら用いている。このように自身が『源氏物語』の世界に深く親しみ、それを作歌の上に生かしてきたので、やや後の『六百番歌合』では、『源氏物語』を「源氏見ざる歌よみは遺恨のことなり」（『源氏物語』を読まない歌人は残念なことである）と揚言するに至るのである（後述二〇五頁参照）。

二　俊成邸の類焼、定家頭角を現す

俊成邸、焼亡

治承四年正月五日、俊成の二男定家は十九歳で従五位上に叙された。官は安元元年十二月八日から侍従のままである。この叙位から一ヵ月余り後、俊成の五条邸は火事にみまわれた。定家の日記『明月記（めいげつき）』がいつ頃から書き始められたかは明らかではないが、現存する日記の本文は治承四年二月五日の記事と推定される、前文を欠く記述から始まる。五日分の記事が飛び飛びに記された後に、「明月片雲無し。庭の梅盛りに開き、芬芳四散す」（明るい月にはいささかの雲もかかっていない。庭の梅は満開で、よい香りがあたりいっぱいに拡がっている）という、二月十四日の記事となる。この時、定家はたまたま父の家に来ていて火事にあったのか、同居していたのかは不明だが、後文を考えると同居していたのかもしれない。

二月十四日の亥の終わりの刻（午後十一時頃）、高辻小路北、万里小路西から出火した火事は、北は綾小路から南は五条大路北まで燃え拡がり、俊成の五条邸も類焼した（第四・五　俊成の住まい――大宮の家と五条の家――）。権中納言兼東宮大夫中山忠親（なかやまただちか）の『山槐記（さんかいき）』がこの火事についてくわしく記録しており、この日の記事の最後に「右京大夫入道俊成家、左少将実教朝臣宅焼亡すと云々」と書き留められている。九条兼実は、俊成に侍の見舞いを遣わした。定家は日記に、この火事の時、父の俊成が、「北小路成実朝臣」の宅へ渡ったこと、文書なども多く焼けたこと、藤原頼輔が見舞いに来て俊成が会ったこと、（移った先が）狭くて小さい板屋で堪えがたいことを記している。

住まいを転々とする

この火災で家を失った俊成は、以後しばらくあちこちを転々と移り住むことを余儀なくされた。『明月記』からそれら仮の住まいに移り住んだ日と家の持ち主を見てゆくと、

直後　「北小路成実朝臣」宅
二月二十六日　勧修寺の前少将（女八条院三条の夫藤原盛頼か）宅
五月二十三日　法性寺の室美福門院加賀の母藤原親忠室の家
六月十七日　右少将（成家か）宅
七月二十五日　七条坊門の女前斎院大納言の家
十月三日　梅小路の家（藤原長方の家か）から高辻京極の家（女後白河院京極の家か）

となり、新築された五条の家に引き移ったのは明くる年の養和元年（一一八一）十一月十九日の白昼のことであった。

姉忠子の死

俊成が高辻京極の家にいた時、十一月十二日に九条三位と呼ばれた故藤原顕頼室忠子、すなわち俊忠女が八十五歳で亡くなった（『明月記』十一月十三日条）。顕頼の猶子と

して育った俊成にとっては姉であると同時に養母でもあったから、嘆きも深かったのであろう。国会図書館本などの『長秋詠藻』に、養和元年十二月四日、兼実の姉皇嘉門院聖子（崇徳院后）が六十歳で世を去り、翌養和二年の初春の頃、兼実から、

問へかしな世の墨染はかはれどもわれのみ深き色はいかにと

（尋ねてほしいですよ、先帝〈高倉院〉の諒闇が明けて、おしなべて墨染め色だった世間の人びとは晴れやかな春着の色に変わったのに、わたしだけは未だに深い墨染めの喪服を着ているのはどうしてなのかと）

と、いわば弔問を求められて、

墨染の袖はいかにと思ふにもおなじ涙にくれてこそ経れ

（あなたがお召しの喪服は、どれほど深い墨染め色でしょうかとお察し申すにつけても、わたしも同じく親しい身内の者に先立たれた悲しみで涙にくれて日を送っております）

と返して、弔問しなかった理由を「あひ頼みし老いたる人の思ひにてかきこもりたりける」（互いに頼みにしていた老人と死別した悲しみで引きこもっていた）と記しているのは、この姉を失った悲しみにくれていたことを意味する。

治承・寿永の乱、始まる

俊成が仮住まいを転々としていたちょうどその頃、時勢はめまぐるしく変化していた。治承四年二月二十一日に高倉天皇が東宮言仁親王（安徳天皇）へ譲位し、高倉院政が開始

され、三月から四月にかけて高倉院の厳島御幸が行なわれた後は、五月には以仁王を戴いた源頼政が平氏打倒の兵を挙げ、宇治橋の戦いに敗れて自害し、次いで以仁王も横死した。さらに六月二日の平清盛の福原遷都（現在の神戸市兵庫区）強行、八月の源頼朝（よりとも）挙兵、十月には頼朝追討軍の富士川からの戦わずしての敗走、十一月二十六日の京都還都と、都人を恐れ戦（おのの）かせる事件が打ち続いた。極めつけは年末の十二月二十八日、父清盛の命に従い、南都を攻撃した平重衡（しげひら）が東大寺（とうだいじ）・興福寺（こうふくじ）を焼いたことで、これは貴族社会に強烈な衝撃を与えずにはおかなかった。

九条兼実は高倉宮以仁王を擁しての三井寺（みいでら）大衆の謀反に深い関心を示し、『玉葉』にそのつど巷説を書き留めている。宇治橋での合戦の後も、以仁王や頼政が駿河国を経てなお奥の方へ向かった（九月二十三日条）とか、「高倉宮は確かに生きていて、去る七月伊豆国に下ったそうだ。現在は甲斐国におられ、仲綱（なかつな）以下の者たちがそば近くお仕えしているそうだ」（十月八日条）などと記している。つい最近まで歌席をともにしていた源頼政・仲綱父子が、このような謀反に加担することは、兼実にとっては理解を絶するものであったに違いない。俊成も歌道に通じた頼政を高く評価していたから（鴨長明『無名抄』「俊成入道の物語」）、思いは同様だったであろう。

平清盛、死す

年が改まって治承五年正月十四日、高倉院が崩御した。そして、閏二月四日には清盛が熱病の末に世を去った。兼実は、清盛の死を、南都の仏法を焼き亡ぼした逆罪の報いであり、敵軍に討たれることもなく、病床で死を迎えたのは運が良かったが、「神仏の罰が下ったことは改めて知るべきであろう。日月は地に落ちはしないのだから、希望はあるだろう。今後の天下の安否は、ただ伊勢神宮と春日明神の神慮にお任せすべきであろう」（『玉葉』閏二月五日条）と書き留めている。

後白河院京極の死

この間には、閏二月二十四日に、俊成は女後白河院京極に先立たれた。彼女は晩年、都の高辻に異母妹の前斎院大納言を猶子として同宿しており、『明月記』では高辻亭主と呼ばれていた。前年に自邸が焼けた際には俊成も寄宿していたと思われる。

定家、「初学百首」を詠む

この四月には、定家が「初学百首」を詠んだ（『拾遺愚草』）。俊成は後にこの百首から二首を『千載和歌集』（冬・四〇〇と離別・四九七）に選び入れている。俊成は息子の初めての百首を見て、自身の後継者たるにふさわしいと感じ、頼もしく思ったことであろう。しかし、教育者としての手綱を緩めることなく、やはり『堀河百首』の題を詠みこなさなくてはいけないと「厳訓」を垂れ、定家は翌年、「堀河題百首」を詠んだ。彼はその時のことを、晩年に次のように回顧している。

父母は忽ち感涙を落し、将来此の道に長ずべきの由、返抄を放たれたり。隆信朝臣・寂蓮らの面々は賞翫の詞を吐き、右大臣殿は故に称美の御消息あり。俊恵は来つて饗応の涙を拭へり。時の人望は之を以て始めとせり（『拾遺愚草員外』）。

（父母はにわかに感涙を落とし、将来は歌の道での指導者になるであろうという保証書を出された。隆信朝臣や寂蓮などの人びとはすばらしいと褒め言葉を述べ、右大臣藤原兼実公はわざわざお褒めのお手紙を下さった。俊恵はわざわざやって来て、お世辞の涙を拭った。その当時の私に対する世間の期待は、この百首歌から始まったのである）

そして、「今見ると一首も採るべき歌はない」とも述べているが、この記述からは、

藤原定家画像
（伝藤原信実筆，冷泉家時雨亭文庫蔵）

俊成と美福門院加賀の夫妻が、前途を蜀望されるわが子定家を歌の世界に押し出そうと努めていたことがうかがえる。実際、治承四年三月二十七日に、定家は父に命じられて八条院暲子内親王の常磐殿に参上したが、六月十七日には、俊成自身が定家を連れて前斎宮亮子内親王の御所に参上している。翌治承五年正月三日にも、やはり父の命により、定家は前斎院式子内親王の三条御所に初めて参上した。

治承五年は七月十四日、養和元年に改元された。正月十四日に高倉上皇が崩御したため、改元のことが問題にはなっていたが、六月客星（ふだん見えない星が現れること。天文学でいう超新星のことと考えられる）があり、改元に至ったのである。

養和元年九月二十七日には、式子内親王の萱御所に、俊成は定家を連れて参上している。「例の如く」と記しているので、それ以前にも同様のことがあったのかもしれない。

初めて後白河法皇御所に参上

十一月十日、俊成は初めて後白河法皇の御所に参上した。その時の模様は「竜顔咫尺なること数刻と云々、常に参るべきの由、仰せ事有りと云々」（法皇のお顔を間近に、かなり長い時間にわたって拝したという。いつも参上せよとのお言葉を頂いたという）であり（『明月記』）、俊成の感激のほどが知れる。そして同月十四日に、定家を供として再び参院し、十二月十九日には法住寺殿の新しい御所に参上して、「数刻」拝謁した。

平家の昇任人事

なお、十一月二十五日には中宮徳子が建礼門院の院号を蒙っている。

養和二年五月二十七日、「寿永」への改元が行なわれた。これは治承四年に始まった内乱の長期化や飢饉を理由としていた。

そして寿永元年六月二十八日、摂政内大臣の藤原（近衛）基通は第三度の上表をしたが、摂政はそのままで内大臣を辞すことのみが許された。八月十四日には、後白河法皇の第一皇女前斎宮亮子内親王が、幼い安徳天皇の准母（天皇の生母に準じる意）として皇后に立てられた。空席になっていた内大臣には、十月三日の除目で、権大納言宗盛が任ぜられた。権中納言時忠が中納言に、前参議知盛が権中納言に昇任するという具合に、平氏の人びとの昇任人事が行なわれた。

十一月二十四日に、ようやく大嘗会が行なわれた。悠紀方は近江国で藤原季経が、主基方は丹波国で藤原兼光（資長男）が詠進した（『大嘗会悠紀主基和歌』）。後に俊成は『千載和歌集』（神祇・一二八六）に、兼光が神南備山を詠んだ歌を選んでいる。

賀茂重保、『月詣和歌集』を撰す

同じ十一月、賀茂重保が、俊恵の兄弟の祐盛の助けを借りて『月詣和歌集』を撰した。俊成は「皇太后宮大夫俊成」の名でこの集の巻頭歌の作者とされ、二十九首入集した。五年前に没した清輔の入集歌は五首にすぎず、重保は明らかに俊成を当代和歌を代表する歌人として遇している。それとともに、御子左家の後継者として若い定家に注目していたのか、定家は兄成家の二首を凌いで九首入集している。

重保が俊成の次に重視した当代歌人は俊恵であったのだろう。俊恵は二十五首入集している。本集の撰を助けた祐盛の歌は十首にとどまるが、その一方で、重保は自詠を二十三首、母の釈教歌をも一首入れた。詞書にもしばしば重保の名が見られ、自身の歌人としての存在を主張することも怠りなかった。

頼政・仲綱の父子の清和源氏歌人と、忠度・経盛・経正ら平家歌人とがともに入集しているのは『別雷社歌合』の時と同様であるが、歌数は、二年前に討死した頼政・仲綱はともに四首であるのに対して、忠度ら三人はいずれも十三首と大きく隔たっている。平家歌人としてはさらに資盛（八首）・行盛（七首）・通盛（三首）なども入集した。

朝廷との関係では、崇徳院が二首、後白河院が「法皇御製」として一首、そして、高倉院の一首が載っている。崇徳院の二首と後白河院の一首は、俊成も後に『千載和歌集』に入れた。

『言葉和歌集』への入集

さらに、後白河院の今様の弟子でもあった惟宗広言が、『月詣和歌集』の成立と前後して、治承元年頃から寿永元年頃までの間に、やはり打聞の『言葉和歌集』を編んだ。冷泉家時雨亭文庫所蔵の鎌倉時代書写の孤本が、おそらく全二十巻のうち、恋歌と雑歌を中心とする六巻分四百二首の零本として伝存する（『冷泉家時雨亭文庫叢書』第七巻『平安中世私撰集』、翻刻は『新編国歌大観』第十巻）。現存部分には、俊成・頼政・登蓮らの歌が七首、清輔・顕昭らの歌が六首、俊頼・実定・重家らの歌が五首、俊恵・経盛らの歌が四首見出される。全体像がわからないから決定的なことは言えないが、俊成とともに頼政をも尊重していたらしいことは注目してよいであろう。

「三十六人歌合」の撰者は誰か

また、和歌の世界では「三十六」を尊重する傾向から、数々の三十六人撰が作られた。そのためそれらを区別する名称が研究者によってつけられているが、その中に『治承三十六人歌合』と呼ばれる歌合の形をとった秀歌選がある。物語風な序文があり、作者三十六人、各十首、二首の欠落があるので総歌数三百五十八首である。俗人を左方、出家者を右方とし、その一番左は清輔、右は俊成である。成立年代は一番新しい作が治承二年九月のものだが、治承年間（一一七七〜八一）だという明徴はない。編者も未詳だが、比叡山の僧覚盛かとする説がやや有力である。

「三十六歌合」に関して言えば、研究者によって『俊成三十六人歌合』と仮称する秀歌選（歌人三十六人・各三首、計百八首）が存在するが、これが俊成の選に成るものか否かは、現在も未だ結着がついていない状態であることを付言しておく。

三　平家の滅亡

平家一門、結束を固める

寿永二年正月、平氏一門はまず、内大臣の宗盛が従一位に叙され、中納言の時忠が権大納言に昇任した。同時に亡き重盛の二男で右近中将の資盛が蔵人頭に補された。

二月二十一日には、八歳の安徳天皇が後白河法皇の法住寺御所に朝覲行幸をし、その際の叙位で摂政近衛基通の室である平完子（清盛の五女）は従三位に叙された。同日夜、宗盛の嫡男清宗と按察中納言頼盛女との婚儀が行なわれた。同じ平氏一門でもやや距離があった、頼盛と清盛やその子たちとの間を縮める意図があったのかもしれない。

その六日後の二月二十七日、宗盛は上表して内大臣を辞した。『平家物語』（覚一本巻六・横田河原合戦）はその理由を「兵乱慎みのゆゑとぞ聞えし」（戦乱について責任があるから謹慎の心を表すためだと言われた）と述べる。

甥光能と後白河法皇

同日、俊成の兄忠成の嫡男の光能（徳大寺公能の猶子）が出家して亡くなった。光能は後白河法皇の親任厚く、頼朝への平家追討の院宣の執達を任されるほどであった。俊成にも光能は大事な縁者と認識されていたのであろう。

後白河法皇、勅撰和歌集詠進を命ず

寿永二年二月のある日、後白河法皇は俊成に勅撰集を撰進せよとの院宣を下した。それを伝達したのは頭中将の平資盛であった（『拾芥抄』には定家が書き留めたというその奉書の文面が掲げられている）。

かねてより『三五代集』を編んでいた俊成にとって、その院宣は決して突然のことではなかったであろう。今様ほどには熱心ではない和歌の撰集をみずからの院政時代の記念として遺すという気になったのは、法皇自身が『梁塵秘抄』を編んだことが影響しているかもしれない。何びとかが俊成のために行動し、その人物の進言に動かされて、法皇が俊成に勅撰集撰進を命ずるに至ったと考える余地も残されている。

翌月の三月十九日の夜、俊成は九条兼実を訪れて、数刻にわたって「和歌の事」を談じ、兼実は俊成を「能く其の境に入る、当時此の道の棟梁なり」（和歌の世界に深く入り込んでいる。現在の歌道の指導者である）とたたえた（『玉葉』）。おそらくこの時、勅撰集撰進の下命についても語られたのであろう。

平家、都落ち

社会情勢は急速に不穏な様相を呈し、四月半ばには、平家の武士は維盛・通盛・行盛・経正らを将として、十万騎が源（木曽）義仲の追討使として北陸道に向かったものの、五月十一日砺波山の戦で敗れた。その報は六月の初めに都に届いた。七月に入ると、義仲・行家らの賊徒が今にも入京しそうだとの噂が流れた。

七月、法皇は、幼い天皇を院御所に迎え入れるのはどうか、御所を守護する平家の武士と賊徒とが戦ったらどうなるかなどと、九条兼実に相談している（『玉葉』七月二日条）。

七月二十四日、安徳天皇が法皇の法住寺御所に行幸、内侍所の渡御が行なわれた。しかしその夜、法皇は側近や女房たちにも知らせず、ひそかに御所を抜け出して比叡山に入った。これ以前に、比叡山の僧兵たちは平家の公卿たちが連名で記した起請文を拒んで、義仲勢に協力する姿勢を示していた（『吉記』七月十二日条他）。

そして翌二十五日、宗盛以下の平氏一門は、六波羅や西八条の邸宅に火を放ち、幼い天皇と母后建礼門院、そして三種神器を奉じて、西国へと都落ちしたのである。清盛女完子を室とする摂政基通は、途中で逐電し、平頼盛も都にとどまった。一門の都落ち以前に宇治方面に遣わされた資盛が、兄弟たちと軍兵八百余騎を率いて山崎辺から引き返してくるらしいとか、彼ら重盛の子息たちは降参するだろうといった噂が流れた。

薩摩守忠度、勅撰集入集懇願の伝説

この忽劇のさなか、薩摩守の平忠度が都落ちの途中、鳥羽の四塚（延慶本・長門本『平家物語』）あるいは淀の河尻（『源平盛衰記』）から引き返して、俊成に歌巻一軸を托し、勅撰集への入集を懇願して落ちていった（『平家物語』諸本）という。この歌語りは余りにも有名であるが、裏付けるに足る史料は見当たらない。彼は七月十六日に、百騎ほどを率いて丹波国に発向し（『吉記』同日条）、その後、敵に対抗できず大江山に帰ったというが（『玉葉』七月二十二日条）、それからの動静は明らかではない。その時期は世情不穏な寿永二年

のことというだけで特定できないが、俊成でなく、定家に詠草を託した行盛（清盛の孫、父は基盛）のような人がいたのは、『新勅撰和歌集』（雑二・一一九四）によって知られる事実である。

源義仲・行家、入京

平家一門の都落ちから三日経った七月二十八日、義仲は北から、行家は南から入京した。比叡山から下山して蓮華王院（れんげおういん）を御所としていた後白河法皇が平家追討の院宣を下したが、彼らは御所に参入する時には並んで入り、決して前後になることはなかった。

後鳥羽天皇の践祚

法皇とその近臣たちは、この二人と関東に在る源頼朝の三人への恩賞を、どのように差をつけつつ与えるべきかを当面の問題として議したが、それよりはるかに重大な国家的大問題は天子の位についてであった。義仲が北陸にいる法皇の孫王、以仁王の王子（北陸宮（ほくりくのみや）と呼ばれる）を強く推したため、事態は紛糾したが、結局、卜筮（ぼくぜい）の結果と法皇の寵愛する女性の六条殿の夢想によって、故高倉院の第四皇子を親王とすることに決まった。六条殿は『玉葉』では「女房丹波」と記し、「御愛物遊君、今ハ六条殿卜号ス」と割注する（『玉葉』寿永二年八月十八日条）。「丹波」は「丹後」の誤記で、浄土寺二位と称せられた高階栄子のことをさすか。「遊君」とは、あるいは兼実の誤聞であろうか。この時、四歳の四宮の生母は、治承三年十一月十六日に薨じた、修理大夫藤原（坊門）信隆女（のぶたかむすめ）の殖子（しょくし）である。尊成（たかひら）の名が定められ、院宣により伝国宣命（でんこくせんみょう）が作られ、八月二十日に閑院

（二条大路の南にあり、後鳥羽天皇以後、八代の皇居となる）において、剣璽はないままに、後鳥羽天皇の践祚の儀式が行なわれた。

後白河院の側近と対立した義仲は、十一月十九日の法住寺合戦で院方を破った。さらに摂政近衛基通を解官に追い込み、松殿基房の三男で十二歳の権大納言師家を摂政内大臣とし、さらに氏長者とした。

けれども、威を揮った義仲も、年が明けて寿永三年正月二十日、鎌倉の頼朝の代官として東上した範頼・義経勢に敗れ、粟津で討死した。摂政の座は再び基通に戻った。

二月、平家は摂津国での一の谷の合戦で大敗し、重衡は生け捕られた。平家は屋島に遁れ、源平の争乱は膠着状態に入るが、前途を悲観した平維盛は那智の海に入水して果てた。維盛は、俊成女の後白河院京極と藤原成親との間に生まれた女子、つまり俊成の外孫を室としていた。

後鳥羽天皇、即位

四月十六日、都で改元定があり、新しい年号は「元暦」と決まった。後鳥羽天皇代始のための改元であるが、即位の儀は三ヵ月後の七月二十八日に太政官庁において、前年八月の践祚の儀式と同様に、剣璽の備わることのないままに行なわれるという状況だった。大嘗会は十一月十九日に催された。悠紀方は近江国で、安徳天皇の時と同じく藤原季経が十月十三日に、主基方は丹波国で藤原光範（永範男）が十月二十七日に詠進した（『大嘗会悠紀主基和歌』）。後に俊成は、後鳥羽天皇の大嘗会和歌として、藤原季経の歌二首（賀六四〇・神祇一二八七）と光範の歌一首（神祇一二八八）を『千載和歌集』に採っている。

壇ノ浦に平家滅亡す

元暦二年（一一八五）正月十日、平家追討のため、源義経が西国に向かった。平氏は二月十九日の屋島の戦いに続き、三月二十四日の壇ノ浦の決戦で源氏の軍勢に敗れ、八歳の安徳天皇は、神璽を脇に挟み、宝剣を腰にさした祖母の二位尼平時子に抱かれて、海中に沈んだ。知盛・経盛・教盛・資盛・行盛ら主な武将も死んだ。宗盛・清宗の父子や時忠は生け捕られた。安徳天皇の母の建礼門院も入海したが、源氏の兵によって船の上に引き上げられた。

後鳥羽天皇画像
（『天子摂関御影』より，宮内庁三の丸尚蔵館蔵）

義経の飛脚によってもたらされた壇ノ浦合戦の模様を、九条兼実が聞き知ったのは四月四日のことである。この時はまだ安徳天皇の生死は不明であったが、四月二十二日、摂政基通が賀茂詣をしたことを「殆ど禽獣に異ならざるか。……旧主二品等の事、心中哀傷の思ひ無きか。恩を知らざる者は禽獣なり。万人弾指すと云々」（ほとんど鳥やけだもの同様ではないか。……以前の君主安徳天皇や二位の尼時子らのことを心の中で傷ましく思う感情がないのか。恩を知らない者は鳥やけだものだと、みんなが爪弾きしている）と痛罵しているので（『玉葉』当日条）、この頃には先帝の入水を知っていたのであろう。

六月には、生け捕りにされていた宗盛・清宗父子は義経によって鎌倉に護送された後、都に戻される途上の近江国で、重衡は焼き討ちを恨む南都衆に引き渡されて木津川畔で、それぞれ斬刑に処せられた。九月、時忠は能登へ流された。

兼実に内覧宣旨下る

こうして動乱はおさまった。しかし、頼朝と弟義経とが不和となったために、都やその周辺は依然として不穏であった。そうした中、七月九日午刻（うまのこく）（午前十一時から午後一時まで）、京の東部から近江国南西部にかけて大地震が起こった。これにより、八月十四日に年号は「文治（ぶんじ）」と改元された。戦功が多かったにもかかわらず兄に疎まれた義経は、後白河法皇に頼朝の追討を迫った。そして十月、法皇は義経・行家に頼朝追討の宣旨を下した。これを怒った頼朝は、義経側と見なした院の近臣たちの解任流罪を要求するとともに、九条兼実に内覧宣旨を下されるようにと奏進したのであった。兼実には思いもよらぬことで、関東との内通を疑われることを恐れて固辞したが、十二月二十八日、内覧宣旨が下された。長らく基実を祖とする近衛家や基房を祖とする松殿家が独占してきた摂政関白の地位が、九条家の祖である兼実にもめぐって来ようとしていたのである。

文治二年（一一八六）正月十六日、俊成は兼実に、

アサヒサスカスガノ峰ノマツノウレヲウレシサイカニ思トカシル

（朝日の光がさす春日山の松の先端、そのようなあなたの御慶事をうかがった私の嬉しさはどれほど大きいか、ご存じですか）

との賀歌を送っている（『玉葉』当日条）。

定家の赦免と還昇を訴える

三月十二日、兼実は近衛基通に代わって摂政となり、氏長者とされた。兼実が同月十六日に参内した際の、前駈殿上人十二人の中には侍従の定家もいた。定家は前年に不祥事を起こして除籍され、父の俊成がとりなしに動いたことが知られるので、この時にはようやく還昇が叶えられたということであろう。

麒麟児の定家がとんでもない失敗をしたのは、前年の文治元年十一月、五節舞姫の御前試の夜（二十三日か）のことである。定家は少将源雅行（大納言定房男）と争って、脂燭で彼を打った科により除籍となった。年少の雅行が嘲笑する態度をとり、これに挑発されて乱暴な行動を取ってしまったようだが（『玉葉』）、年が改まっても許されなかった。俊成は、愁い悲しみ、後白河院の側近の左少弁藤原定長（光房男。母は丹後守藤原為

忠女（ただのむすめ））に申文（もうしぶみ）を送って、定家の還昇を懇願した。「あしたづの歌入文」として墨跡が伝存している。

「あしたづの歌入文」

先日所㆓令㆑申候㆒之拾遺定家仙籍事、尚此旨可㆑然之様可㆘令㆓申入㆒給㆖之由存候也、且年少之輩各如㆓戯遊㆒事候、強不㆑可㆑及㆓年月㆒候歟、而年已及㆓両年㆒、春又属㆓三春㆒了、愁緒難㆑抑候者也、

先日申さしめ候ふ所の拾遺（侍従の唐名）定家仙籍（昇殿を許す意でいう）の事、尚此の旨然るべきの様申し入れしめ給ふべきの由、存じ候ふなり。且つは年少の輩、各（おのおの）戯遊（げいう）（たわむれ遊ぶこと）の如き事に候ふ。強ち年月に及ぶべからず候ふか。而るに年已に両年に及び、春又三春（春の三か月）に属し了（をは）んぬ。愁緒（嘆き悲しみ）抑へ難く候ふ者なり。

あしたづのくもぢまよひ
し年暮てかすみを
さへやへだてはつべき

（蘆辺の鶴が雲の中で道に迷った年が暮れました。年が変わりましたが、この上春霞までもすっかり隔ててしまうのでしょうか。昨年の末に除籍処分を受けました我が子には、春になってもお許しがないのでしょうか）

不レ堪二夜鶴之思一、独伴二春鶯之鳴一者也、且垂二芳察一、可レ然様御奏聞所二庶幾一候也、恐惶謹言、

三月六日　　釈阿中文

謹上　左少弁殿

夜鶴（やかく）（夜鳴く鶴。白居易の詩・五絃弾から、子を思う親心の比喩）の思ひに堪へず、独り春鶯の鳴くに伴ふ者なり。且つは芳察を垂れ、然るべき様御奏聞を庶幾する所に候ふなり。恐惶謹言。

三月六日　　釈阿中文

謹上　左少弁殿

これ以前にも愁訴していたらしいことが、文面から想像される。俊成はこの愁訴の歌と、定長の（院の意向にもとづく）返歌をも『千載和歌集』に収めている。

四　『千載和歌集』を撰進する

勅撰集撰進に打ち込む

俊成が勅撰集撰進の院宣を拝したのは、先に述べたとおり寿永二年二月のことである。以降、平家が滅んだ元暦二年三月までの二年間、彼が物情騒然とした都でどのように仕事を進めていたかはわからない。しかし、平氏が西国へ去ったために京が戦場とならなかったことで、手元の『三五代集』から、勅撰集としてふさわしくない作品を削り、入

集して当然なのにもれていた歌を補い、『三五代集』成立以降に詠まれた歌を新たに選び出す作業に打ち込んでいたであろうことは、想像にかたくない。『三五代集』のために俊成に詠草を送っていた人びとは、自詠が新たな勅撰集に採られることを期待していたであろう。

西行、浜木綿を送る

その頃であったか、伊勢に移り住んでいた西行からは、一首の歌を添えて海辺に咲く草花の浜木綿が送られてきた（西行『聞書集』）。

五条三位入道のもとへ、伊勢より浜木綿つかはしけるに

浜木綿に君が千歳のかさなれば世に絶ゆまじき和歌の浦波

（俊成入道のもとへ、伊勢から浜木綿を送った時に添えた歌。表皮が百重に重なる浜木綿に千年も続くであろうあなたのご寿命が重なるので、和歌の浦に寄せる波が絶えないように、この世で和歌の伝統が絶えることは決してありますまい）

返し　　　　　　　　　　　　　　尺阿

浜木綿にかさなる年ぞあはれなる和歌の浦波世に絶えずとも

（返歌　釈阿〈俊成入道〉浜木綿に重なるようなわたしの長い生涯もしみじみと思われます。和歌の伝統が決して絶えないとしても）

定家、助手として撰定を手伝う

二十そこそこで「初学百首」、次いで「堀河題百首」と、立て続けに詠んで周囲の歌

詠みたちを感嘆させた定家は、俊成にとって、この大仕事を成し遂げるための優秀な助手だったであろう。晩年の定家は、父が『千載和歌集』を撰進する際に、作者の位署や詞書中の年月などの記載に根拠のないことが多かったので、それらを改めるよう諫言したが、父は信用せず、自身の意のままに記し、先例や准拠する事を勘見しなかったと回顧している（『明月記』天福元年七月三十日条）。和歌そのものの採否に関しても、定家は父に進言したようである。彼は歌の弟子の藤原長綱（ながつな）に、寂蓮の歌について、それが入集した際の内幕を洩らしている。俊成の猶子でもある寂蓮は、自信作を是が非でも入れてもらおうと、定家に推薦してほしいと頼んでいた。それで定家が推したが、俊成は、おもしろい歌だと認めつつ、「これは道理叶はぬにはあらねども、末代の歌損ぜむずるものなり」（この歌は筋が通らないわけではないが、後世の歌に悪い影響を及ぼしかねないものである）として、初めは採ろうとしなかった。しかし、寂蓮が泣く泣く訴えたので、定家が、私が父に協力した報酬として（「予が得分に」）、入れてやってくださいと父を説得して、やっと入集できたというのである（『京極中納言相語』）。その歌は、『千載和歌集』秋下・三二五に載る、寂蓮の鹿を詠んだ歌である。

尾上より門田にかよふ秋風に稲葉を渡るさを鹿の声

（尾上から家の門近くの田に通ってくる秋風に乗って稲葉を吹き渡る雄鹿の声よ）

これとは逆に、定家の推した歌の入集を決して認めなかったこともある。それは西行が『御裳濯河歌合』に自選した次の歌である。

山がつの片岡かけてしむる野の境に立てる玉の小柳

（片側が高い岡にわたって、農民が自分の土地として区切った野の境界に立っている、玉のような柳の美しさよ）

俊成は「玉の小柳」という句について、「事の体然るべしと雖も、此の七字、始めて詠み出だし候ふか。押事か」（事の有様はそうだとしても、「玉の小柳」という七字は西行が初めて詠んだ句であろうか。無理な表現だろう）と言って入れようとしなかったという。このことは定家が七十六歳の時に加判した、『順徳院御百首』の「村雨の雲吹きすさむ夕風に一葉づつ散る玉のを柳」という順徳院の詠に関連して自記している。西行のこの「山がつの」の歌は、後に定家らが撰した『新古今和歌集』（雑中・一六七七）には採られた。

奏覧に参上する

『千載和歌集』の序文は「文治三の年の秋、長月の中の十日に撰びたてまつりぬるになむありける」と書き納められているが、これは形式的な奏覧が行なわれた日で、実際の奏覧は、翌文治四年四月二十二日に行なわれた。この日の俊成の行動と奏覧本のおおよその姿、その後のことなどは、『明月記歌道事』や平親宗の『親宗卿記』、および『千載和歌集』の一伝本の識語から知ることができる。

俊成は、巳刻頃（午前九時から十一時まで）参院した。巻子本二十巻の奏覧本は、料紙は白の色紙、表紙は青の羅で紐が付き、巻子の軸は紫檀で鶴丸を貝で摺り出してあった。歌集本文は俊成の自筆、外題は金泥で、中務権少輔藤原伊経（伊行男、建礼門院右京大夫の兄）が書いた。本は蒔絵の手箱に納められてあり、その蒔絵は葦手で俊成自筆の新たな歌二首を蒔いたものであった。蓋に蒔かれた歌は、

和歌の浦に千々の玉藻はかきつめつよろづ世までに君がみむため

（和歌の浦〈宮廷歌壇の比喩〉でたくさんの美しい海藻〈良い和歌の比喩〉を掻き〈「書き」を掛ける〉集めました。万世にまでわが君が御覧になられるようにと）

手箱の身に蒔かれた歌は、

後の世もなほたのむかな君が世にあへるは法の浮木と思へば

（後世もやはり極楽に往生することを期待しております。わが君の御代にお遇いできたのは、仏の教えで盲亀が浮き木に出逢うのと同様という喩えのとおり、まことに得がたい幸いであったと思っておりますので）

というものである。

院の御前に召された俊成は、命によっておそらく何首かの集中の歌を読み上げ、未の斜め（午後三時近くか）に退出した。

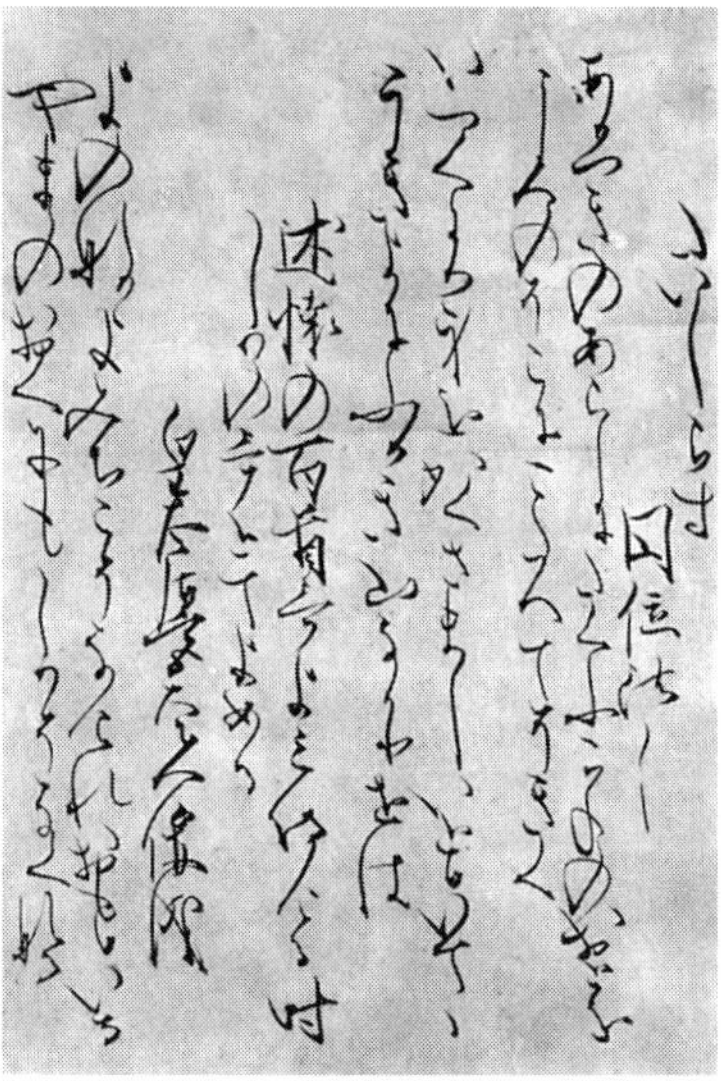

「日野切」
(『千載和歌集』断簡，東京国立博物館蔵)

しかし、その二日後の二十四日夜、撰者の歌が少ないのでさらに三、四十首追加するよう命じられた(『明月記歌道事』)。俊成はこの命に従い、五月二十二日に自詠二十五首を加える補訂をした本を進覧した(『親宗卿記』)。その後も若干の手直しがあったらしい。八月二十七日に、作者の一人である六条藤家の宮内卿藤原季経が「撰者皇太后宮大夫入道自筆之本」を書写し、「家の証本」に備えるために、不審の個所は撰者に尋ねて直したというから、その頃までには『千載和歌集』の全体像が歌人たちの間に明らかにされていたことになる。

『千載和歌集』の構成

俊成はこれまでの六勅撰集の組織を勘案し、私撰集の『後葉和歌集』(『詞花和歌集』批判の意図があって、寂超が撰した)や『続詞花和歌集』の部立をも意識しながら、最初の勅撰集である『古今和歌集』にできるだけ近い形に編み上げた。巻数は二十巻とし、四季歌や離別・羇旅・哀傷・賀などの歌の扱いは『古今和歌集』や『後拾遺和歌集』と同様にした。恋歌には『古今和歌集』と同じく五巻を宛てた。雑歌については、『古今和歌集』は上下二巻に分けた他に「雑体」の巻を設け、『後拾遺和歌集』は六巻を宛てているが、『千載和歌集』では上中下の三巻とし、雑歌下を雑体の巻と限定した。『古今和歌集』の時代には、撰者たちが意識しなかったであろう釈教歌や神祇歌を収めるために、『後拾遺和歌集』は雑六に神祇・釈教と雑体のうちの誹諧歌をそれぞれ部として立てたが、『千載和歌集』では釈教歌と神祇歌に各一巻を宛てた。ただしこれは、清輔が『続詞花和歌集』で先鞭を付けたことである。

「千載」の由来

序文が仮名序のみ掲げられたのは、『後拾遺和歌集』同様である。その序文は、「大和みことの歌は、ちはやぶる神代より始まりて、楢の葉の名におふ宮にひろまれり」と、神話時代の和歌の起源と、集名は挙げずに、『万葉集』の歌が詠まれた時代に広まったことから叙述される。そして、平安時代の醍醐天皇の『古今和歌集』から白河天皇の

表5 『千載和歌集』までの勅撰和歌集

歌集名	下命者名	成立年	巻数	総歌数	撰者名	序の有無
古今和歌集	醍醐天皇	延喜五年以後	二十	千百首	紀友則、紀貫之、凡河内躬恒、壬生忠岑	仮名序・真名序
後撰和歌集	村上天皇	天暦五年以後	二十	千四百二十五首	大中臣能宣、清原元輔、源順、紀時文、坂上望城	なし
拾遺和歌集	花山法皇	寛弘四年以前	二十	千三百五十一首	花山法皇	なし
後拾遺和歌集	白河天皇	応徳三年	二十	千二百十八首	藤原通俊	仮名序
金葉和歌集	白河法皇	天治二年頃	十	六百六十五首	源俊頼	なし　＊二度本による
詞花和歌集	崇徳上皇	仁平元年	十	四百十五首	藤原顕輔	なし
千載和歌集	後白河法皇	文治四年	二十	千二百八十八首	藤原俊成	仮名序

『後拾遺和歌集』までの四集と堀河天皇(ほりかわてんのう)の時代の『堀河百首』の成立・撰進のことに続く。そして、この『千載和歌集』について次のように語られる。

後白河法皇が帝位にあった時から院政を執ってきたこれまで（文治三年まで）の治世は、合わせて三十三年に及び、文芸も繁栄したので、法皇は勅撰集を撰進させようと思い立った。その内容は、「かの後拾遺集に撰び残されたる歌、かみ正暦のころほひよりしも文治の今に至るまでの大和歌」（白河天皇の『後拾遺和歌集』にもれた歌、さかのぼっては正暦の頃〈一条天皇〉より、文治の今までの和歌）である。『後拾遺和歌集』以後、「勅撰になずらへて」選ばれた『金葉和歌集』『詞花和歌集』の二集がすでにあるが、これらは巻数・歌数が少ないので、入集すべき歌がまだ多く残っている。収載歌の時代は十七代にわたることになり、長い和歌の歴史を負ったこの集が将来も長く残るように『千載和歌集』と名付けたと述べる。

和歌の道は容易ならず

この後、容易なことと思われがちな和歌を詠むことの難しさ、よい歌を選ぶことの難しさが力説される。俊成自身の歌論として読むことができるので、核心部分を挙げる。

そもそもこの歌の道を学ぶることをいふに、唐国日の本の広き文の道をも学びず、鹿の園鷲の峰の深き御法を悟るにしもあらず、ただ仮名の四十余り七文字のうちを出でずして、心に思ふことを言葉にまかせて言ひ連ぬるならひなるがゆゑに、三十文字余り一文字をだに詠み連ねつるものは、出雲八雲の底をしのぎ、敷島大和御言の境に入りすぎにたりとのみ思へるなるべし。しかはあれども、まことには鑽ればいよいよ堅く、仰げばいよいよ高きものは、この大和歌の道になむありける。

（さて、歌道を学ぶことを論ずると、中国やわが国の広汎な文章道を学ぶのでもなく、仏教の深遠な教義を悟るのでもなく、ただ仮名の四十七字の範囲内で、心に思うことを言葉に託して表現するものであるために、三十一字だけでも詠んで言葉を並べた者は、和歌の道の底を極め、歌言葉の世界に没入しきっていると自負しているのであろう。しかしながら、実際は研鑽を重ねればいっそうむずかしくなり、仰ぎ見るといっそう近づけないほど高いものは、この和歌の道なのである）

漢詩文や仏典と比較して、仮名を表現手段として三十一字の定型によるという条件しかない和歌はたやすいものであるという見方は、この時代の宮廷人士の中にも抱き続けられていたのであろう。そのような見方に対して、俊成は『論語』子罕篇の章句を用いて、強く反論を試みる。そして、続けて歌詠みたちが美しい表現を実現できたと思っている場合でも、本当に優れているものは滅多にないのだが、歌を愛する心を重んじ、和歌の伝統を後代に続けるために選歌したと言う。

勅撰和歌集の伝統

また、これまで勅撰集の撰者はすべて在俗者が務め、出家者である自身は異例であるが、喜撰が勅命で『倭歌作式』（『喜撰式』）を作った例もあり、これまでずっと法皇に仕えてきた宮廷歌壇の長老であるので撰者とされたのであるという。俊成はきわめて周到な筆致で、『千載和歌集』が『古今和歌集』以来の勅撰集の伝統を正しく継承しており、自身がその撰者であるのは当然であると宣言しているのである。

そのため、ともに勅撰和歌集である『金葉和歌集』『詞花和歌集』の二集を、あえて「勅撰になずらへ」られる集、准勅撰集のように扱い、その埋め合わせのように、『堀河百首』を勅撰集と同列に位置付けた。また、『倭歌作式』の作者は喜撰とも伝えられるものの、確たる根拠があったとも思われないにもかかわらず「すべらき(天皇)の御言宣をうけたまはりて」作ったものと断言したのである。

『千載和歌集』の作者たち

『金葉和歌集』『詞花和歌集』をそのように扱ったのは、なぜなのだろうか。先にも少しふれたが、『金葉和歌集』は、下命した白河院が二度も撰者に対して改撰を命じ、三度の奏覧を経てようやく納められた経緯がある（それゆえ、初度本、二度本、三奏本の三種のテキストが存在する）。また、『詞花和歌集』のほうは、勅撰集の下命者として崇徳院の名を書き顕すことを避けたためかもしれない。後白河法皇自身に崇徳院の亡魂を鎮めたいという意志があることは俊成も察知していたであろうし、俊成自身も崇徳院を偲ぶ心は当然深かったが、法皇の勅命による集の序文で、かつて戦って敗れた新院の名を挙げることは何としても避けたかったのであろう。

『新編国歌大観』や『新日本古典文学大系』所収本によれば、『千載和歌集』の総歌数は千二百八十八首、名を顕わしている作者は三百八十五名、その他、名を隠して「読人しらず」という扱いで入集した歌人も、わかっているだけでも平家の四人（平忠度・経盛・経正・行盛）、伊勢の神官二人など、何人かいた。六首以上入集した作者は一七八・一七九頁掲載の表6のとおりである。正暦以後の寛弘期や堀河天皇の頃の歌人にもかなりの歌数を割いており、当代や近い時代のみに厚いわけではない。

しかし、その一方で、後年に記した、歌論書『古来風躰抄』の中で、最近の多くの私撰集は現在の評判や撰者たちのひいきによって入集歌数も適当にはからっているが、

千載集はまた愚かなる心一つに撰びけるほどに、歌をのみ思ひて、人を忘れにけるに侍るめり。

（『千載和歌集』は愚かな私の心だけで撰んだので、歌の良し悪しだけを規準として、作者が誰であるかということを忘れていたのでございます）

と述べている。同時代や近い時代の作者については、そのとおりとばかりは言えない。たとえば、清輔と道因はともに二十首が採られている。鴨長明の『無名抄』では、道因は生前に和歌の道にとくに志が深かったゆえ、優遇しようと考えた俊成が十八首採ったところ、夢に現れて涙を流して喜んだと見て、さらに二首を追加したという話を伝えている。おそらくそれに類することもあったのではないか。また、同じく『無名抄』では、一首選ばれた中原有安が、この集には歌人としてたいしたことのない人で、十首、七、八首、また四、五首など入っている例が多いと批判したと伝える。そのような不満を抱く歌人もいたのであろう。実際、一首も採られなかった勝命は『難千載』（散佚書）を書いて、公然と批判を試みたと言われる。

保元の乱の敗者たちの歌

一方、主な皇室作者の入集歌数は一七九頁掲載の表7のようになる。『千載和歌集』は、皇室内の対立が内戦という形で露呈された保元(ほうげん)の乱以後の勅撰集であるので、俊成はとくに神経を使ったであろう。とは言うものの、崇徳院はすでに多くの私撰集に入集しているし、さらに後白河院やその周辺には崇徳院や左大臣藤原頼長ら、保元の乱の敗者たちの怨霊を恐れる空気が漂っていたので（たとえば『吉記(きっき)』寿永二年七月十六日条）、それらの影響もあってか、表のとおり、崇徳院の二十三首は群を抜いて多い。

さかのぼれば、寿永二年十一月十九日に法住寺合戦が起こった時、宮廷周辺では、これを讃岐院（崇徳院）の怨霊のせいと見なす風潮があり、その一ヵ月後には保元の乱の戦場であった春日河原（川端丸太町東入あたり）に崇徳院と頼長を祀る計画が動き出し、翌年四月十五日にはその遷宮が行なわれたほどである（『吉記』『山槐記』『玉葉』など）。そのような宮廷周辺の空気をも身近に感じつつ、俊成は崇徳院やその他の保元の乱の関係者の歌を撰んだことであろう。

崇徳院の入集の多さは、後白河法皇の意に副うものであったろう。それに較べて、法皇の七首は少なすぎると言えなくもないが、今様に対するような熱意を詠歌に持たなかったために、多くの作品は集められなかったのではないか。いささか不審なのは、高倉院の歌を見出せないことである。ただ、それが法皇の逆鱗にふれるという事態には至ら

表6　『千載和歌集』に六首以上入集した作者一覧

作者	首数
源俊頼	五十二首
藤原俊成	三十六首
藤原基俊	二十六首
崇徳院	二十三首
俊恵	二十二首
和泉式部	二十一首
道因、藤原清輔	二十首
西行（集では円位）	十八首
大江匡房	十七首
藤原実定（右大臣）	十六首
藤原季通、待賢門院堀河、藤原兼実（摂政前右大臣）	十五首
藤原顕輔、源頼政	十四首
覚性法親王、顕昭	十三首
藤原公任	十一首
藤原公能（大炊御門右大臣）、藤原教長	十首
紫式部、道命、藤原親隆、覚忠、上西門院兵衛、式子内親王、守覚法親王、慈円	九首
二条太皇太后宮肥後、藤原実家、藤原定家	八首

作者名	入集数
藤原長能、藤原俊忠、源仲正、藤原忠通（法性寺入道前太政大臣）、二条院、後白河院（院）、祝部成仲、賀茂重保、藤原隆信、寂蓮、藤原良経	七首
赤染衛門、藤原顕季、藤原道経、源雅通（久我内大臣）、藤原公光、藤原実国、寂然、静賢、源仲綱、藤原実房、源師光、源通親	六首

表7　皇室作者の『千載和歌集』入集数

作者名	入集数
白河院	一首
堀河院	一首
鳥羽院	二首
崇徳院	二十三首
近衛院	一首
後白河院	七首
二条院	七首
覚性法親王	十三首
守覚法親王	九首
式子内親王	九首
道性法親王	二首
高倉院	無

表8　六条藤家歌人の『千載和歌集』入集数

作者名	入集数
藤原清輔	二十首
藤原顕輔	十四首
顕昭	十三首
藤原顕季	六首
藤原季経	五首
藤原季能（長実曽孫）	四首
藤原重家	三首
藤原顕方（顕輔男）	三首
藤原経家（重家男）	三首
藤原顕家（重家男）	三首
長覚（顕輔男）	二首
藤原有家（重家男）	一首

王朝最末期の幽寂な雰囲気を反映

ないと俊成は考えていたのであろう。

帝王の下命により撰進される勅撰和歌集は、下命者を聖主と仰ぎ、その治世を讃嘆する頌歌たるべきものという性格付けがなされるのが当然である。もとより俊成は、「俗」や「褻（け）」を極力排して優雅を志向すべきであるとする宮廷和歌の価値観に照らし合わせ、そうした勅撰集の性格に疑問を抱くことはなかったであろう。それでも『千載和歌集』には、わずかながら、王朝末期の現実的事件を反映した作品が収められている。保元の乱の後、流罪にされるに際して詠んだ藤原師長の歌（四九四）、後白河法皇と二条天皇（にじょうてんのう）の確執が遠因で流された藤原惟方が流刑地で詠んだ歌（一一一八、以上の二首は七〇頁参照）、鹿ヶ谷事件で流された平康頼が鬼界島で詠んだ歌（五四一・五四二）、同人が帰京できた時の歌（一一二〇）などがその例である。事柄の痛切さや重さから、聞く人や読む人の心を打つそれらの歌を、同時代を生きた人間として無視することは、俊成にはできなかった。

それらの歌が、俊成が最もよしとする歌であったということではない。先に引いた『古来風躰抄』では、「歌をのみ思ひて、人を忘れにけるに侍るめり」という言葉に続けて、「されども、後拾遺の頃までの歌のかしこく数多く残りて侍りけるなん、集の冥加にはみえける」（けれども『後拾遺和歌集』の頃までの人びとの歌がありがたいことに数多く残っておりましたことが、『千載和歌集』にとって神仏のご加護であったと思われます）と述べているのである。『千載和歌集』の選歌範囲の上限を「正暦のころほひ（時分）」と定めた時、彼が慕わしく思って入集させた歌は、和泉式部（二十一首）や紫式部（九首）・赤染衛門（六首）、藤原公任（十一首）や同道信（五首）などに代表される才女・才子たちの作品であった（一七八・一七九頁掲載の表6参照）。『後拾遺和歌集』の頃から、趣向や技巧の過ぎた歌が顕著になって、王朝和歌で一般的となりかねなかったが、俊成としては、そのような「ひとへにをかしき風躰」（ひたすらおもしろさを狙った歌の姿。『古来風躰抄』での評）の歌よりは、和泉式部や彼女の歌に連なるものがあると見る源俊頼などの、なだらかな声調とともに情感の流露する作品を大切にしたいと考えたのであろう。そうした歌は後にも『古来風躰抄』に抄出されている。

しかしながら、集のそこここには王朝最末期の幽寂な雰囲気が漂っている。無常への認識を深めていたこの時代の人びとの思考のパターンも見出され、『古今和歌集』以来の王朝和歌を継承する集として編まれながらも、その世界とは当然へだたりがあったことも確かである。

第七　九条家の歌の師として

一　神社に百首歌を奉納する

西行の神宮奉納自歌合に加判

文治の頃（一一八五〜八九）、藤原俊成と定家の父子は、西行の二篇の伊勢神宮奉納自歌合『御裳濯河歌合』『宮河歌合』に加判した。西行が自詠を伊勢神宮に奉納しようと思い立ったのがいつの頃かははっきりしない。しかし、彼は文治二年（一一八六）に定家ら、都の若い歌人たちに『二見浦百首』と呼ばれる神宮奉納の百首歌を勧進しているから、それと同じ頃かもしれない。さらにこの年、西行は東大寺復興の砂金勧進のために陸奥に下向しているが、その旅路で詠じた歌が二篇の自歌合には選ばれていないので、陸奥行脚に旅立つ以前の文治二年の前半頃には両自歌合の撰歌と俊成・定家の父子への判者依頼を、ともにすませていたと考えられる。

二篇の自歌合が内宮・外宮への奉納ということで、一具のものという意識が西行にはあったから、それらの判者を請われた父子も、おそらく二篇が照応するような形で判詞を書くよう話し合い、あるいは父が子を指導する形で、判詞のスタイルを決めたのであろう。俊成が加判した『御裳濯河歌合』一番の判詞が二篇の序のような意味を持たされ、定家が加判した『宮河歌合』の最後である三十六番の判詞がそれに対する跋のような働きをしているのである。

『御裳濯河歌合』一番判詞

『御裳濯河歌合』一番判詞は、かなりの長文である。その冒頭は、俊成の歌論として読むこともできる。それはまず、日本国の風俗として「人の心」を表現する最も普遍的な「なかだち」である和歌の評価のしかたについて、「よしとはいかなるを言ひ、あしとはいづれを定むべしとは、われも人も知るところにあらざるものなり」（良い歌とはどのような歌を良いと言い、悪い歌とはどれをそう判定すべきだということは、自身も他人もわかっている問題ではないのである）と断定的に述べる。そして、その後に『古今和歌集』仮名序での六歌仙評や藤原公任の秀歌選類、『和歌九品』などを例に挙げて、「先達のことは及ぶところにあらず。今の代の人は歌のよしあしを言ふにつけて、その境に入り入らざるほどを知らざるものなり」（指導者的な先人たちについては論及しない。現代の人は歌の良い悪いを議論する際に、その作者が詠歌の境地に入っているかいないかということをわかっていないのである）と、改めて念を押すのである。

この部分は、ほぼ同じ頃に書いたと考えられる『千載和歌集』序文の、和歌は単純で誰しも容易に詠めると思われているが、実はきわめて難しいものである、という意見につながる。歌はやさしいようで難しい。したがって、歌の評価もわかったようでわかってはいない。それは「われも人も」同じなのだと初めは言いながら、おしまいには「今の代の人は」知らないと言い変えている。自身も反省してみせながら、同時代の歌人を批判している。けれども、おそらく俊成はそれを矛盾と考えてはいない。自身もかつては他の歌詠みと同じであったが、今では歌の奥深さやその評価の難しさを、少なくとも他の歌詠みよりはわかっている、という自負がこういう物の言い方をさせるのであろう。

西行の歌を評す

三十六番全体を通じて、俊成は西行の作品に対して惜しみない賛辞を呈する。しかし、その一方で、自身の感性や言語感覚に合わない表現に対しては、卒直な批判をすることをも避けていない。そういう姿勢はたとえば次のような番(つがい)における判詞にうかがえる。

七番

左 持

ねがはくは花の下にて春死なむその二月(きさらぎ)の望月のころ

（願うことは、花の下で春にこそ死にたいということだ。それも釈尊が入滅された二月の満月の十五日頃に）

右

来む世には心のうちにあらはさむあかでやみぬる月のひかりを

（来世には心の中に現わそう。この世でいくら見ても見飽きないままに終わった月の光を）

左の、「花の下にて」といひ、右の、「来む世には」といへる心、ともに深きにとりて、右はうちまかせてよろしき歌の体なり。左は、「ねがはくは」とおき、「春死なむ」といへる、うるはしき姿にはあらず、その体にとりて上下あひ叶ひていみじく聞こゆるなり。さりとて、深く道に入らざらむ輩は、かくよまむとせば叶はざることありぬべし。これは至れる時のことなり。姿は相似ずといへども、なずらへて持とす。

（左の「花の下にて」と表現し、右の「来む世には」と表現した心は、両方とも深いが、右は普通な表現で良い歌の姿である。左は、初句を「ねがはくは」と置き、第三句で「春死なむ」と詠んでいるのは、端正な姿ではないが、一首全体の姿としては、上の句と下の句とが相応してすばらしいと聞こえるのである。しかしながら、まだ歌道に深く入っていない段階の人は、このように詠もうとしたならば、失敗することがあるに違いない。これは名人の域に達した場合に可能なことなのである。左右の歌の姿は似ていないが、これまでのいくつかの番に准じて、引分けとする）

俊成にとって「ねがはくは……春死なむ」の表現は、照応の点で整っているとは思えないが、西行に傾倒する若い歌人たちが模倣する危険が全くないとは言えないので、「これは至れる時のことなり」と釘をさしたような物言いをしていると考えられる。

また、西行は政道に関わる事柄もあえて歌っているが、俊成のほうは、たとえば三十五番左のような、そのたぐいの歌に対しては用心深い姿勢を崩さない。

政治社会を論ぜず

このような姿勢は男定家にも踏襲されている。『宮河歌合』の三十二番では、左方の鳥羽法皇の大葬に参り合わせた時の感慨をこめた歌に、右方として崇徳院の配所の跡に詣でた時の悲傷の歌を番わせて、西行は若い定家がどう評すのか期待していたように見える。しかし、定家は「左右共に旧日の重事たり。故に判を加へず」（左右は、ともに過去の重大事を詠んだ歌である。それゆえ加判しない）と、これを論ずることを避けたのだった。この両歌合は、西行自身はもとより、俊成・定家の和歌に対する見方、考え方とともに、さらに彼らの時代・社会に対する姿勢や考え方をもうかがわせるものであり、文学作品の根本的な問題を孕んでいるのである。

西行、入滅

その西行は、文治六年の二月十六日、入滅した（『俊成家集』、慈円『拾玉集』）。『俊成家集』では次のように記す。

かの上人先年に桜の歌多く詠みける中に、

ねがはくは花の下にて春死なむそのきさらぎの望月のころ

かく詠みたりしを、をかしく見たまへしほどに、つひにきさらぎ十六日望日、をはり遂げけること、いとあはれにありがたく覚えて、ものに書き付け侍り

ねがひおきし花の下にてをはりけりはちすの上もたがはざるらん

（あの上人は以前、桜の歌をたくさん詠んだ中で、「ねがはくは……」〈一八四頁参照〉、このように詠んだのを、感興深いと見ておりましたが、とうとう二月十六日の満月の日なくなったことはたいそう感動的でめったにないことと思われて、わたしは手控えに次のように書き付けました。西行はかねて願っていたとおり、桜の花の下で生涯を終えたなあ。西方浄土の蓮の花の上に生まれることも間違いないであろう）

西行自身が釈迦入滅の二月十五日頃に命がつきることを願い、文治六年には満月だった二月十六日に死したことは、願いがかなったということになろう。なお、入滅の場所は河内国の弘川寺であるとされるが、京都東山の双林寺という伝承もある。

『俊成五社百首』

同じ春、俊成は『俊成五社百首』（しゅんぜいごしゃひゃくしゅ）を完成させた。多年信仰してきた五つの神社（伊勢神宮、賀茂社、春日社、日吉社、住吉社）それぞれに百首歌を奉納しようと思い立って詠まれたものだが、成立までの経緯はかなり込み入っている。

慈円の「日吉百首」への参加を謝絶

俊成は初め、春日・日吉の両社に奉納する百首を詠もうとしていたらしい。そのこと

を知った慈円は、文治五年七月から八月前半までの頃、自身が人びとに参加を呼びかけている日吉百首に合流しないかと促した。しかし、俊成は謝絶し、慈円はさらに参加を求めたものの、結局応じなかった（『俊成家集』『拾玉集』）。

慈円が人びとに勧めていた百首とは、『拾玉集』に収められた「楚忽第一百首」、別名「早率露胆百首」に和する百首歌と思われる。漢文と仮名文の二種の跋文（そこでは幼い稚児の作としている）を有するこの百首は、堀河百首題を用いたもので、その跋文から文治四年十二月の詠と知られる。そして、彼の勧進に応じて同じく堀河百首題百首を詠んだ人びとの中に、定家がいた（『拾遺愚草』文治五年春の詠「奉和無動寺法印早率露胆百首」および同年三月の詠「重奉和早率百首」）。

わが子が参加していても、それでも俊成は慈円の勧めに応じなかった。かたくなにも見えるその理由は、『俊成五社百首』の序文から想像できる。それによれば、俊成は最初は春日・日吉両社奉納の歌合を思い立って人びとに勧進したのだったが、「上達部たち」は承諾しながら作品を送ってこないため、これでは思いが達成できないので、代わりに両社への百首を文治五年より詠み連ねるうちに、住吉・賀茂、さらに伊勢の大神宮にも詠歌を奉納したいと考え、五社百首となったという。とすると、そもそも春日・日吉両社奉納の歌合の勧進を思い立ったのは、文治四年の『千載和歌集』成立の直後あたりのことで、それは奏覧を無事終えたことへの感謝の念から思いついたことだったのであろう。

そして、おそらく西行の伊勢の両宮奉納歌合の試みが諸社十二巻歌合にまで発展したことをも伝え聞き、「両社歌合」から「両社百首」へ、さらに『五社百首』へと発展したのではなかったか（西行の諸社十二巻歌合については、久保木秀夫『中古中世散佚歌集研究』に詳しい）。それならば慈円が何度も求めた日吉百首への合流を謝絶し続けたのは、至極当然のことである。

俊成の神祇信仰

俊成は、諸社のうちでもとくに伊勢・賀茂・春日・住吉・日吉五社への信仰が深い。それは、治承二年（一一七八）秋に九条兼実に進覧した「右大臣家百首」の「神祇」五首が、この五社の神々への訴えかけであったことからも明らかである。

『五社百首』では、慈円の勧進する「日吉百首」と同じ堀河百首題を用いている。そのため、同じ題を詠む慈円や定家などの作品を意識せざるを得ず、一種の若々しい緊張感が五百首全体にプラスに働いたのだと想像する。後に、『新古今和歌集』を撰ぶ際、俊成の指導を受けて育った撰者たちが、この五百首から同集に採った歌は九首であった。

春日社奉納百首での「述懐」は、

春日山谷の松とは朽ちぬとも梢に帰れ北の藤波

（藤原氏北家の末流であるわたしは、たとえ春日山の谷の松の木のように、低い官位のまま生涯を終えるとしても、松の木梢でからんだ藤が美しい波のように咲くのと同じく、子孫は栄達した先祖の昔に立ち帰ってほしい〈「北の藤波」は藤原氏北家の和歌的表現〉）

である。自身の代で「谷の松」（優秀な人物が逆境にあることを諷した『白氏文集』の詩「澗底松」を連想させる句）と零落した御子左家を、羽林家（摂家、清華家、大臣家に次ぐ公家の家格で、大納言・中納言、参議に昇りうる家）として復活させたいという悲願を吐露したものであった。

夢の告

後に、この歌を俊成の曽孫二条為氏は、自身が撰者として撰進した『続拾遺和歌集』巻第七雑春歌に、「五社に百首歌よみてたてまつりける頃、夢の告あらたなるよし記し侍るとて、書き添へ侍りける　皇太后宮大夫俊成」（五二六）という詞書を付して載せ、続けて祖父定家（五二七）、父為家（五二八）、自身（五二九）の四代にわたる勅撰歌人の、この歌にもとづいて歌い継いだ作を掲げた。俊成の詠は『五社百首』の中の一首として詠まれたものであるから、この詞書は正確ではない。しかし、「夢の告」に類することは、確かに俊成自身が経験している。冷泉家時雨亭文庫蔵『俊成五社百首』の和歌本文に続き、俊成は次のように自記している。

荒木田氏良に「夢想記」を示される

文治六年三月一日、五編の百首を清書させて、「日吉百首」は三月晦（二十九日）日吉社に参詣した時に「進覧」した。残りは便宜を待つうちに、伊勢内宮の権禰宜の荒木田氏良(うじよし)が思いがけず同年（四月十一日に建久(けんきゅう)と改元）六月二十五日に来訪したので、彼に「伊勢百首」を托して奉納を依頼した。翌建久二年（一一九一）九月十一日にも彼が再び入来(じゅらい)して、一枚の「夢想記(むそうき)」を示したが、それには次のように書かれていた。

昨年七月二十日午刻(うまのこく)、一禰宜荒木田成長(なりなが)と相談して、宝前に百首を持参、拝礼し（正殿は勅定でなければ御戸(みと)を開く例がないため）、禰宜の宿館に奉納した。八月二十五日夜、氏良は夢を見た。夢の中で、彼は烏帽子(えぼし)を付けて寝殿に南面する俊成と逢っている。座上に「長老の人」が坐っており、俊成の座には硯箱がある。「長老の人」が氏良に、「只看る明月の影」と俊成の烏帽子に書くよう命じたので、俊成の烏帽子の額にあたる箇所に、そのとおりに書いた。この霊夢を吉日を選んで祀官に語ったところ、百首詠奉納の霊威は顕著であると皆が欣(よろこ)び仰いだ。

以上が荒木田氏良の「夢想記」で、これを知った俊成は心の内で、

明(あき)らけき月見る人と記(しる)しけり心(こころ)晴(は)れてぞ世々を重(かさ)ねん

（わたしは烏帽子の正面に、明らかな月を見る人であると記された。その月のように心も晴れて世代を重ねるのであろう）

と詠じ、「子孫長く奉公を為すべき、歓慶の人の象なり。仍りて之を注す」（わが子孫が長く公にお仕えするであろう、喜ばしくめでたい人の象徴である。ゆえにこのことを注記する）と注して「夢

想記」を箱の底に納めたという。俊成が記したのはここまでで、後に子の定家や孫の為家が加筆をしている。『俊成五社百首』は老いてなお衰えることのない和歌の達成度を示したものであるとともに、宮廷社会の家格意識を背景とした神祇信仰と和歌の関係を具体的に示している。

二　後鳥羽天皇の元服と後白河法皇の崩御

文治六年正月三日、十一歳になった後鳥羽天皇の元服の儀が紫宸殿で行なわれた。加冠（元服の儀式で成人となる男子に冠を着ける役）は前年十二月十四日に太政大臣に任ぜられた摂政の九条兼実、理髪（元服または裳着で、童髪を成人の髪に結う役）は左大臣の徳大寺実定であった。

兼実女任子の後鳥羽天皇入内

そして十一日、兼実の息女である十八歳の任子が天皇のもとに入内し、女御とされた。

九条家では、この二年前の文治四年に家嫡である内大臣良通が急逝するという不幸に襲われ、父の兼実は悲しみのあまりに出家しようと思ったが、任子の入内のため、吉兆もあったので、出家を思いとどまったという（『愚管抄』巻第六）。

『文治六年女御入内屏風和歌』

すでに八三頁で見た大嘗会屏風の場合と同じく、女御入内の儀式を飾るためにも屏風は必要な調度品だから、ここでも唐絵屏風と大和絵屏風が、入内に先立って新調され、それぞれに詩句または和歌が書かれたと考えられる。『玉葉』には、文治五年十一月三日に藤原忠親や藤原兼光らが屏風詩の題について相談したこと、十二月九日に兼実が住吉・北野両社に奉幣して「屏風詩歌事」を祈ったこと、年明けて文治六年正月六日に兼実が和歌を撰定し終え、詩は藤原実定が撰んだことなどが記されている。しかし、入内関係の具体的なことは別記に譲ったらしく、入内屏風詩歌の計画から完成までの経緯はほとんど辿ることができない。ただ入内屏風和歌そのものは『文治六年女御入内屏風和歌』としてまとめられて伝存し、また『俊成家集』には、自身のこの時の作品の跋文のような形で、入内屏風和歌は久しく廃絶していたが、長保元年（九九九）に藤原道長女の彰子（上東門院）が入内した折の先例を復活させたものであることを書き留めている。

和歌作者は、摂政太政大臣藤原（九条）兼実・左大臣藤原（徳大寺）実定・右大臣藤原（三条）実房・左大将藤原（九条）良経・従三位藤原季経・右京権大夫藤原隆信・左近権少将藤原定家、それに俊成の八名である。『俊成家集』によれば、俊成は出家の身であっても詠進することを兼実から命じられたという。

屏風は各月一帖三面、全体で十二帖三十六面の月次屏風に、夏と冬で二面の泥絵屏風なので、計三十八面の絵が描かれている。八人の歌人はそれらの絵（実際は絵柄を説明した文か）にもとづいて三十八首の和歌を詠み、総計三百四首の中から各帖の絵ごとに最も良い歌が一首ずつ選ばれた。まず俊成が選び、次いで徳大寺実定が選び、最終的には兼実が決定した。俊成が自選した一首は「賀茂臨時の祭、上の御社社頭の儀式」を詠んだ次のものである（十一月の第二面）。

月さゆる御手洗川に影見えて氷にすれる山藍の袖

（月の光がつめたくさす賀茂の社の御手洗川に、さながら氷で山藍を摺り模様としたような、臨時祭の舞人の小忌衣の袖が映っている）

俊成は自詠は一首しか選ばなかったが、実定と同じく七首選ばれた。俊成はそのことについて、「入るまじき歌どもこそ入りにけれ」（選に入れまいと思っていた歌が入ってしまった）という一方、まだ二十九歳の定家が三首選ばれて、しかもそのうちの一首が正月の第一面小朝拝の歌であったことを喜んでいる。

群書類従本『文治六年女御入内和歌』では、完全ではないが、最終的に屏風の色紙形に書かれた歌には点が付されている。

九条良経・慈円との交渉

このように摂関家のうち、九条家との関係を密にしていった俊成は、次第に兼実の二男で左大将兼中宮大夫の良経やその叔父で比叡山の法印慈円の詠歌活動に関わっていく。

建久元年九月十三夜（十三日夜のこと）、良経が自邸にて「花月百首」を「密々」に披講した。参加した歌人は、百首がそれぞれの家集に完存する良経・慈円と定家の他に、寂蓮・藤原有家（ありいえ）（重家の三男）・宜秋門院丹後（ぎしゅうもんいんのたんご）が知られる。そして同月二十二日、それぞれの作品から各十首を選び、それらを番（つが）えた歌合を編んで、俊成が加判するという試みがなされた。兼実や慈円は「簾中」でその模様を聞いていたが、「興味尤（もっと）も深」かったという（『玉葉』当日条）。なお、俊成自筆の草稿「花月百首撰哥」が伝存するが（前田育徳会尊経閣文庫所蔵）、歌合そのものは伝わっていない。

慈円と俊成の和歌の上での交渉は、慈円の『拾玉集』に多く見受けられる。建久二年十月三日には良経家で「薄暮秋を思ふ」などの句題を詠む五首歌合が催され、俊成が判者を務めたという。慈円は藤原季経と番えられて、その詠は勝三持二と判された。翌年九月に住吉社に参詣して「秋日、住吉社に詣でて詠める百首和歌」を奉納した慈円から、俊成は後日、その草稿への加点を請われている。十一月二十九日には、慈円は権僧正に任ぜられ、天台座主・法務・護持僧に補された。十二月九日、俊成は慶祝の書状とともに、二首の祝いの歌を送っている。

後白河法皇、崩御

建久三年三月十三日寅刻（とらのこく）（午前四時頃）、後白河法皇（ごしらかわほうおう）が六条殿（六条西洞院宮）にて崩じた。六十六歳であった。十四日、院号が後白河院と定められ、十五日に葬送、法住寺陵（ほうじゅうじのみささぎ）

に葬られた。

後白河法皇は前年閏十二月二日から二十二日まで、長講堂において三七日の逆修を行なったが、それ以前から不食や脚が腫れるなどの病状が認められ、逆修の間にそれが進行していったらしい。法皇は、崇徳院ならびに安徳天皇の崩じた所に堂を建て菩提を助け、また、合戦で死んだ士卒の滅罪を祈りたいと願い、関白の九条兼実は法皇の意志を伝え聞き、群臣に諮った。さらに藤原頼長の廟に奉幣することが決定している（『玉葉』閏十二月二十九日条）。いずれも病床に臥すようになった法皇が、保元の乱や平氏滅亡の際での死者たちの怨念を恐れていたことをうかがわせる。

静賢・源通親と長歌を詠み交わす

後白河法皇の崩御を受け、院の近臣であった大江公朝と藤原親盛が出家したことを聞いた俊成は、それぞれに弔問の歌を送っている（『俊成家集』、『長秋草』「後白河院ノ御事」）。

また、俊成は法皇崩御の尽きせぬ思いを「静賢法印こそはと、歎きのほども思ひやられて」と、三月尽日に百四十三句から成る長歌に反歌二首を、さらに一首を詠み添えた消息とともに後白河法皇の側近と言ってもよい存在だった静賢（静憲とも）に送ったのだった（同前）。長歌は、法皇の在位時代をたたえ、その御代に出仕したわが身を顧み、出家後も『千載和歌集』の撰進を下命された光栄を回顧するとともに崩後を嘆き、西方浄土で法皇と再会する日を希望して終わる。反歌二首は、

思ひきやあるにもあらぬ身のはての君なき後の夢をみんとは

（思いもかけませんでした。生きていても死んだも同じこの身の生涯の終わりに、わが君〈後白河法皇〉がお隠れになった後、このような悲しい夢〈法皇崩御〉を見るであろうとは）

歎くべきその数にだにあらねども思ひしらぬは涙なりけり

（わたしは法皇の崩御をお嘆き申し上げるべき近臣にすら入りませんが、その道理を悟らずに流れ出るのは涙でした）

二首の反歌では「あるにもあらぬ身のはて」「歎くべきその数にだにあらねども」と、すっかり年老いて、しかも身分不相応な自身がひどく嘆いていることを強調している。

静賢は三月尽の日に、まず消息に記した歌への返歌をしてきた。そのうえ、四月一日にも法皇の崩御した春との別れのつらさを一首の歌に詠んできたので、俊成もそれに返歌したが、長歌に対する返しは四十九日（しじゅうくにち）も過ぎた五月十六日であった。それは百十五句から成る長歌で、季節が移っても自身の嘆きの変わらないことを著名な古歌を引きながら縷々（るる）と述べ、死んだら法皇にお逢いできるだろうかと自問して終わる。反歌は一首で、俊成はそれに対して「あなたのお嘆きの跡は末代までも残るでしょう」と返歌した。

中納言左衛門督である土御門家（つちみかどけ）の源通親（みなもとのみちちか）は、静賢に送った俊成のこの長歌を見る機会があったらしい。おそらく静賢が見せたのであろう。四月十五日に、百六十一句から成り、反歌五首を伴った長歌を俊成のもとに送ってきている。これは三人の中で最も長く、そこでは自身が法皇の病平癒を祈願する伊勢公卿勅使に発遣されたことを振り返るとともに、後鳥羽天皇が法皇を見舞った際の小御遊の時、法皇が歌った今様の声のすばらしさを偲んでいる。俊成は、五首の反歌にやはり五首を返した。

通親との関係

　このように法皇をいたむ長歌を詠み交わすことは、現在あるいは以前に宮廷人であった三人の歌人にとって、自身と後白河院政との関係を振り返り、その中で生きてきた自身の存在意義を確認する意味を持っていたのではないかと思わせる。ただし、出家者である静賢・俊成（釈阿）と現任の中納言兼左衛門督として朝政に深く関わる通親とでは、その行為の意味は同じではなかったであろう。通親は、今後は幼主後鳥羽天皇の宮廷で積極的に朝政に関わり、廟堂において重きをなす存在となりたいのだから、政治的な意味合いがかなりこめられていたと考えざるを得ない。

　そのようなことは、俊成にもただちに了解されたであろう。それでいて、丁寧にも五首の反歌に五首を返しているのは、一つには通親とは縁戚関係にあったからであろうか。俊成は、女八条院三条が藤原盛頼と結婚して生んだ女子、自身にとっては孫娘を猶子としていた。後に歌人として、世に俊成卿女と呼ばれる女性である。彼女は通親の二男通具の室となるが、この時には結婚していたと思われる。俊成卿女を軸とした通親の土御門家との姻戚関係が、俊成と通親との間に良い雰囲気を作り出していたのではなかったかと想像される。

しかし、その通親は九条兼実にとっては目ざわりな存在であった。しかも俊成一家はその兼実の庇護を受けることが多かったのである。

三　妻の死と『六百番歌合』――『源氏物語』への傾倒――

美福門院加賀の死

建久四年二月十三日、俊成との間に十人もの子女をもうけ、御子左家の伝統を受け継ぐ歌人定家を夫とともに育てた藤原親忠女（美福門院加賀）が死去した。彼女の生年がわからないので享年も未詳だが、七十近くだったか。死因もわからない。『明月記』にもこの年の記録は全く残っていない。彼女が前夫（藤原為経、寂超）との間にもうけた藤原隆信の『藤原隆信朝臣集』から、法性寺の山奥に埋葬されたことや、異父弟の定家の悲しみが尋常ではなかったので彼と哀傷歌を詠み交わしたこと、四十九日の前日と当日にあたる四月一日にも歌を往返したことを知ることができる。この約二十年後にあたる建保四年（一二一六）に編まれた、定家の自撰家集『拾遺愚草』（自筆本は冷泉家時雨亭文庫所蔵、国宝）には、母の死に贈られた弔問歌（殷富門院大輔、九条良経、藤原季経）とそれらへの返歌、父俊成との哀傷歌の往返、慈円・良経らとの無常の歌の贈答が記されている。

俊成自身は、八十歳の高齢で糟糠（そうこう）の妻に先立たれるという打撃、そして痛恨に打ちひしがれ、それを言葉に綴るにはしばらくの時間が必要だったのかもしれない。『俊成家集』詞書に、

建久四年二月十三日、年ごろの伴（とも）子共の母隠れて後、月日はかなく過ぎゆきて、六月つごもり（晦日）がたにもなりにけりと、夕暮れの空もことに昔の事ひとり思ひ続けて、ものに書き付く

と、没後より六月末頃までおよそ四ヵ月ほど、一人で昔のことを思い続けて記したという。その詞書の下に、

くやしくぞ久しく人になれにける別れも深くかなしかりけり

（後悔されることに、たいそう長く妻と馴れ親しんできたのだなあ。だから妻との死別もこれほど深く悲しいのだったよ）

など六首、そして、法性寺の墓所で詠んだという三首を記して悲しみを吐露し始めている。

式子内親王との贈答歌

これら個人的な哀傷歌が思いがけず前斎院（さきのさいいん）式子内親王（しょくしないしんのう）の目にとまり、彼女は哀傷歌十首を送ってきた。彼女のかたわらには前斎院女別当や前斎院大納言など、俊成の娘た

ちが仕えていたので、俊成一家の私的な歌にふれることができたのであろう。

定家との歌の往返

『俊成家集』では、続いて、「又」として、式子内親王と俊成の贈答歌各一首が記され、俊成の家の庭を吹く秋風や散る露が詠まれているこの贈答歌から、式子内親王が次に述べる定家と俊成が詠み交わした哀傷歌をも知っていたらしいことが想像される。その次には定家と俊成の間に交された悲しみの歌の往返がある。

七月九日、秋風荒く吹き、雨そそきける日、左少将まうで来て、帰るとて書き置きける

たまゆらの露も涙もとどまらずなき人恋ふる宿の秋風

（ほんのしばしの間も、露も涙もとどまることなく散りこぼれるよ。亡き母を恋しく偲んでいるこの家の庭に秋風が吹きつけて〈ちょっとの間を意味する歌語「たまゆら」に、「露」「涙」の縁語「玉」を響かせる〉）

返し

秋になり風の涼しくかはるにも涙の露ぞしのに散りける

（秋になってこれまで暑かった風が涼しい風に変わるにつけても、涙の露がしきりに散って落ちたよ）

この歌は、定家の家集『拾遺愚草』では「秋、野分せし日、五条へまかりて帰るとて」の詞書で載るので、この時には定家は俊成の五条の家に同居していなかったと知ら

れる。

彼ら父子は、最愛の妻、また最もいつくしみ深かった母を失った悲しみを真率に歌に表現する。それでいて、二人がずっと親しんできた『源氏物語』や、その物語が深い影響を受けた「長恨歌」「長恨歌伝」、そして『伊勢物語』の一章段などが描く、愛する人を失って残された人びと——桐壺帝・源氏・夕霧や玄宗皇帝など——の心に同化するような歌い方をし、また行動をしている。

正徹の評

後世、室町時代の僧正徹は、定家の「たまゆらの」の歌は「あはれさも悲しさも言ふ限りなく、もみにもうだる歌ざま」（哀れさも悲しさも何ともいえないほど深く、身をもむようにして詠んだ歌の姿）とする一方、父俊成の「秋になり」の歌は「すげなげに」（そっけなさそうに）、「何となげに」（何でもないように）詠んでいるのが「何とも覚えず殊勝」（何とも言えないほど優れている）なのであると述べている（『正徹物語』）。

『伊勢物語』『源氏物語』の世界に没入する

けれども、この時の俊成は『伊勢物語』第四十五段で語られる、死ぬ間際に男への思いを告白した内気な娘の喪に服していた、物語の主人公である男と同じような状態にみずからの身を置いていたのである。『伊勢物語』では「時はみな月のつごもり、……夜ふけてやや涼しき風吹きけり」（時は六月の下旬で……夜がふけてから少し涼しい風が吹いた）という。それを受けながら、自身の場合は初秋の七月なので、「秋になり風の涼しくかはるにも」の句が浮かんだと考えられる。定家の歌については、五条の父の家を訪れた日、確かに秋風が荒く吹き、雨が降り注いでいたのであろう。その時に彼は、『源氏物語』野分の巻、そしてまた紫の上の死が語られる御法の巻などの描写を思い起こさずにいられなかったのではあるまいか。その瞬間、現実と物語や詩歌の世界を隔てる壁は消失する。同じことは俊成についても言えるのである。そして、このような和歌表現の機微をよく解していたのが式子内親王であったのではないだろうか。

『六百番歌合』の判詞

歌人俊成が『源氏物語』に傾倒していたこと、さらに彼の強い影響下にあった中世初頭の歌人たちと『源氏物語』との関係などを考える際にしばしば引かれるのが、俊成が『六百番歌合』の判者を務めた際に記した「源氏見ざる歌よみは遺恨のことなり」（一八八頁参照）という一文である。その『六百番歌合』は左大将の九条良経が主催したもので、作者に題が与えられたのは建久三年のことで（藤原定家『拾遺愚草』）、六百番すべての加判を俊成が完了したのは建久五年かと思われる。

作者は十二人で、摂関家の関係者として主催者の九条良経・藤原家房（松殿基房の一男）・慈円、六条藤家から藤原季経・顕昭・藤原経家・同有家、御子左家およびその縁者に定家・寂蓮・藤原隆信がいた。その他、文治年間には定家とともに百首歌を詠み、西行や殷富門院大輔にも注目されていた俊成の弟子の藤原家隆、定家と親しかったらしい藤原兼宗（中山忠親の一男）が加えられていた。女歌人は加わっておらず、この歌合の主催者であり、左方作者の筆頭の良経が「女房」と名のった。この歌合の具体的な成立過程はわからないが、歌題は四季題五十、恋題五十の計百題から成る。四季題は春・秋が各十五、夏・冬が各十で、それぞれの季節の景物や年中行事が題とされている。

一方、恋題のうち二十五は「初恋」「祈る恋」「顕はるる恋」「暁の恋」「旅の恋」など、恋の段階や様相・状況などを題としたもの、残り二十五は「月に寄する恋」「山に寄する恋」「草に寄する恋」「鳥に寄する恋」「笛に寄する恋」「遊女に寄する恋」など、歌学書で言う天象・地儀・植物・動物・器物・人倫に寄せた恋題であった。雑の題がないが、考えようによっては、雑題はさまざまな時間や空間、事物などと組み合わされた恋題の中に包摂されていると言えなくもない。題者が誰であったかはわからない。十二人がそれぞれ百題を詠み、集められた千二百首の歌を結番すると六百番となる。初めから総計六百番におよぶ構想がなされていたのではなく（『顕昭陳状』）、初めは百番の撰歌合を考えていたらしいが、それが、すべての歌を結番する大規模な歌合に変更されたと思われる。

この『六百番歌合』のうちで、最も知られた俊成の判詞が次のものである。

冬上　十三番　枯野

左勝　　　　　　　　女房

見し秋を何に残さん草の原ひとつにかはる野辺のけしきに

（前に見た秋の風情を何に残そうとしているのだろうか。千草が咲いていた草原が枯れ草の色一つに変わった野辺の様子には）

右　　　　　　　　隆信朝臣

霜枯れの野辺のあはれを見ぬ人や秋の色には心とめけむ

（霜枯れした野辺の寂しい情趣を解さない人は、秋の美しい色に心を残しとどめていたのだろうか）

右方申して云はく、「草の原」、聞きよからず。

左方申して云はく、右の歌、古めかし。

判じて云はく、左、「何に残さん草の原」といへる、艶にこそ侍るめれ。右の方人、「草の原」難じ申すの条、尤もうたたあるにや。紫式部、歌よみのほどよりも物書く筆は殊勝也。その上、花の宴の巻はことに艶なるものなり。源氏見ざる歌よみは遺恨のことなり。右、心詞あしくは見えざるにや。但し、常の体なるべし。左の歌、宜しく勝つと申すべし。

（右方が申すことには、「草の原」の句は聞いて感じが良くない。

> 左方が申すことには、右の歌は古くさい。
> 判者が言うことには、左の歌で「何に残さん」と表現しているのは優艶でございましょう。右の方人が「草の原」の句を批判するのは全く感心できないことです。紫式部は歌人であることよりも、散文を書くその筆致はすぐれています。そのうえ、『源氏物語』花の宴の巻はとくに優艶なものであります。『源氏物語』を見ない〈読まない〉歌人は遺憾なことです。右の歌は、着想も表現も悪くは見えないでしょう。しかし、普通の歌の姿でしょう。左の歌が良く、勝つと申すべきでしょう）

「女房」（歌合の場での良経の仮称）の歌の「草の原」という歌句から、おそらく荒廃した風景のみを連想してこれを咎めた右の方人を、俊成は強くたしなめた。そして、『源氏物語』の花の宴の巻で、対立する右大臣の六の君と知らぬまま、弘徽殿の細殿で若い女とあわただしく契りを交した後、「なほ名のりし給へ」という源氏に「艶になまめき」て女（朧月夜の女君）が答えた、「憂き身世にやがて消えなば尋ねても草の原をば問はじとや思ふ」という歌の句でもあることを人びとに思い起こさせ、『源氏物語』を見ない歌人を残念だと強く批判したのである。俊成は「艶」という美意識を追究したが、それを考える際にもこの判詞は重要な意味を持つ。

六百番を五題分の三十番ずつ、二十の単位に分かち、単位ごとに一番から三十番まで番数を付けた。したがって、季題は「春上」「夏下」「秋中」などの十単位、恋題は「恋一」から「恋十」までの十単位となる。おそらくこの単位ごとに披講され、左右双方の難陳(なんちん)（議論）が行なわれ、その要点を記録した申状(もうしじょう)とともに評定のすんだ分が判者のもとに送られ、判者は左右の方人の申状を読んで判詞を書き、各番の勝負を決したのであろう。評定には、十日はくだらない相当多くの回数を要したに違いない。

恋五十題は、詠歌の対象をそれ以前の和歌よりもはるかに拡大しているために、多様多彩な作品が出揃って、和歌の表現世界を豊かなものにしていた。『六百番歌合』は規模の大きさだけでなく、質的にも注目される歌合であったのだ。

俊成がその判詞で多く言及した美的理念は、「余情」や「幽玄」以上に、「艶」であった。先に掲げた冬上・十三番が、その典拠的な例である。全体を通じ、計十九の番の判詞で「艶」の語を用い、ある歌については、部分的な表現を取り上げて「艶だつ」と評している。これらの用例中には、艶ではない、艶に背馳(はいち)するのではないかと批判した例も含まれている。ある風景について漢詩と和歌とを対比して、漢詩では優であっても和歌では艶とされないと批判している場合もある。俊成が艶と見なしたのは、風景や現象そのものよりは、それらに接して生ずる情感・心情が想像でき、それが美感をそそる場合であった。

顕昭の陳状

これにとどまらず、作者の一人である六条藤家の顕昭が、俊成の判詞を不服として『顕昭陳状』（『六百番陳状』とも）を提出したことも、また、この歌合から後に三十四首が『新古今和歌集』に採られたことなどからも、『六百番歌合』は歌合史上、さらに和歌史上もきわめて重要な催しと考えられている。

四　建久七年の政変

定家の昇階

建久六年正月五日、男（むすこ）定家が従四位上に叙された。定家は前年の歳暮には九条兼実にたびたび昇階を願い出たが、思わしい返事がもらえなかったと、兼実の冷淡さを嘆く文言を日記に書きつけていたが（『明月記』建久五年十二月三十日条）、実は九条兼実が叙位勘文に定家の名を入れるよう取り図ったのであった（『玉葉』建久六年正月四日条）。それを聞き知った俊成は、翌日早旦、兼実の許に参じた。折しも兼実は念誦をしていて面会せず、代わりに女房の丹後が会った。俊成は彼女と「和歌の事」を談じて帰ったが、八十二になったというのに「言語、耳目、共に以て分明」であると、兼実は『玉葉』に書き記している（当日条）。

慈円に成家の転任の取次を依頼

定家はひとまず朝恩に浴することができたが、長男の成家は元暦（げんりゃく）二年（一一八五）六月十日右少将に任ぜられたまま、十年になっていた。俊成はやはり建久六年に、成家の中将転任の願いを兼実に取り次いでほしいと、慈円に歌を添えた消息を送って愁訴したが、慈円はとりあわず、『拾玉集』に収められた詠草に、「返事は覚悟せず。出家入道の後、此の如き余執は無益の由なり」（どう返事したか、覚えていない。あなたが出家後もこのような執着を残しているのは無駄なことだという意味を返事した）と記している。俊成はこのように子息たちの昇進について、ひたすら九条家を頼みの綱としていた。

『民部卿家歌合』

正月二十日には、四十六人の歌人が五題を詠み、総番数百十五番の『民部卿家歌合』が催された。俊成は歌人として加わったうえに判者も務めた。主催は権中納言兼民部卿正二位の藤原経房である。経房は権右中弁光房の二男で、母は藤原俊忠女である。さらに俊成とのつながりは生母の関係だけではない。俊成女の後白河院京極と藤原成親との間に生まれた女子は平維盛室となり、男子の六代の母となったが、維盛が熊野灘の沖で入水した後、経房に再嫁している。このように、俊成とは近い姻戚関係にある公卿であった。

秀歌論

俊成はこの歌合の跋文とも言うべき、和歌的修辞を凝らした文章を残している。そこでは、和歌の良し悪しを定めることはじつに難しいこと、自身も以前は多くの歌合の判者を務めたが、その後、これを罪深い行為と考えて断ってきたこと、最近その誓いを隠して『六百番歌合』の判者を務めたこと、今また経房の求めによって、姻戚関係で断れずに判者となったことを述べ、さらに秀歌に関する自身の考えを次のように開陳する。

大方は、歌は必しも絵の所の者の色々の丹の数を尽くし、作物司の工のさまざま木の道を彫り据ゑたる様にのみ詠むにあらざる事なり。ただ読みも上げ、うちもながめたるに、艶にもをかしくも聞こゆる姿のあるなるべし。たとへば在中将業平朝臣の「月やあらぬ」といひ、紀氏の貫之、「雫に濁る山の井の」などいへるやうに詠むべきなるべし。

（総じて、和歌は必ずしも絵所の絵師が種々の色の顔料を数多く用い、作物所の工人がさまざまな木工品を彫刻するようにばかり詠むのではないのである。ただ読みあげ、朗吟した場合に艶にも感興があるようにも聞こえる姿があるのであろう。たとえば中将在原業平朝臣が「月やあらぬ春や昔の春ならぬわが身ひとつはもとの身にして」と詠み、紀貫之が「むすぶ手の雫に濁る山の井の飽かでも人に別れぬるかな」などと詠んだように詠むべきものなのであろう）

判者の心構え

この秀歌論は、二年後に執筆される『古来風躰抄』と深く関わり、また、成立時期は明確ではないが建久末頃かと思われる、慈円の『慈鎮和尚自歌合』のうち「十禅師十五番」の奥でも繰り返される内容の叙述である。

さらに自身が判者を務めるときの心構えを、歌の席には住吉明神も照覧し、柿本人麻呂の亡魂も通うから、正しい歌道を思い、間違ったことを記さないと明言する。これらについては以前から言いたかったけれども、貴顕の命で判者とされた時は憚られて言えなかったが、この機会に思うところを表明したと結び、次の一首を添える。

藻塩草書きおく跡の消えざらばあはれはかけよ和歌の浦波

（塩を焼く海藻を掻き集めるように、この歌合の判詞を書き残しておくが、その筆跡が消えないならば、憐れみを掛けておくれ、和歌の浦の波〈和歌の神・玉津島明神の象徴〉よ）

通親の養女在子に皇子生まれる

この年八月十三日、中宮任子が出産した。皇子誕生の霊夢もあって祈禱も種々行なわれたが、誕生したのは昇子内親王、後に春花門院と呼ばれた姫宮であった。任子の父兼実の様子を、彼の同母弟である慈円は、「殿ハ口ヲシクオボシケリ」（殿は皇子でなかったことを残念に思われた）と卒直に述べている（『愚管抄』巻第六）。そして、それから二ヵ月後の十一月一日には、源通親の養女で後鳥羽天皇の後宮に入っていた在子が男御子を生んだ。為仁親王、後の土御門天皇である。

兼実、関白を解かれる

同月十日の任大臣節会では、九条良経は内大臣に、源通親は権大納言に任ぜられた。一日の皇子誕生とともに、通親が権力の中心に近づいてきたことを感じさせる昇任である。そして翌年の冬、九条家に、突如災害のように大事が襲いかかった。建久七年冬の政変である。

良経、『後京極殿御自歌合』を編む

この年十一月二十五日、兼実は上表の事なくして関白を止められた。次の関白の詔は近衛家の基通に下された。この公事の上卿は権大納言の源通親などであった。翌二十六日には九条家の慈円が天台座主・権僧正・護持僧などの役職をことごとく辞した。そして三十日、後白河法皇の皇子で二十八歳の承仁法親王に、座主たるべしとの宣下が下った。

これについて、九条家側の見方となるが、慈円は「摂籙臣九条殿オイコメラレ給ヒヌ」として、兼実が籠居させられた理由を次のように記す（『愚管抄』巻第六）。

鎌倉の源頼朝は娘を入内させたいと思っていた。その思いを知っていた通親は彼と文通を交わし、意思疎通を図った。この通親と後白河法皇の皇子梶井宮承仁法親王、法皇が晩年に愛した浄土寺二位高階栄子（丹後局）らが謀議し、法皇が崩じた時に近臣が播磨・備前に大荘園を立てようとしたのを兼実が倒したこと、建久四年十二月九日の除目で、藤原成経・同実教のような諸大夫の家格の者が宰相（参議）で中将になることを兼実が制止したことなどを罪とし、頼朝にもその旨を連絡し、幼い後鳥羽天皇をも巧みに籠絡して、兼実を関白解任に追い込んだというのである。

この時、良経が内大臣の座を追われることはなかった。しかし建久九年正月十一日、後鳥羽天皇が皇子為仁親王に譲位し、土御門天皇の代になって初めての臨時除目では、良経は兼任していた左大将を止められた。そして、関白の近衛基通の一男権中納言家実が左大将を兼任した。

この頃、良経は歌で憂愁をまぎらわそうとしたのであろうか。これまで詠んできた歌から自信作を選び、歌合を編んで、建久九年五月二日『後京極殿御自歌合』を成立させた（後京極殿は良経の称である）。その跋文で、彼は俊成を「当世の貴老、我が道の師匠」と呼び、自詠はもとより柿本人麻呂の伝統から隔たり、定めし「梧台之石」（まがいものの意）に類するものであろうが、俊成の「芳命」により結番したと述べている。俊成は百番のすべてに加判し、全篇の「言葉の露」からは「玉の声」が聞こえると、絶賛する歌を奥に書き添えた。

五 『古来風躰抄』、成る

『古来風躰抄』、成る

建久八年の七月二十日頃、八十四歳となった俊成は、歌論書『古来風躰抄』を書き終えた。

俊成は、四十歳で崇徳院の命により『久安百首』の部類を成し遂げ、五十代の頃から歌合の判者を務め、七十五歳で後白河院の院宣により『千載和歌集』を撰進し、八十歳で九条良経主催の『六百番歌合』の判者として千二百首の歌の優劣を判定した。その彼の脳裡には、和歌の本質は何か、その良し悪しを分かつ基準はどこにあるのか、昔より和歌の姿はどのように変わってきたのかなどについての、おのれの考えが次第に形作られてきたと想像される。

寿命が尽きる前にその考えを叙述したいと思いながら、正しく表現することの難しさゆえ実行に移すことなく過ぎてきた彼に、それを文章の形にする機会が訪れた。「ある高きみ山」に「歌の姿をもよろしといひ、詞をもをかしともいふことは、いかなるをいふべき事ぞ。すべて歌をよむべきおもむき……書き述べて」（和歌の姿をこれが良い姿であると言い、その表現を魅力的だなどとも言うのは、どのような和歌について言えるのか。総じて、和歌を詠むための心のあり方を……記述して）進覧せよと命じられたのである。

冷泉家時雨亭文庫蔵の俊成自筆本は「ある高きみ山」に進覧した本の手控え本と考えられ、研究者によって初撰本と呼ばれる。これに対して、長らく流布していた本は、細部で若干の違いがあり、「建仁元年五月日」と記す識語を有するもので、再撰本と呼ばれる。その識語は「此草紙の本体は、かの宮より大きなる草紙を給ひて、かやうの事書きて奉れと侍りしかば」（この綴じ本の内容は、その宮様から大きな冊子をいただいて、このような和歌についての事柄を書いて献上せよとのご命令でしたので）と書き出され、進覧の五年後に「又御覧ぜむと侍れば」（またご覧になりたいとのことでしたので）、同じことを記したと述べているので、内容的には本質的な違いはないと言える。よって「ある高きみ山」と比喩的に述べられた下命者は皇族であり、式子内親王であろうとする説が通説とされてきたが、五味文彦は『桑華書誌』所載の『古蹟歌書目録』の記載などに注目して、守覚法親王（しゅかくほっしんのう）であろうと考えている（五味文彦『書物の中世史』）。

歌の風体の変遷を説く

「風体」は漢語であり、人の風采などについて用いられるが、和歌評語としての「風体」とは、詞（言語表現）を連ねて出来上がった一首の和歌の姿（単に「体」とも言う）と、それがかもし出す風情とでも言ったらよいであろうか。俊成自身は『古来風躰抄』自筆本で「風躰」に「スカタ」、また「フテイ」と仮名を振っている。『古来風躰抄』とは、いにしえから当代までの、この風体の変遷を説き、豊富な例歌を通して、そのさまざまな実例を知らせようとした歌論書なのである。

秀歌とは何か

本書は、「大和歌のおこり、その来れること遠いかな」（和歌が発生し、それが今まで伝わってきた歴史は、遠くはるかなものであるなあ）と書き始める、長大な序文とも言うべき叙述に始まる。その序文風な叙述の中で、狂言綺語観を援用して、和歌を解することは物事の深い意味を明らかにすることに通ずるのだと主張した後に、秀歌とは何かという議論の核心を述べる。それは、歌はただ読み上げもし、詠じもしたるに、何となく艶にもあはれにも聞こゆることのあるなるべし。もとより詠歌といひて、声につきてよくもあしくも聞こゆるものなり。

（和歌はただ読み上げ、朗々と詠吟した場合に、どこがとくにすばらしいというのではなく、どことなく上品で美しいとも、しみじみとしているとも感じられるように聞こえることがあるであろう。もともと詠歌と言うのだから、和歌は詠吟する声調が良いかどうかによって、良くも悪くも聞こえるものなのである）

というもので、それはすでに紹介した『民部卿家歌合』の跋文（二一〇頁参照）で述べたことに酷似するものの、『民部卿家歌合』では「艶にもをかしくも」と述べたのを「艶にもあはれにも」と言い換えている点は異なっている。しかも、『古来風躰抄』との前後関係ははっきりしないが、『慈鎮和尚自歌合』のうち「十禅師十五番」の跋文でも、ほとんど同じ主旨の主張が繰り返される。ただそこでは、右の部分は「艶にも幽玄にも」と記されているという違いがある。『古来風躰抄』では、この秀歌論を述べた後、このことは多年何とかして言いたいと思いながら、言葉に言い表しにくくて過ぎてきたと告白している。少しずつ表現を変えながら、三度も同趣旨の論を繰り返し述べたことから、俊成が詠歌を志す人々に最も伝えたかった、彼の和歌に対する考えは、この単純な、しかしながら「艶」「あはれ」「幽玄」などの美的理念を表す言葉を「何となく」と朧化して、詳しく説くことはしない文章に尽きるのである。

このような重大な主張を含む序文的叙述の後、本論に入り、和歌の歴史と風体、和歌の姿・詞の変遷、それを認識させるための、『万葉集』から『千載和歌集』に至る代々の撰集からの例歌の提示へと展開し、結論的なことは言わぬまま、短い結語に、

波の音はあはれと聞けど和歌の浦の風の姿をたれか知るらん

〈波の音は誰もが、ああ、いいなあと聞くが、和歌の浦を吹いてその波を立たせる風の姿を知っている者はいないであろう〈「和歌の浦」は歌人の世界・歌壇の、「波」は作品や歌集の、「風の姿」は風体の比喩〉〉

あはれてふ人はなき世に住吉の松やさりともわれを知るらん

〈わたしのことを、感心だという人はいない世の中だが、それでも住吉神社の松は和歌のことをずっと考えてきたわたしを知っているであろう〈住吉社の神は和歌の神で、松はその象徴とされる〉〉

という、たとえ認める人は少ないとしても、自分の言うことは正しいのだとの自負を吐露したかのような二首を添えて、筆を擱いている（自筆本による）。

『古来風躰抄』の構成

『古来風躰抄』は上下二巻で構成されており、上巻で引かれる例歌は『万葉集』全二十巻からのものである。原文と読み下し文とを並べたり、読み下し文のみであったりと、

形式は統一しないが計百九十一首を抄出する。平安以降の宮廷和歌が庶幾する美意識と上代のそれとの違いへの言及など、ところどころに評語が加えられている。王朝の宮廷和歌ではとうてい許容されるとは思われない嗤笑歌をも抄出しているので、『万葉集』の例歌は秀歌のみを選んでいるとは言えない。このことは後文で自身がことわっている。

下巻では、『古今和歌集』から『千載和歌集』までの七勅撰集の例歌を抄出する。各集の歌数は、『古今和歌集』八十四首、『後撰和歌集』四十二首、『拾遺和歌集』五十三首、『後拾遺和歌集』九十五首、『金葉和歌集』三十九首、『詞花和歌集』三十七首、『千載和歌集』四十五首である。

歌学書に学ぶもいずれにも似ず

この『古来風躰抄』の執筆に際して、俊成は先行する歌学書のたぐいを改めて読み、それらから学ぶことが少なくなかったのであろう。藤原浜成の『歌経標式』、藤原公任の『新撰髄脳』や『能因歌枕』など、多くの先行歌学書が書中で引かれるが、中でも源俊頼の『俊頼髄脳』と、今は亡きライバルの藤原清輔の『奥義抄』『袋草紙』『和歌初学抄』などは強く意識されたであろう。

けれども、『古来風躰抄』はそれらのどれとも似ていない。『俊頼髄脳』は項目を立てず、形式的な歌体や歌病、和歌の沿革、題詠、歌語、古歌とその伝承・説話に関するさまざまな事柄を取り上げており、雑然としている。これに対して、清輔の歌学書はすべて項目を立て、多くの事柄を体系的に述べようとした、和歌全書のような趣を呈しているが、和歌の本質や秀歌の基準など、根本的な問題には立ち向かっていない。

『古来風躰抄』は、叙述の形は『俊頼髄脳』に似たところもあるが、多岐にわたる事柄を極力省き、和歌の本質、和歌の良し悪しの基準、和歌の歴史的変遷などの追究に主題を絞っている。そして、この短詩型文芸が日本人の心を託すものとして最もふさわしい器であることを確信を持って述べた。一方、良い歌とは「何となく艶にもあはれにも聞こゆる」ことのある歌であると言うのにとどめて、細かな表現技法などには言及せず、ただ和歌の流れを辿りながら、撰集の実作を示すことによって、和歌を志す者が歌の良し悪しやその歴史的変遷をみずから悟ることに期待したのであった。

六　『御室五十首』と『御室撰歌合』

『御室五十首』

建久八年、七月に俊成が歌論書『古来風躰抄』を書き終えてから、約五ヵ月が経った十二月五日、仁和寺の喜多院御室守覚法親王が五十首和歌を詠むにあたり、俊成・定家父子の詠進を望んでいる旨が、寂蓮を通して定家へもたらされ、定家が承諾した（『明月記』同日条）。これが『御室五十首（おむろごじゅっしゅ）』、あるいは『新古今和歌集』詞書で「守覚法親王家五十首歌」と言われるものである。

俊成がいつ五十首を詠み終えたのかはわからないが、彼は「桑門釈阿覚」と署名して詠進した。この五十首目録では「沙弥阿覚俊成卿」としているので、「釈阿覚」「阿覚」と自称したことがあったのであろう。定家が五十首歌を詠進したのは建久九年夏のことなので（『拾遺愚草』）、俊成も同じ頃ではなかったか。

作者は主催者守覚法親王をはじめとして計十七人、官位記載などから推測すると、全作者の作品が結集されたのは、建久十年が「正治（しょうじ）」と改元された初夏の頃であったかもしれない。

この時に俊成が詠んだ五十首の中から、次の歌を含む四首が『新古今和歌集』に選ばれた（冬・六四〇、冬・六七七、羇旅・九三二、九三三）。

夏刈りの蘆のかりねもあはれなり玉江の月の明け方の空（羇旅・九三二）

（夏に刈った蘆を敷いて、旅の仮寝をするのも情趣があるよ、玉江の明け方の空には有明の月が懸かっていて……）

右の歌は、この『御室五十首』成立からさほど経たぬ頃にできたと思われる慈円の『慈鎮和尚自歌合』（判者は俊成。彼は慈円に求められて、以前に詠んだ歌七首を提出し、慈円はそれを右、自詠を左として結番した）の中で、慈円の歌と結番された一首でもある（『慈鎮和尚自歌合』「三宮十五番」の十四番右）。

『御室撰歌合』に加判

『御室五十首』の結集後、おそらくさほど経たないうちに、守覚法親王は身近の誰かに、これから百二十首の歌を選ばせ、六十番で四季・雑の五題の歌合を編ませた。定家・家隆や俊成のいい歌が選ばれていないことから、選歌をした人物は歌の目利きであったとは思われない。そして、俊成を判者に命じた。伝本には「正治二年三月五日当座」と注記されているが、判詞の内容から、俊成が判詞を記したのは、建仁（けんにん）元年（一二〇一）のことと考えざるを得ない。

『六百番歌合』では、左右双方の申状に対して、俊成は率直に理非を説いたり、痛烈な皮肉を浴びせたりしていた。しかし、この歌合では評定の場での人びとの発言に安易に同調する傾向が認められる。たとえば、「春」の題の九番左、顕昭の、

春風のなさけならでは梅の花咲かぬ宿まで匂はましやは

（春風の情がなければ、梅の花の咲かないわたしの家の庭まで芳香が漂ってはこないよ）

と、右の禅性の、

いつしかと花待つこころのながめにはさぞあらましの峰の白雲

（早く桜の花が咲き出さないかと待っている頃の眺望では、いかにも待ちに待った桜かと見える峰の白雲よ）

では、俊成は、「右の歌の下の句が立ち勝った姿でしょう」と述べたが、藤原有家が、「この句は去年の後鳥羽院御百首で詠進いたしました」と申し、守覚法親王も、「そうだ、確かにそういう歌があった」とおっしゃったので、左の勝と判定したと、判詞に書いている。「去年の仙洞の御百首」というと、『正治二年院初度百首』と同年の『正治後度百首』以外、考えられない。しかし、有家は両度の百首の作者に入っていないし、また他人の歌にも「さぞあらましの峰の白雲」という句を有する歌は見出されない。

また、五十五番で左方は藤原家隆、右方が顕昭が合わせられた時、俊成が「引き分け（「持」）ばかり続くのでは後日他の人びともおかしいと思うでしょうから、何とかあら探しをして勝負をつけましょう」と言い、守覚法親王の同意が得られたので、この番では右を勝としたという。顕昭は守覚法親王に近い関係にある六条藤家の人であり、家隆のほうは俊成の弟子である。この番は、顕昭の顔を立てたような感じがしないでもない。俊成の如才のなさを思わせる番である。

第八　後鳥羽院の歌壇と御子左家

一　捨て身の『正治仮名奏状』と『正治二年院初度百首』

源頼朝の死

建久十年（一一九九）正月十三日、征夷大将軍の源頼朝が五十三歳で薨じた。正月二十日に臨時除目が行なわれ、右大臣兼右大将の藤原頼実が右大将を辞し、権大納言の源通親が右大将を兼任することとなった。また、頼朝の一男右少将の頼家が左中将とされ、朝廷は、頼朝の家人が頼家に随って諸国を守護するよう命じた。前年に三歳で践祚した土御門天皇の外祖父である源通親は、頼朝の死去を奏聞せぬまま、急遽叙目を行なうという「奇謀」を実行したのだという噂を、定家は『明月記』（正月二十二日条）に書き付けている。

三左衛門事件に縁者が連座する

さらに二月に入り、在京する頼家の雑色が、後藤基清ら三人の左衛門尉のことを、通親襲撃を謀り、世間を乱す疑いがあるとして捕え（三左衛門事件）、さらに彼らに関係があるとして、左中将の藤原（西園寺）公経や左馬頭の源隆保らが出仕を止められた。頼朝が帰依していた文覚も検非違使に捕えられた。これら一連の事件は、頼家と連絡を取っていた通親が糸を引いていたらしい。この時、公経は事なきを得たが、「正治」と改元された後（四月二十七日、代始改元）、五月二十一日に隆保は土佐国に配流された。

この事件は俊成一家にとって他人事ではなかった。源隆保は俊成の猶子を室としていたから（二〇七頁参照）、俊成の聟である。この隆保室は、夫が配流された時に出家した（『明月記』元久元年九月七日条）。また、公経の姉は定家室として、この三左衛門事件の前年に為家を生んでいる。

良経、左大臣就任

六月二十二日には任大臣節会があり、右大臣の頼実が太政大臣に祭り上げられ、内大臣の九条良経が藤原（花山院）兼雅が辞した後の左大臣になり、通親が内大臣のポストを占め、権大納言の近衛家実が右大臣に任ぜられた。『愚管抄』巻第六はこの人事について、通親が自分が「内大臣になろう」として行なった人事だと頼実は思ったと書いている。とはいえ、良経の左大臣就任は俊成ら御子左家には慶ばしいことであった。これにより、建久七年政変後に途絶えていた良経邸の詩歌会・和歌会が復活するが、定家はともかく、俊成はそれらに関与した形跡は見られない。

十一月二十七日（一説、二十九日）には、俊成は六十八歳の男覚弁（母は従三位藤原忠子家半物）を亡くした。法印権大僧都で法隆寺別当であった。

相次いで子女を喪う

十二月九日の京官叙目では、長男の右少将成家が右中将に転ずるという朗報もあったが、年が明けて正治二年二月二十日には、俊成は覚弁に続き、五十三歳の女八条院三条（美福門院加賀との間にもうけた子女たちのうちの長女）に先立たれるという不幸に遭った。彼女の死因は時行（流行病）で、二月二十二日夜、葬送が行なわれ、三月九日には五条の家で中陰の法要（四十九日の忌明け）が行なわれ、俊成も定家とともにその座に連なった。

『正治二年院初度百首』

それから四ヵ月ほどした七月十五日、定家は、後鳥羽院が群臣の百首歌を召すという計画があることを耳にする。『正治二年院初度百首』のことである。百首歌の作者に定家も入るよう、義理の弟である宰相中将公経が執奏していることを、公経の兄弟の内供奉公暁から伝えられた。面目ある本望のことで、執奏していただいたのはありがたいと返答したが、後日になって公経は、院の御気色はたいそうよかったのだが、内大臣通親の指示により、老歌人（四十歳以上）を選んで詠進させることに変改されたと告げてきた。

定家、院百首から排斥される

定家は、これは家人である藤原季経の賄賂を受けた通親が、定家自身を疎外するために仕組んだことであると考え、「全く遺恨に非ず。更に望むべからず」（全然恨めしくなどない。決して作者になることを望むべきではない）としながら、自身の考えをこまごまと公経に書き送った（『明月記』七月十八日条）。

この時、三十九歳の定家は三十一歳年上の六条藤家の季経とはしっくりしない間柄であった。この三月ほど前の四月のこと、定家は季経が判者となる歌合の作者に加わることを辞退する仮名状で、不用意なことをしたためたようだ。それに怒った季経が良経に「季経のようなえせ歌詠みが判者になるような歌合に参加するのは嫌です」と定家が言ったと訴え、良経の機嫌をも損じることになったので、定家のほうは不満に思いながらも、病と称してしばらく籠居したことがあった（『明月記』四月六日・九日条）。おそらく、定家は季経を名指しで誹るまでのことはしなかっただろうが、そう解されてもしかたのない仮名状ではあったらしい。それを根に持った季経が、定家を『正治二年院初度百首』の作者からはずそうとして、権力を持つ源通親に賄賂を贈り、年齢制限を設けさせたのだと公経に訴えた。これは、公経から上聞に達することも期待してのことと思われる。

ところが八月九日の朝早く、定家を百首作者に加えるとの院の仰せがあったと、公経から知らされた。定家にとって絶望的だった院百首詠進の件が好転したのは、ひとえに父の俊成が必死に運動して、それが功を奏したからであった。初め俊成は、俊成卿女の夫である頭中将通具を通じて、通親に定家を作者に加えるよう五、六度伝えたが、人数が決められて加えられないとの返事だった。そこで仮名状を書き記し、使に持たせ、院

『正治二年俊成卿和字奏状』

が出御の際に上北面を通じて献じたところ、院はただちにこれをご覧になり、そこに書かれてあったように、定家と藤原家隆・前中納言藤原隆房の三人を作者に加えたというのである（『明月記』八月十日条）。この仮名状が『正治二年俊成卿和字奏状』（『正治仮名奏状』）である。

過激で大胆な主張

後鳥羽院を動かした俊成の奏状は、どのようなものであったのか。この文書では、まず初めに、今度の百首の計画は、歌道の復古を意味し、世の中の平和を象徴する、めでたく嬉しいことと慶祝し、次いで、作者には良い歌を詠める者を中心としてお召しになるのが当然であるのに、このたびは老人をお召しになり、おかしな歌を詠む者たちが入っているようであるのは、いかにも奇妙でありますと申し述べ、『堀河百首』や『久安百首』で作者の年齢は問題とされなかったことを、自身の場合をも引き合いに出して指摘する。続いて、まず定家が歌道の上で自身の後継者となるに十分な力量を備えており、陳腐な歌を詠むまいと、風体や表現を工夫して詠歌していることを強調し、それを妬む輩が誹謗していると述べる。実際、定家の和歌は、六条藤家の歌人から、「新儀非拠達磨歌」（新しいだけで、拠りどころのない、達磨宗の教義のようにわけのわからない歌）とあだ名をつけられて中傷されていた（『拾遺愚草員外』「堀河題百首」前書の頭書）。俊成はさらに筆を駆って、藤原教長が清輔の協力の下に編んだ打聞の『拾遺古今集』の選歌が杜撰であったことや、顕輔撰の『詞花和歌集』、清輔撰の打聞『続詞花和歌集』が、ともに閑院流（藤原北家の支流で三条家・西園寺家・徳大寺家）の人びとの悪評高いものであったことなどを書き連ね、季経を名ざしで、物知らずなのにもかかわらず、重代の歌人と称して他人を誹謗することは、「世のためいみじき大事候ふ」（世の中のためひどく重大なことでございます）と批判したのである。そして、隆房や家隆をも加えて、先例にこだわらず作者の数を増やすことが「世のため吉き事」であると直言し、「定家はかならず召し入れらるべき事に候ふか」と、定家を入れることを強く主張し、こうして文章を終えた後、「これらは更に子を思ひ候ひても申さず候ふ。世のため君の御為吉き事候ふべきことを申し候ふ」（これらのことは決してわが子を思って申したのではございません。世の中のため、わが君のおためになるようなよいことを申したのです）と繰り返して、最後に、

和歌の浦の蘆辺をさして鳴くたづもなどか雲井に帰らざるべき

（和歌の浦の蘆の生えているあたりをさして鳴いている鶴〈今回の百首の催しから外されて悲しんでいる定家〉も、どうして大空に帰らないことがあるでしょうか〈どうか作者のうちにお加え下さい〉）

という一首を添えた。この歌は、文治元年（一一八五）十一月に源雅行とのいさかいで除籍された定家の還昇を懇請する申文に添えた自詠「あしたづの雲路まよひし年暮れて霞をさへやへだてはつべき」（一一六四頁参照）を受けたもので、あの時の申文が後白河法皇を

『正治仮名奏状』により定家の参加叶う

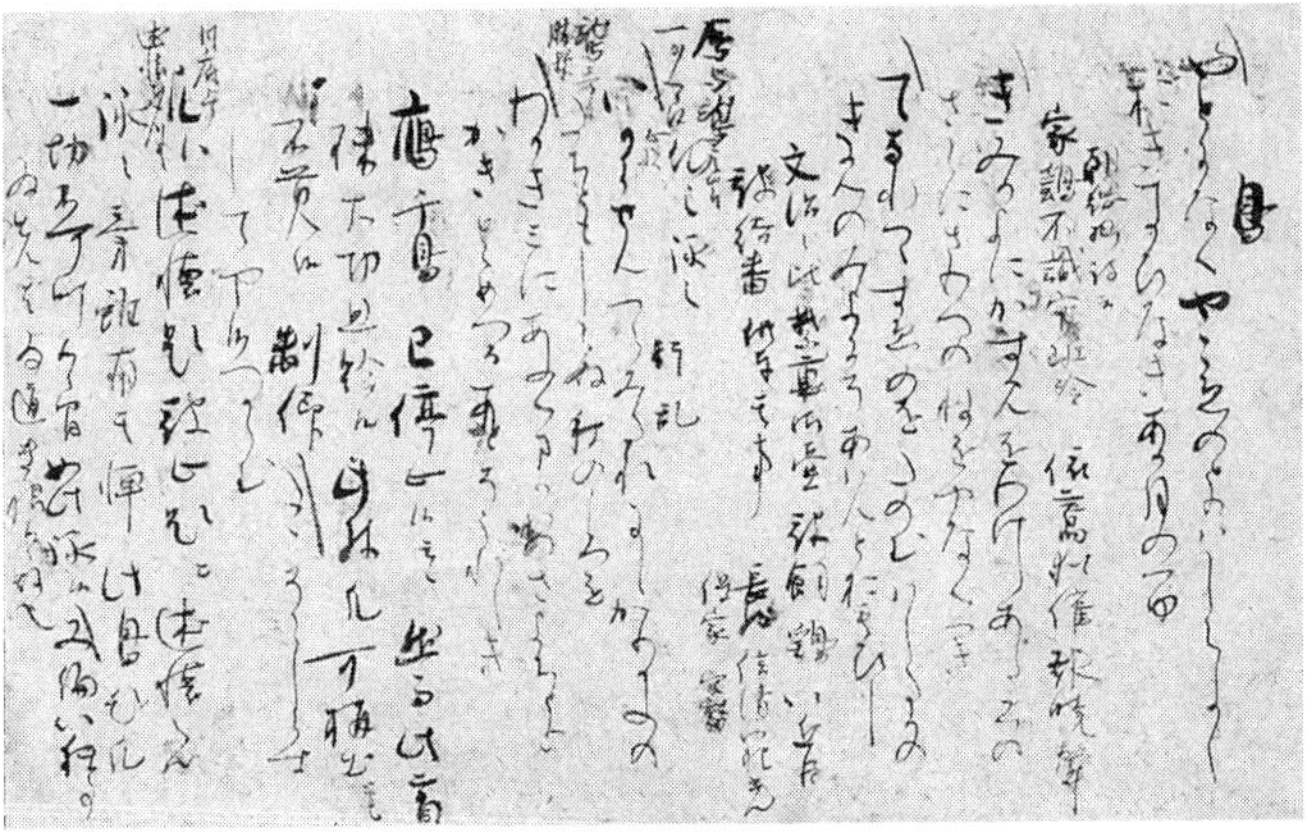

「俊成・定家一紙両筆懐紙」(永青文庫蔵)

動かしたように、今回も後鳥羽院がこの直訴を聞き入れてくれることを期待したのである。

この奏状には過激な文言が多く含まれており、それを直訴に近い形で喜怒愛憎といった感情の起伏の激しい後鳥羽院に奏上するということは、きわめて大胆な行動であった。俊成はそれをあえてした。季経はもとより、顕輔や清輔にまで遡って、六条藤家の歌人たちを批判する舌鋒はきびしく、老いてなお俊成の内に秘められた激しい気性をうかがわせる。

しかし、この過激かつ大胆な老歌人の『正治仮名奏状』が、詠歌のおもしろさに目覚め、急速に歌人として成長しつつあった二十一歳の後鳥羽院を動かしたのであった。

定家は八月九日に百首の作者に加えられたことを伝えられると、二十五日に百首を持参し、詠進し終えた。その間、父俊成や良経にも見てもらっている。百首詠進の直前に、「鳥」の題五首について、父に批判を仰いできた定家へ意見を書き添えた勘返状（書状の名宛人がその書状に返事を書き入れて返送したもの）が伝存している（「俊成・定家一紙両筆懐紙」）。俊成自身がいつ詠み始めたのかはわからないが、本格的にとりかかったのは、息子たちが作者に加えられることを知った後であろうか。この時の百首である『正治二年院初度百首』の、俊成自身の詠んだ百首歌全体には、彼の他の作品群には感じられないような明るさが漂っている。『正治仮名奏状』の奏進が予想以上の効果をもたらしたことに対する安堵感や嬉しさからとも考えられる。なお、『正治二年院初度百首』で認められた定家は、後鳥羽院の水無瀬殿に参ることが多くなった。

二　『新古今和歌集』の撰集開始――和歌所の設置――

後鳥羽院と通親の和歌行事

『正治仮名奏状』での嘆願の一件以後、俊成は、後鳥羽院や源通親の主催、または関与する歌合や歌会に招じられることが多くなった。『明月記』によると、初度百首詠進後、俊成は正治二年のうちに、『院当座歌合』（九月三十日）と源通親主催の歌合（十月十二日・十一月八日・十二月二十六日）と『石清水若宮歌合』（十二月以前。通親は判者を務めた）とい

『通親家影供当座歌合』

った、五度の歌合に関わっている。詠歌に熱中し、俊成や定家の作品にふれることで歌詠みとして急速な成長を遂げた後鳥羽院は、俊成の歌風を好ましく思ったのであろう。通親はそれに気付き、九条家の向こうを張って、俊成を引き付けようとしたのではないか。五度の歌合のうち、三度は次に紹介するように通親の主催である。

正治二年十月十二日には、証本は伝わらないが、「通親家影供当座歌合」が行なわれた。定家は少し前から体調を崩しており、この日も「心神極めて悩ましく、有若亡」（気分ははなはだ悪く、まるで死んでいるようだ）というひどい状態で、通親の二男の通具から、歌だけでも出すように言われて送ったというありさまだった。俊成は固辞したものの、強く求められて列席した。後鳥羽院のおしのび（「密々御幸」）があり、俊成は柿本人麻呂の影前で勧盃し、当座歌合が行なわれた。

定家は『明月記』十月十三日条に、「此の興専ら無益なり。但し漁父の誨に従ふか」（この歌合の興趣はもっぱら無益である。ただし、〈人びとは〉漁夫が屈原を諭したのと同じ教えに従っているのか）と、感想を書き付けている。「漁父の誨」とは、屈原の『楚辞』漁夫篇にいう、「滄浪之水清兮可㆔以濯㆓我纓㆒、滄浪之水濁兮可㆔以濯㆓我足㆒」（滄浪の水清まば、以ってわが纓を濯ふべし。滄浪の水濁らば、以ってわが足を洗ふべし）にもとづいている。この話は、時勢に順応するのが賢い処世術だという教えを意味するものである。

この催しでは、季経・経家ら六条藤家の人びとを家人として取り込んだ通親が、六条家に伝わる人麻呂影を半ば自身の管理下に置くような状態にし、それを和歌に熱心な院の臨幸を仰ぐ具としていることが注目される。いわば、自身の政治的立場を強くするために和歌行事を利用しているとも言え、定家はそれにひどく反撥している。けれども俊成は結局は順応したのであろう。

翌月と翌々月にも「通親家影供当座歌合」が催され、どちらにも院の臨幸があった。定家は今度は拒みきれずに連なった。十一月八日は「前々からの病気が進んでどうしようもなかったが、やはり漁夫が屈原をさとした教えに従うしかないだろうとあきらめて、夕方八時頃、重病の身体をかばいながら、内大臣通親の家に向かった」と書いている(『明月記歌道事』)。

歌合に先立って、この時は定家が人麻呂影前の勧盃を務め、俊成も「風気」をおして出席し、判者を務めたのであろう。十二月二十六日は、「極めて堪へ難しと雖も、追従のために固辞すること能はず」(ひどく我慢しにくいけれども、追従するためには強く辞退できない)と書き、列席した父俊成のことを、「九旬の窮老、人定めて嘲(あざけ)るか。哀れむべし」(九十になろうとするたいそうな老人なのにと、人はきっと嘲ることだろう。気の毒である。)と記している。

年が明けて正月二十五日、前斎院(さきのさいいん)の式子内親王(しょくしないしんのう)が五十三歳で薨じた。現存する『明

院、和歌試を催す

月記』はこの日の記事を欠いている。

二月八日には、「和歌試」と呼ばれる結題の十首歌会が院御所で催されている。題者は良経、作者は後鳥羽院・源通具・藤原（飛鳥井）雅経・源具親・藤原秀能・源家長・藤原清範ら二十人、定家が講師を務めた。そして、院の命により、良経・通親・俊成・定家・家隆・寂蓮らが、披講の次第を聞いたという。そのことは宮内庁書陵部蔵『十首和歌当座』の本文の奥に付載された記録（『明月記』の逸文と考えられる）によって知られる。この催しは、院が練達の歌人たちに比較的若い近臣たちの和歌の才を見極めさせるための、和歌の試験のごとき意味を持っていたのではないか。この頃、院の心中には、延喜（醍醐天皇）・天暦（村上天皇）の聖主にならって勅撰集を撰ばせることを思い立ち、そのための和歌所創設の考えが早くも芽生えていたのかもしれない（久保田淳「後鳥羽院歌壇はいかにして形成されたか」『国文学』昭和五十二年九月、学燈社）。

院がこの会に九条良経を参加させたことは、重要な意味がある。良経はすでに見てきたように、通親の歌合には全く関わっていない。通親は院の臨幸を仰いでも、良経を取り込むことはしなかった。しかし、院は良経・通親の二人をみずからの傘下に取り込み、さらに良経に傾倒してゆくのである。

この年、正治三年は辛酉なので、革命ということから、二月十三日に建仁元年（一二〇一）

と改元された。俊成は、「通親直廬影供歌合」（三月十六日）、『新宮撰歌合』（三月二十九日）、『鳥羽殿影供歌合』（四月三十日）などの催しに関わった。このうち『新宮撰歌合』では判者を務め、作者としては十題のうち三題の作品が選ばれている。他の二度の歌合でも作者として加わっているが、それらは衆議判であったらしい。

『千五百番歌合』

六月になると、後鳥羽院は院第三度となる百首歌を立案し、群臣たちに詠進させた。この「建仁元年院百首和歌」では、院自身を含めて三十人の作者がそれぞれ百首を詠み、合計三千首が左右に番えられて、和歌史上において最大規模とされる『千五百番歌合』（全二十巻、巻子本、一巻が七十五番）が成立したのである。この歌合では、判者は十名、一人が二巻を担当する分判方式がとられ、俊成も定家も務めることになる（後述）。

定家は六月六日に、院近臣の源家長より急ぎ詠進するようにとの命を伝えられ、十一日に提出した。俊成のほうは六月二十二日に、日ごろから患っていた咳病が悪化し、発熱してほとんど「前後不覚」という状態に陥り、定家が駆けつけたが、翌日には快方に向かい、「早く持参せよ」と百首を託された定家が参院して、詠進したのだった（『明月記』六月二十二・二十三日条）。

和歌所発足し、『新古今和歌集』撰進始まる

そして七月二十六日、「明日和歌所の事を始めよ」との右中弁奉書が到来し、九条良経・通親・慈円・俊成・源通具・藤原（六条）有家・定家・家隆・飛鳥井雅経・具親・

寂蓮の、当初は十一人の寄人が明らかになった。十一月三日には左中弁の藤原長房の奉書をもって「上古以後の和歌を撰進すべし者。この事を所の寄人に仰せらると云々」（上代以後の和歌を撰進せよとの仰せである。この事を和歌所の寄人に仰せられたとしかしか）との命が、通具・有家・定家・家隆・雅経・寂蓮の六人の寄人に下され、この後、完成まで数年にわたる『新古今和歌集』撰進の仕事が始まった。

和歌所発足後、俊成は年末までに、『和歌所影供歌合』（八月三日、作者兼判者）、『和歌所撰歌合』（八月十五日、作者兼判者）、「当座九品和歌御会」（同日、出詠の有無は未詳）、『石清水社歌合』（十二月二十八日、作者。あるいは判者も兼ねたか）、『仙洞句題五十首』（十二月、点者六人のうちの一人）の四度の催しに関わっている。

病気から回復

翌建仁二年、八十九になった俊成は、三月上旬から月末まで病み、一時はかなり危ぶまれたらしい。先にもふれたが、前年六月二十二日にもほとんど「前後不覚」となった経緯がある。今度は定家は三月七日、三条殿に参って、「日来例の御咳重々発し給ふと云々。事の外大事に御坐す」（ここ数日は、いつもの咳をひどくなさっているとのことで、思いのほか病が重くていらっしゃる）という病状を見て、八条院御所や良経邸、宜秋門院御所などにこのことを報告している。その後も時折見舞うが、なかなか快方に向かわない。同月十九日には「只同じ事に御坐すと云々。但し御気力は猶宜しきに似たり。」（病状はただこれまでと同じでいらっしゃるとのことだ。ただし、ご気力はやはり悪くはないようだ）と記した。また、同月二十九日にも「入道殿猶御不快」と聞いたが、定家自身、被労がたまったためか終日臥せており、翌四月一日に見舞ったところ「御気力は殊なる事無し」（ご気力は前と変わらない）という様子であった。この頃から回復したのであろう。

『千五百番歌合』の判者となる

九月六日には、定家が、前年に俊成の百首をも合わせて詠進した『千五百番歌合』の分判の判者を命じられた。俊成が命じられたのも、それからまもなくであろう。判者は他に八人いた（藤原忠良、源通親、九条良経、後鳥羽院〈仮名女房〉、藤原季経〈法名蓮経〉、源師光〈法名生蓮〉、顕昭、慈円）。十名の判者と担当した巻は、表9のとおりである。

俊成は、春三・春四の二巻（百五十一番から三百番まで）、定家は秋四・冬一（七百五十一番から九百番まで）を分担した。二人が加判し終えて進覧した時期は明らかではないが、この歌合での俊成は、総じて今なお批評精神の衰えをうかがわせない判詞を書き残した。

作者三十人は、左方が後鳥羽院・良経・慈円・藤原公継（実定男）・西園寺公経・藤原季能・宮内卿・讃岐・小侍従・隆信・有家・藤原保季（重家男・季経猶子）・藤原良平（兼実男）・源具親・顕昭、右方が三宮惟明親王・通親・忠良・藤原兼宗・源通光（通親男）・釈阿（俊成）・俊成卿女・丹後・越前・定家・通具・家隆・雅経・寂蓮・家長であった。

寂蓮入滅

『千五百番歌合』が成るまでの間に、判者の藤原季経が建仁元年十二月十五日に出家し、作者の寂蓮が建仁二年七月二十日頃に入滅した。寂蓮は、この百首が彼の晴の歌としては最後のものとなった。定家は後鳥羽院の水無瀬御幸の供をしていた最中に寂蓮の死を左中弁長房から聞き、ひどく驚くとともに、歌道における「奇異の逸物」と惜しみ、ひどく悲しんだ（『明月記』七月二十日条）。

表9 『千五百番歌合』判者と担当巻

判者名	担当巻
藤原忠良	春一・春二
藤原俊成	春三・春四
源　通親	夏一・夏二
藤原良経	夏三・秋一
後鳥羽院	秋二・秋三
藤原定家	秋四・冬一
藤原季経	冬二・冬三
源　師光	祝・恋一
顕昭	恋二・恋三
慈円	雑一・雑二

通親の急死

十月二十日には、内大臣通親が五十四歳で急逝した（『猪隈関白記』十月二十一日条）。源家長が『源家長日記』で、歌合や歌会の席ではしきりに自詠に執着していた、歌人としての通親の姿を偲んでいる。

その翌月の十一月二十七日には良経への内覧・氏長者宣下、さらに十二月二十五日には近衛基通に代わっての摂政たるべき詔命があり、六年ぶりに近衛家に代わって九条家に春がめぐってきた。

歌合に多く出詠

この年は、俊成卿女が歌才を認められて後鳥羽院に女房として出仕し、禁色を聴されたこと（七月十三日）、寂蓮の死（七月二十日頃）、隆信の出家（九月十五日）など、俊成にとって関わりの

『新古今和歌集』巻第二（国立歴史民俗博物館蔵）

多い人びとにさまざまなことが続いた年であり、自身も病んだが、それでも彼は院主催の和歌行事のうち、少なくとも四度（『和歌所影供歌合』〈二月十日、作者。判者は未詳〉、『城南寺影供歌合』〈五月二十六日、衆議判。作者〉、『水無瀬恋十五首歌合』〈九月十三日、判者〉、『桜宮十五番歌合』〈九月二十九日、判者〉）の歌合に関わっている。とくに九月十三日の後鳥羽院の御幸先の水無瀬（殿）で行なわれた『水無瀬恋十五首歌合』は俊成が判者を務めたが、定家、家隆、慈円、良経、有家らベテランの歌人と、院をふくめて新進歌人と見るべき、雅経、公経、宮内卿、俊成卿女が競い、多くの秀作を生んだ。

定家、『新古今和歌集』撰歌を奏覧

年が明け、建仁三年三月七日、定家は和歌所の開闔（かいこう）（文書の出納などを行なう職掌）の家長を通じて、『新古今和歌集』のための撰歌の提出を命じられた。三月二十九日早旦には、北野社に参詣して「撰歌事」を祈念して奉幣している。四月十日には北野社の古木がこのところ定時に煙を立てているという噂を聞いて、きっと吉事ではないだろうと書いているのは、先月の参詣の結果を案じたのであろう。十一日には源家長から、二十日以前に撰歌を奏覧せよと督促され、十九日には源通具はすでに奏覧したと聞いた。定家が撰歌の奏覧に漕ぎつけたのは四月二十二日のことであった。多忙な寄人たちを反映してか、奏覧以前に院関係の本格的な歌合は催されていないようであるが、六月、七月には院主催の歌合が催され（六月十六日『和歌所影供歌合』衆議判、七月十五日『八幡若宮撰歌合』俊成判）、俊成も出詠している。

三　九十賀の賜宴

後鳥羽院、俊成の九十賀を企画

建仁三年、九十歳になった俊成のため、後鳥羽院は、九十の賜宴を行なおうと思い立った。俊成自身は恐れ多いことと辞退したが（『明月記』八月六日条）、事は院の意向で進んだ。賀宴の日程は、度重なる延期で十一月二十三日となったが、それはこの頃、比叡山延暦寺で学僧と堂衆の争いが続いていたためである（良経の『俊成卿九十賀記』）。『明月記』の十一月二十二日条には「明日の九十の賀の事、諸方より尋ね問はるるも、未だ次第を見ず。内々に殿下に申すと雖も、今日御院参、評定有りと云々」（明日の九十の賀の事についてあちこちから問い合わせがあるが、まだ儀式の次第を見ていない。内々に良経公におうかがいするが、今日院参なさって話し合いをするとのことだ）とあるが、九十賀当日の記事はない。冷泉家時雨亭文庫蔵定家自筆本『明月記』の影印本を見ると、十一月二十二日条と二十四日条の間で切断され、継ぎ目に定家の晩年のものらしい裏花押があるという。おそらく定家自身が十一月二十三日条を切り出して、別記の扱いをしたのであろうが、切り出された部分は現在知られていない。それとは別に、時雨亭文庫蔵『和歌所九十賀』は南北朝頃に書写された綴葉装一帖で、端作に「和謌所九十賀次第」と書き、当日の和歌所のしつらい、参会者のメンバー、儀式の進行の次第や役人の名などを詳しく記したものである。良経のことを「摂政殿」と記しているので、良経の日記『殿記』の一部とされる『俊成卿九十賀記』の抄出とも考えにくいが、この賀宴の具体的な状況を知る貴重な資料である（『冷泉家時雨亭叢書』第五十五巻「朝儀諸次第　四」所収）。この他、賀宴の模様を伝えるものに、『源家長日記』や尊経閣文庫蔵『殷富門院大輔百首題』（藤原公衡）に

九十賀の様子

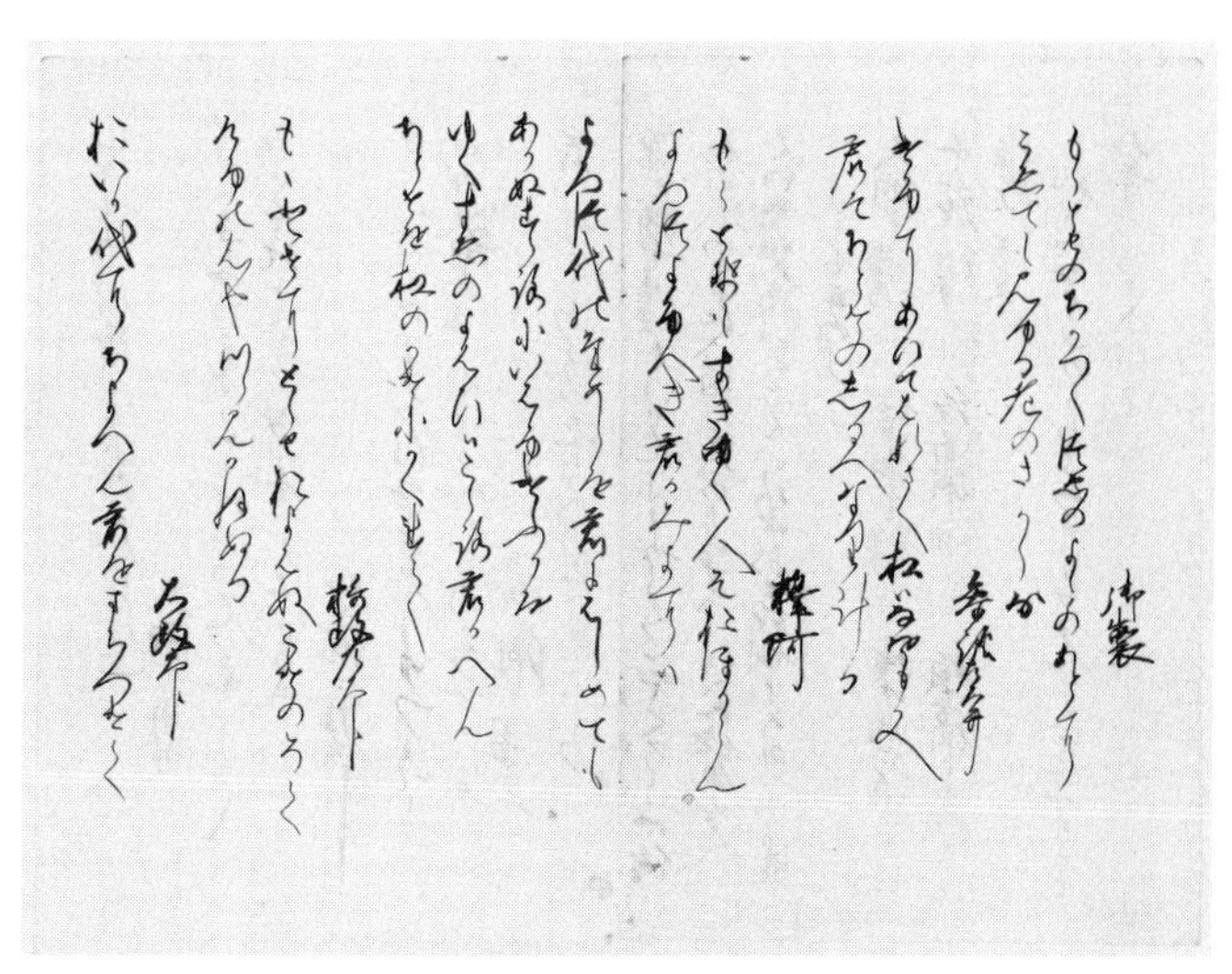

『源家長日記』（冷泉家時雨亭文庫蔵）

合綴されている『俊成九十賀歌』、『建礼門院右京大夫集』などがある。

賀宴は二条御所の和歌所、広御所と呼ばれる建物で行なわれた。この慶事に用いられた屏風は四季各一帖、計四帖の四尺屏風で、各季三題計十二首の歌が選定された。十一人の作者が一首ずつ、院のみ「若草」と「月」の二首が選ばれた。歌が選ばれてから絵師が新たに絵を描き、色紙形は後鳥羽院に強く求められて九条良経が筆を揮った。屏風の調製が遅れたので、良経が歌を書いたのは当日夜になってからであった。十二首の歌は『源家長日記』によって知られる。

九条良経が戌刻（午後七時から九時ま

で）に参院し、宴が始まった。賀者俊成が坐るべき座の近くには法服一具と鳩の杖が置かれてあった。法服は白袈裟で、紫の糸で女房宮内卿の詠んだ歌が刺繡されており、竹の葉を象った杖の飾りには藤原有家の歌が刻まれていた。院が出御、諸卿が着座した後、成家・定家の息子二人に扶けられて俊成が参上し、着座した。家長はそのありさまを、後に「たとしへなく老いかがまり、あえかに心苦し。世に永らひ経けるは今日を待たれけると、あはれにかたじけなく見え侍りき。長押をえも昇りやらでひれ伏したりしを、子供の救ひ立ててぞ昇せ侍りし。しとねの上にかがまりゐられたりし法服姿、いつ忘るべしとも覚えず」（たとえようがないほど老いて腰が曲がり、弱々しく痛々しい。長生きをしてきたのは晴れがましい今日を待っておられたのだったよと、しみじみと感動的に見えました。長押を昇りきれないで、うつ伏せになってしまったのを息子たちが手助けをして昇らせました。敷物の上にかがんで坐っておられた法衣の姿は、いつまでも忘れてしまうだろうとは思われない）と『源家長日記』で回想している。

勧盃の後、管絃の御遊があり、その後に和歌が講ぜられた。序者は左大弁の藤原（日野）資実、講師は藤原有家、御製講師は源通具であった。二十五人の和歌懐紙が重ねられ、講じられた。

賀者俊成の歌は、

百年も過ぎゆく人ぞ多からん万代ふべき君が御代には

（百年をも過ぎて長生きする人が多いことでしょう、万代を経るに違いないわが君の御代では）

であった。

なお、この賀宴の際、院は和歌を刺繡した僧衣を贈り物とした。和歌は師光入道女の宮内卿が院の心で詠んだもので、その刺繡を命ぜられたのは建礼門院右京大夫であった。彼女は、縫いつける和歌の、「てにをは」がおかしいことに気付いていたが、そのまま縫いとりしたところ、夜になってその箇所の修正を命じられたというエピソードを記している（『建礼門院右京大夫集』）。

女八条院按察入滅

この慶事から一ヵ月も経たない建仁三年十二月十七日の未明、美福門院加賀との間に生まれた八条院按察（朱雀尼上）が五十歳で入滅した。彼女は、若い時の定家を猶子とした故大納言藤原宗家の室であった。この旨を告げられた定家は、同日午刻、父の許を訪れ、民部大輔源頼房と八条院権中納言夫妻と参り合わせ、兄成家にも会った。皆と故人を偲んだのであろう。子沢山で自身は長寿を保った俊成は、何人もの子女に先立たれる悲しみも経験せざるを得なかったのである。

九十一歳になる

年が明けて建仁四年、俊成は九十一歳を迎え、正月二日には定家が父を訪れて、「今年九十一、御気力甚だ無為」（ご気力に問題なことは全くない）と記している（『明月記』）。この時に兄の成家にも会っているので、俊成は少なくとも建仁元年頃からは、定家が「三条殿」と呼ぶ成家の許に同宿していたと考えられる。

二月二十日には、この年は甲子の年、変事が多いとされる革令ということで、建仁から「元久」へと改元された。

孫宣家、侍従となる

三月六日には直物除目（除目の結果の召名の誤りを直すこと）があり、成家の男宣家が侍従に任ぜられた。これは俊成の運動の賜物であった（『明月記』三月七日条）。この後、しばらく『明月記』には俊成の動静が記されておらず、どのように過ごしていたのかはわからない。

定家、院に疎まれる

一方、定家は八月二十二日、正室の兄でもある西園寺公経から、後鳥羽院が定家のことを不快に思っているようだと伝えられ、『新古今和歌集』の部類作業は九月以降は欠席したらしい。院の不興の原因は、『新古今和歌集』の撰歌にあたり、院が採用とした歌を定家が誹り、歌の良し悪しをわかっているのは自分のみと誇っている、という讒言によるものであったようである。

『春日社歌合』

十一月十日、和歌所において『春日社歌合』が行なわれた。作者は後鳥羽院・摂政左大臣良経をはじめとする三十人で、その中に俊成も含まれている。題は「落葉」「暁の月」「松風」の三題であった。衆議判で、定家は講師を務め、判詞も書いた。俊成は「沙弥釈阿」として右方に属し、慈円と合わされて、負二持一であった。俊成はこの時、

歌のみを詠進したと考えられる。この時に詠まれた三首は、

八重ざくら木の葉ちりても春日山にしきのぬさを手向けしてけり（落葉）

（春日山では八重桜は落葉として散っても、紅の錦の幣を神への手向けとしているよ）

数ならぬ末まで心晴るけなむ谷の小川に有明の月（暁の月）

（藤原氏の中でものの数でもない末の者まで、心が晴ればれするように照らしてほしい、谷の小川に映る有明の月の光は）

君が代は八百よろづ世とさしつなり三笠の山の峰の松風（松風）

（わが君の御代は八百万年も続くと指し示しているようだ。三笠山の峰を吹く松風の音は）

「暁の月」を詠んだ「数ならぬ」の歌が、春日明神が後鳥羽院を加護する祝言の心を三笠山にかかる有明の月に托した慈円の歌に俊成の歌が負けたのは、春日社奉納の歌合であるから当然のことだった。彼はこのような機会にも、「数ならぬ末」や「谷の小川」（卑位卑官に甘んじている子供たちや細々と続く家筋の寓意であろう）への祖神や君主の恩沢を乞わずにはいられなかった。これが俊成が参加した最後の歌合となった。

『祇園社百首』

元久元年（一二〇四）の詠というだけで日時は不明であるが、俊成はこの年に堀河百首題の百首歌を詠んだ。「陪　祇園宝前詠百首和歌」の端作に続いて「九旬一箇年比丘釈阿上」と記した、『祇園社百首』である。

祇園社（祇園感神院）は八坂神社の近代以前の称である。もとは興福寺（こうふくじ）を本寺としていたが、十世紀末から天台宗の別院となり、歴代の天皇に崇信され、二十二社のうちに数えられていた。俊成の祇園社信仰の具体的な内容ははっきりしないが、この百首の「霞」の題を、

　年ごとの春のはじめのならひには霞を分けてこもりしものを

（毎年の初春の習慣として、立ちそめた霞を分けてこのお社にお参りし、お篭りをしたものだなあ）

と詠んでいるので、毎年年の初めには参篭していたのであろうか。

巻頭歌の「立春」では、

逢坂の杉より杉に霞みけり祇園精舎の春のあけぼの

（逢坂山の杉林からこのお社の杉林まで、一面に霞んでいるよ。わが国の祇園精舎、感神院の春の曙は）

と歌うが、後白河法皇撰の『梁塵秘抄（りょうじんひしょう）』巻第二の四句神歌には、

祇園精舎のうしろには、よもよも知られぬ杉立てり　昔より、山の根なれば生（お）ひたるか杉、神のしるしと見せんとて

（祇園感神院の背後には、世間に知られない杉が立っている。昔から、そこは山の根元なので、杉が生えたのか。山の神の霊験を見せようとして）

という今様が採録されている。俊成の「逢坂の」の歌とこの今様は、ともに祇園社を天竺の仏蹟である祇園精舎になぞらえ、ともに杉を詠み入れている。この巻頭歌は右の四句神歌を意識して詠まれたのではないだろうか。『梁塵秘抄』には多くの古歌に混じって『久安百首』の歌も採られており、その中には俊成や清輔の作も存在するのである。

戦いの歌を詠む

俊成はこれまで晴の歌であからさまに戦いを詠んだことはなかった。けれども、この百首の「海路」の題では、

君がため浪路さだめしもののふのつひにさながら沈みにしやは

（戴いた君主のために進むべき海路を決めて西海を目指した武士は、最後にはそのまま海中に沈んでしまったとはなあ〈「君」は安徳天皇か。「さだめし」は、あるいは「をさめし」の誤りか。それならば、「君」は広く日本国の君主を指すとも考えられる。第五句の「やは」は、あるいは「はや」の誤りか〉）

と歌う。松野陽一が「どうやら平家一門への追懐を内容としているらしい」（『藤原俊成の研究』）と考えたように、この歌は老俊成にとって、最晩年に至るまで衝撃的な歴史的事実と受けとめられていたであろう、壇ノ浦での平家一門の滅亡についての嗟嘆と解してよいと思われる。本文に疑問な箇所があるため、一・二句をどう解してよいか迷うが、あえていくさを詠んだのは、もはやこの年になって周囲に気兼ねすることもないという心があってのことかもしれないが、西行の『聞書集』に存する、源平争乱をまともに

子孫繁栄を願う

取り上げた一連の作品群の影響を考えてもよいのではないか。『春日社歌合』の「数ならぬ末まで心」の歌に見られた、自身の死後の子孫の幸福を願う姿は、この百首でもはっきりと看て取れる。「呼子鳥」の題と「述懐」の題と、二首で「心の闇」という歌句を用いているのである。「述懐」の歌を挙げておく。

和らぐる光をたえず照らせ(さカ)なむ心の闇の末が末まで

(祇園天神は凡俗のために和らげた神の光を絶えず照らしてください。わたしの心の闇となっている、子々孫々が栄えるように)

「九旬一箇年比丘釈阿」と名告(なの)っても、俊成は子孫の繁栄をひたすら祈り続けていた。この祈りが祇園社への本百首の奉納を思い立たせた主たる動機だったのではないだろうか。

四　終　焉

容体、急変

元久元年十一月二十六日の明け方の頃、定家は兄の成家から、前日辰刻(たつのこく)(午前七時から九時まで)ばかりより俊成の病状がひどく危険な状態になったので知らせるという消息を送られた。

定家も体調がよくなかったが、驚いて騎馬で馳せ付けると、俊成の容態は高熱で、顔の右側がひどく腫れていた。急にこのようになった後、飲食は全く摂っていないという。俊成は「急いで法性寺へ移りたい」と訴えた。このような病状で遠路を移動するのは大変だが、本人の希望を止めることも難しく、九十に余る身体だから、いつどうなるかわからない。京の中で終焉というのは見苦しいので、移ることになった。定家はいったん帰宅してから、九条へ車を馳せて姉の建春門院中納言（健御前）を同車させて、法性寺へ参ると、俊成を乗せた車も着いたところであった。遠路だったので俊成の気色は勝れず、ほとんど意識もはっきりしない有様であった。堂も細殿ももともと荒廃しており、冷気は我慢できないほどだった。成家もそのうちにやって来た。申刻（午後三時から五時まで）頃、定家の姉の八条院権中納言（民部大輔室、延寿御前）が見舞いに訪れて、病室に入った。俊成は話せなかったが、彼女を見てわかった。その夜、民部大輔室は帰り、定家もここのところ体調が悪く、冷気が堪えがたいので、九条の家に帰った。そして、成家と健御前が病人を見守った。

続々と見舞いが来る

二十七日の早朝、定家が法性寺へ参ると、俊成の容態は昨日とはうって変わって話をし、話題は和歌のことに及んだ。しかし食欲はないようで、顔面はやはり腫れていた。巳刻（午前九時から十一時まで）ばかりに検非違使別当の源通具が押小路女房（室であった俊成卿女）とともに見舞いに訪れた。この二人はすでに別居していたが、今回は以前同様連れ立って訪れたのを、定家は多とした。二人は病室に入って俊成と対面したが、この時の俊成は気分が悪いと訴え、熱もあり苦しがっていた。定家の姉の上西門院五条（閑王御前、安井と呼ばれる）や前斎院大納言（竜寿御前）、妹の承明門院中納言（馬助成実が養育していた。愛寿御前）も集まった。

未刻（午後一時から三時まで）、賀茂臨時祭に参る通具が帰ってまもなく、近辺に住む法眼宗円（大江氏、『千載和歌集』初出の歌人）が見舞いに来た。

二十八日には、定家は朝、法性寺に赴いた。俊成の容態は同じで、この日はとくに身体の苦痛を訴えた。食欲はないようであった。夜には定家は九条の家に帰った。

二十九日の朝、定家は入道関白兼実からのお召しがあり、辰刻（午前七時から九時まで）頃に、最勝金剛院に参った。兼実から危篤状態にある俊成の臨終に際して、臨終に立ち会う善知識（僧）はそれにふさわしい器量ある人物を選ぶべきである、これは「多生曠劫（きわめて長い時間）一度の大事」である、このことを教えるために呼んだのだと言われ、また、病人の骨の痛みを和らげる方法を教えられた。これらのことを承って退出し、病父のところに参った。

俊成は病んでから雪を食べたいと求め、探して来ないことをしきりに怨むので、定家は手をつくし、従僕の文義(ふみよし)に探させた。そうした中、姉の高松院新大納言(たかまついんのしんだいなごん)（祇王御前(ぎおうごぜん)、六角尼上）が息子の侍従敦通(あつみち)を伴って訪れ、侍従藤原公仲(きんなか)の妻（俊成卿女の妹）も来て、俊成を見舞って帰った。

夕方、比叡山の僧である已講静快(いこうじょうかい)（俊成の養子か）が参じ、俊成に戒を授けた。俊成は「毎度（戒を）よく保つ」としっかりと言い、意識ははっきりしていた。夜になると、定家はまた冷気に悩まされたので、九条の家に帰った。静快が同車し、しばらくして彼は二条の房に帰った。

文義が北山から雪を探し出したので送った。夜半、法性寺に残しておいた青侍(あおざむらい)（貴族の家に仕える六位の侍）がやって来て報告することには、俊成は今夜は静かにしていたが、人びとはそれはかえって不吉だと言った。また、喉の鳴るのがひどく増えたと言った。定家は、それは喘息の病のせいで、冷たい物を摂るためであろうと思った。この夜は八条院権中納言（延寿御前）が泊まり込んだので、人数は少なくなかった。定家は暁に参上しようと思った。

三十日の夜明け方、法性寺に参ろうとしていた定家のもとに、使の者が来たので、あわてて参上したが、定家は父の閉眼には間に合わなかった。建春門院中納言が臨終の有様を語った。以下はその談である。

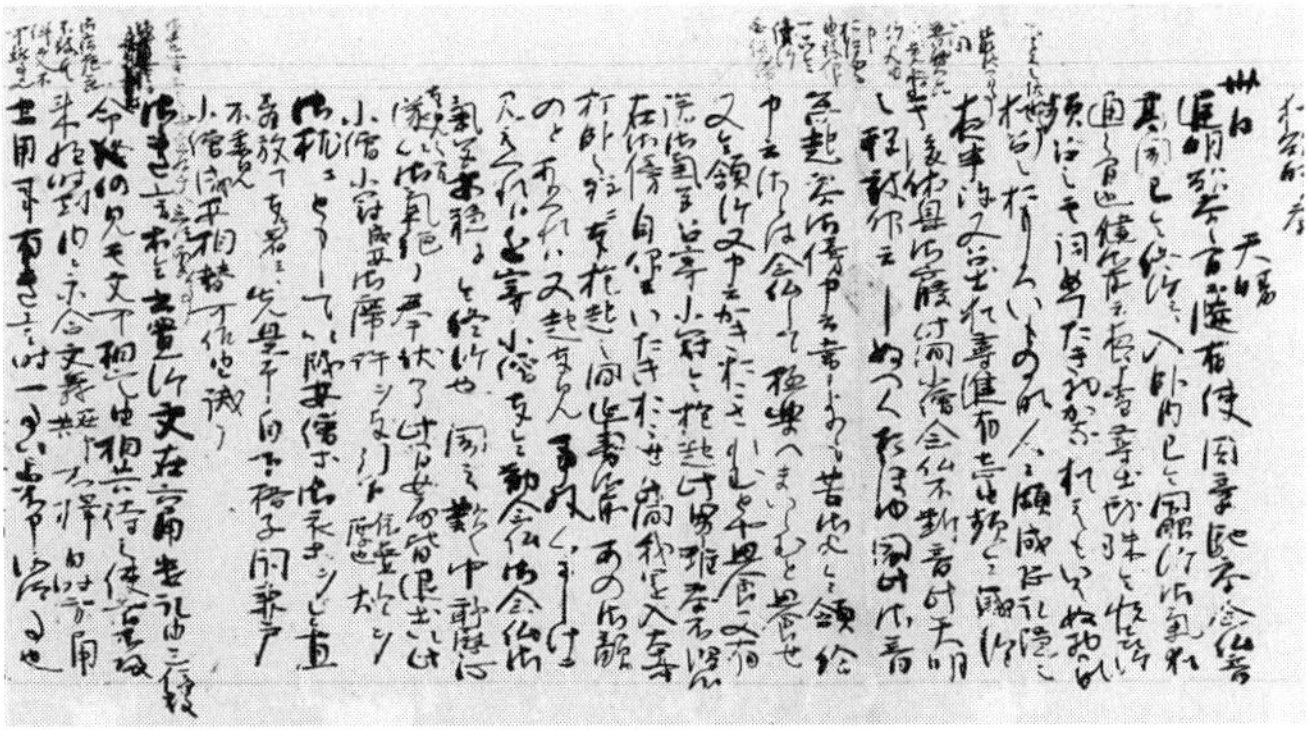

『明月記』元久元年11月30日条（冷泉家時雨亭文庫蔵）

二十九日の夜、入手できた雪をさし上げると、俊成はひどく喜んでしきりに食べて、「めでたき物かな。なほえもいはぬ物かな」（すばらしいものだなあ。やはり言いようもなくすばらしいものだなあ）と言い、なおも食べ続けて、「おもしろい物かな」（心惹かれるものだなあ）と言ったので、皆が食べすぎを恐れて隠したが、夜半にまた食べたいというのでさし上げると、真心があると頻りにほめた。「法華経普賢品（第二十八品の普賢菩薩勧発品）を覚えていらっしゃいますか」と尋ねると、覚えていると言って、この一品を滞りなく読経し、その後、寝に就いた。その間、近侍した小僧は絶えず念仏を唱えていた。今朝の夜明け方、俊成が「死ぬべく覚ゆ」（死ぬような気がする）と言ったのを聞いて、建春門院中納言が急いで起きて、「常よりも苦しくおはしますか」（いつもより苦しいですか）と問うと

葬送

頷いたので、「さらば、念仏して極楽へ参らむとおぼしめせ」（それでは念仏を唱えて、極楽へ参ろうとお考え下さい）と言うと、また頷いた。「掻き起されむとやおぼしめす」（お体を抱き起こしてもよろしいですか）と問うと、よいとの様子だったので、小冠者成安（なりやす）を呼んだが、彼はわけがわからず、ただそばにいると、俊成自身が「抱き起こせ」と命じた。そして、建春門院中納言は自身の寝所に戻って臥したが、抱き起こす間、八条院権中納言が「あのお顔の」と言ったので、建春門院中納言が起きて見ると、俊成はひどく苦しげに見えたので、近寄って小僧が念仏を唱えるよう俊成に勧め、彼は念仏を唱えて、穏やかな様子で臨終を迎えたのである。

三十日の夜は、定家は弔問に訪れた右京大夫入道戒心（藤原隆信）に借りた小屋に宿った。法性寺の堂は壁もないほどに荒れていて、盗賊に襲われかねなかったからである。

明けて十二月一日、定家は鶏鳴とともに法性寺に参った。成家が高松院新大納言（祇王御前）のところにあるはずだと言っていた俊成の遺言は、昨夜のうちにもたらされた。そこには、死亡した日に入棺せよと書かれてあった。暗くなっていたので延びてしまった怠慢は残念だが、そのような例はなくもないだろうと、成家は言った。定家は、今となっては三日間以内に葬送をすることを急ぐべきだと言った。文義は、ご遺言には方角などのことはいっさい指示がないと言う。そこで、その日（十二月一日）に葬送することに決まった。

夜が明けたので、成家・定家らが山中に入った。墓所に着くと、美福門院加賀の墓の「辛方」（意不明）に石が丸く置かれてあった。成実朝臣（治承四年〈一一八〇〉二月十四日の火災の折に俊成一家が身を寄せた「北小路成実朝臣」か）が来て、従者らに穴を掘るように命じた。定家は日が出る頃に戻り、籠僧（こもりそう）（仏事を営む僧）二人に、棺に入れるべきものなどを指図した。籠僧の費用は、成家・定家・健御前がそれぞれ一口を分担することとした。美福門院加賀の葬儀の際には喪服一揃いがあったが、このたびは万事ないも同然という状態であった。手はずを決めて、定家が概略を書き、姉妹たちに見せた。

日没後、入棺・埋葬が行なわれた。それらのことが終わった頃、初夜の鐘が聞こえ、ほどなく人びとは山中から帰り、風雨に煩わされることなく埋葬が済んだことを悦んだ。

遺言どおりに仏事が行なわれる

俊成は中陰の間（死から次の生を受けるまでの間のことで、その期間が四十九日）に供養すべき経典・仏画などについて、事細かに遺言を書き残していたので、年が明けて元久二年正月四日にはその五七日（ごしちにち）（三十五日）仏事が、また、十八日には七七日（しちしちにち）（四十九日）の仏事が行なわれた。五七日仏事は定家が中心になって、兄成家や姉妹が集まり、俊成の遺誡を守って執り行なわれている。四十九日の法要は高松院新大納言が中心となって行なわれた。それが終わり、定家の帰宅した時分は、ことに雪が深かった。彼は「風雨の煩ひなく、無為にこれを遂ぐること、悲しびの中の慶びなり」（天候に煩わされることなく、無事に四十九日の供養をすませたことは、悲しみの中の慶びである）と感慨を記した（『明月記』）。

おわりに

「人間五十年、化天の内を比ぶれば、夢幻のごとくなり」という、幸若舞曲「敦盛」の章句は、猛火の中で自害して果てた織田信長の登場するドラマなどでよく知られているが、百歳に及んでも矍鑠としている老人も、さほどめずらしがられない現在の長寿国日本では、数え歳九十一の人生を全うした藤原俊成も、驚異的な存在とはされないかもしれない。しかも、彼が生きた時代は、歴史の大きな転換期にあたっていたが、自身の生涯には波乱万丈といった劇的な事柄は認められず、終焉は、雪を口にし、その美しさを愛でて安らかに永遠の眠りに就くという、穏やかなものであった。その生涯を、ともかく辿ってみて、じつは誰の場合でも変わらないことであろうが、改めて人と人とが出会い、知り合うということの不思議さ、おもしろさを感じている。

そこで、俊成と関わりのあった多くの人びとの中から、彼が意識し続けていたであろう人物、彼の社会的地位や名声に関わった帝王、彼が指導した弟子など、何人かについて、あえて想像をも交えつつ、その関係の一端を垣間見て、終わりにしたいと思う。

一　俊成と西行、後鳥羽院

『御裳濯河歌合』の冒頭、一番の長大な判詞のうち、俊成は自身が年老いて物忘れがはなはだしくなったので、最近は歌合への加判を今後しないと決めたが、相手が西行の場合は特別であるという文脈の中で、自身と彼との間柄を次のように振り返っている。

上人円位、壮年の昔よりたがひにおのれを知れるによりて、二世の契りを結びをはりにき。おのおの老に臨みて後の離居は山河を隔つといへども、昔の芳契は旦暮に忘ることとなし。

（円位（西行）上人とは、壮年の昔から互いによく知っている仲だったので、来世も親交を重ねようと固い約束をしたのであった。めいめいが年を取ってからは、山川を隔てて離ればなれに住んでいるけれども、昔結んだあの約束は朝夕忘れたことがない）

ここで言う「壮年の昔」がいつの頃をさしているかは、わからない。「二世の契りを結びをはりにき」とまで書くことの具体的裏付けとしては、すでに第四の四「歌評者となる」で述べた、西行が西住・寂然とともに、顕広と名乗って大宮に住んでいた俊成を訪れて、「花に対して西を思ふ」、または「花に向ひて浄土を念ず」の題で詠歌し、さらに連歌に興じた事実がただちに想起されるのだが、それも藤原頼業が出家して寂然となった後、すなわち久安四年（一一四八）頃以後、かつ顕広が俊成と改名する以前、すなわち仁安二年（一一六七）以前の某年の春としか言えないからである（九三頁参照）。ただ、西行の行動のしかたとしては、自身が出家する少し前、西住とともに嵯峨嵐山近くの庵に空仁を訪れたこととの類似から、保延六年（一一四〇）の西行自身の出家が相当昔のことと考えられるほどには、年を経ていない頃のことではなかったかという想像は可能であろう。仮に、俊成が『久安百首』を詠進して、宮廷周辺でその歌名がとみに高くなった久安六年、俊成三十七歳、西行三十三歳の春のことなどと仮定すると、「壮年の昔」という表現は納まりがよいような気がする。

　年月は確定できないけれども、大宮に住む俊成を西行らが訪れたことが、俊成と西行の二人が互いに、為人、歌に対する姿勢、仏道への心をわかり合えるよい機会となったことは疑いない。そのような間柄になったからこそ、西行は俊成が『三五代集』を計画しているらしいという噂を聞きつけて、包み紙に「花ならぬ言の葉なれどおのづから色もやあると君拾はなむ」の一首を書いて、高野山から都の俊成に『山家心中集』を送ったのであろう（二二三頁参照）。そして、その『三五代集』を母胎とした『千載和歌集』に、十八首が入集する結果となったのである。その間、すでに伊勢に移り住んでいた西行が、浜木綿に添えて勅撰集撰者とされたことを祝福したとも読める歌を送ったことも述べた（一六六頁参照）。

ところで、俊成が勅撰集の撰者となることに、西行は力を貸そうとしたと考える説がある。

『新勅撰和歌集』巻第十七・雑歌二には、次の西行の歌二首が連続して入集している。

高倉院御時、伝へ奏せさすること侍りけるに、書き添へて侍りける

西行法師

跡とめて古きを慕ふ世ならなん今もあり経ば昔なるべし

（歴史を尋ねて古い時代を理想としてそうありたいと仰ぐ世の中であってほしいものです。今の時代もこのまま続いていけば昔になるでしょうから）

頼もしな君きみにます時に遇ひて心の色を筆に染めつる

（頼もしいことですね。わが君がご立派な君主でいらっしゃいます聖代に遇ったので、わたしの赤心を書

き記しました）

「高倉院御時」というから、仁安三年二月から治承四年（一一八〇）二月までの間のことであろう。西行は誰かを通じて、高倉院に何事かを奏上した、その奏状に書き添えた歌であるというのである。その「何事か」について、川田順は（主として、「跡とめて」の歌について）、「愚考するに、勅撰集の御事あれかしと奏状したに相違ない。他の解釈は付かぬのである。（中略）この奏上の結果とするは過猶不及のものであらうが、ともかく、寿永二年に至つて千載集撰修の院宣が下された。それは高倉院崩御の翌年であつた」と考えた（川田順『西行の伝と歌』）。

これを受けて、風巻景次郎は、「高倉天皇に上奏のお取次を頼んだ廷臣は誰であったか今は知る術もないが、この歌によつて勅撰和歌集の勅宣の出んことを奏請したのである事がほゞ疑ひないと思はれるのである。察するに清輔卒後、歌友俊成に勅宣の下る事を暗にか明にか思ひめぐらした彼の念願が働いてゐたかもしれない」（風巻景次郎『西行』）と論じ、窪田章一郎も、その奏上が治承元年六月の清輔の没後になされたかということをも含めて、「跡とめて」の歌について、川田の推定に「同感である」と賛意を表した。そして、奏上がなされた時期については、俊成が進めていた打聞（『三五代集』をさす）のために、西行が高野から歌稿を送ったこととの関連で、「高倉院崩御の前年、すなわち西行が伊勢へ移る年と考えられる治承四年、戦乱の起こった年の頃ではなかろうか」とも想像した（窪田章一郎『西行の研究』二八〇頁・七二九頁）。

松野陽一はこれら先行説を紹介し、西行と俊成との間に交された浜木綿の贈り物についての贈答歌をも絡めて、「西行が自歌の、後の代にも伝わらんことの願いをもこめて、俊成の為に社会的影響力を行使しようとしたと考えてよいかと思われる」（松野陽一『藤原俊成の研究』）と述べつつも、後年は「あるいはそのようなこともあったかもしれない」（松野陽一『千載集前後』）と、この問題を留保している。片野達郎・松野陽一校注の『千載和歌集』（『新日本古典文学大系』一〇）の解説（松野執筆）でも同じ姿勢である。

また、谷山茂は『千載和歌集　長秋詠藻　熊野懐紙』（『陽明叢書』）の「解説」（後に『谷山茂著作集』三『千載和歌集とその周辺』に「第一章　千載和歌集の成立とその時代的背景」として再録の論考）において、「高倉帝の在位中にもこれ（引用者注、『三五代集』をさす）を勅撰に奏請する運動があったようだが、帝の譲位と早世で、その実現の機を逸したらしい」と述べるにとどめて、西行の「跡とめて」の歌と、それについての川田・風巻・窪田・松野の四人の説について、簡潔な注を付している。

窪田章一郎が「跡とめて」の歌について、それが『新勅撰和歌集』のみによって伝わり、その詞書から作歌事情が知られることを指摘して、「定家は然るべき資料を見ることができたのである」（前掲書七二九頁）と述べていることに、改めて注目してよいであろう。『新勅撰和歌集』で、定家は『千載和歌集』への入集を願った尊円が、詠草を自身のもとに送ってきたこと（一〇八頁参照）、平行盛も同様の行動をとったことなどを明示している。定家には、デリケートな事柄だけに、それらの場合のように、あからさまには書けないが、『千載和歌集』の成立までの経緯をよく知っている自身としては、西行の側面からの援助もあったということを、それとなく書き残しておきたいという心が潜んでいたのではないだろうか。本書では、やはり川田説のように解してよいと考える。そして、定家がそのことを知っていたからには、当然俊成も知っていたであろうと想像する。西行の希望が、高倉院の在世中に実現しなかった最大の理由は、やはり社会全体が不安定で、それどころではなかったことによるのであろう。しかし、それが何らかの形で後白河法皇にまで伝わって、寿永二年（一一八三）の院宣が俊成に下されるに至ったとも考えることも、その可能性が皆無とは言えないと思う。

俊成が『千載和歌集』に「円位法師」として採った十八首を見ると、『御裳濯河歌合』

で西行が自撰した歌と重なる作品が十首、『宮河歌合(みやかわうたあわせ)』で同じく自撰した歌と重なる作品が一首含まれていることが知られる。西行が自負していた作品を多く採ったということは、俊成が西行の多面的な作品世界をよく理解し、それに共感していたことを物語っている。それらは、たとえば、

おしなべて花の盛りになりにけり山の端ごとにかかる白雲

〈どこもかしこも桜の花盛りになったのだなあ、どの山の稜線にも白雲が懸かっているよ〈満開の桜を「白雲」と見立てた〉〉

のような、端正で平明な声調の、自然を大きく捉えた歌であったり、

逢ふと見しその夜の夢の覚めであれな長きねぶりは憂かるべけれど

〈恋しい人と逢ったと見た、その夜の夢がいつまでも覚めないでほしいな。無明の闇の中で煩悩を捨てきれないのは憂くつらいことであろうが〉

と、仏の教えに背馳(はいち)するような、恋情の深淵に沈んでいる自身を見つめているものであったり、

深く入りて神路の奥を尋ぬればまた上もなき峰の松風

〈深く伊勢の神路山の奥まで分け入って尋ねると、これ以上高い山はない天竺(てんじく)の霊鷲山(りようじゆせん)に吹く風とは、こ

のお山の峰を吹く松風だったのだ〈「神路」は神路山で、伊勢神宮の内宮の南、五十鈴川流域の山。「また上もなき峰」は釈迦が法華経を説いたとされる中インド、マガダ国の山〉）

と、高野山を去って伊勢に住んだ晩年の西行の行動の基底にあった信仰の核心を表明した作などであった。

しかも、その一方では、すでに見たように、定家が推賞した

山がつの片岡かけてしむる野の境に立てる玉のを柳

の歌は採ることを拒み（一六八頁参照）、これと同じく後に『新古今和歌集』に採られた、

心なき身にもあはれは知られけり鴫立つ沢の秋の夕暮

（情趣を解さないこの身にもさびしい情感はわかったよ、鴫が飛び立った沢の秋の夕暮れの……〈『山家集』の詞書は、「秋、ものへまかりける道にて」〉）

の歌も、『御裳濯河歌合』ではその下句を「心幽玄に、姿及びがたし」と賞しつつ、『千載和歌集』には採らなかったので、早くも藤原信実（隆信男）が編んだと伝えられる『今物語』では、修行の旅をしていた西行は「この歌が入らなかった集は見てもしかたない」と言って、上京しなかったなどという説話まで語られるに至った。

俊成は、西行の和歌の大部分は高く評価しつつ、ある種の作品は認めようとしなかった。

それは、俊成が宮廷歌人としてみずからを律するうえで、当然のことだったのであろう。

治承四年七月十四日に誕生した後鳥羽院が、生前の西行に会う機会はなかったであろう。西行が入滅した文治六年（一一九〇）二月十六日、院はまだ十一歳、現代風に数えれば九歳と七ヵ月の幼い天皇であった。後鳥羽院が本格的に和歌を詠み始めたのは正治二年（一二〇〇）頃からである。それは、本書で試みに俊成の生涯における晩年期後半とした時期の初めにほぼ相当している。この頃、宮廷和歌の長老としての俊成に接した院は、彼や彼の息子の定家をはじめとする若い歌人たちの影響の下に、驚くべき速さで歌人として成長していった。その過程で、西行が遺したその和歌世界にも親しんだと思われる。そして、俊成の死を経て定家らに撰進させた『新古今和歌集』が成立した後に、歌論書『後鳥羽院御口伝』を書いた。そこでは、初心者を対象としたと考えられる記述に続いて、源経信以下、自身と同時代の作者に及ぶ歌詠みたちについての批評を試みている。そのうちの俊成と西行についての評は、次のごとくである。

> 俊頼が後には釈阿・西行なり。姿ことにあらぬ体なり。釈阿はやさしく艶に、心も深く、あはれなる所もありき。ことに愚意に庶幾する姿なり。西行はおもしろくて、しかも心もことに深く、ありがたくいできがたき方も、ともにあひ兼ねて見ゆ。生得

の歌人とおぼゆ。おぼろけの人、まねびなどすべき歌にあらず。不可説の上手なり。

（源俊頼の後では、釈阿（藤原俊成）と西行がすぐれた歌人である。二人の歌の風体は格別違っている。釈阿の歌は優雅で美しく、歌われる内容も深く、しみじみとしてもいた。とくに予がそうありたいと願う歌の姿である。西行の歌は、発想や表現がおもしろくて、しかも歌われる内容もとくに深く、めずらしくできそうもない点もいっしょに兼ね備えていたと見える。凡庸な歌人が真似などできる歌ではない。言葉で言い表しようがない名人である）

そしてさらに、かつては深く傾倒していた定家（ていか）をきびしく批判する長文の記述の中で、その定家を「さしも殊勝なりし父の詠をだにも浅々と思ひたりし」（あれほどすぐれていた父俊成の歌をさえも、深みがないと思っていた）と見なし、人口に膾炙（かいしや）する定家の秀歌は多くないが、「釈阿・西行などは、最上の秀歌は詞も優にやさしき上、心もことに深く、いはれもあるゆゑに、人の口にある歌、勝計すべからず」（釈阿・西行などの場合は、彼らの最もすぐれた歌は、表現も優美なうえに歌われる内容もじつに深みがあり、説得性もあるために、多くの人びとのなじんでいる秀歌の多いことは数えきれないのだ）とも述べている。

生前の西行に接しなかった後鳥羽院は、その作品を通じて深い影響を受けた俊成の作品には見出しがたかった「おもしろさ」を感じ、それに惹かれつつも、それは「生得の歌人」であった西行だから可能だったのであると悟って、宮廷和歌の枠の内で「艶」や「あはれ」を体現した俊成の和歌を「庶幾（しょき）」することが自身の立場であると認識していたのではなかったか。それゆえに『後鳥羽院御口伝』では、慈円（じえん）の歌について「大僧正はおほやう西行がふりなり。……むねとめづらしき様を好まれき」（吉水大僧正（慈円）は大体西行の歌風に近い。……とくにめずらしい詠みぶりを好まれた）と言いつつも、「されども、世の常にうるはしく詠みたる中に、最上のものどもはあり」（けれども、世間で一般的な、端正に詠んだ歌に最もすぐれた作品はあるのだ）と含みのある評価を試みているのであろう。

『新古今和歌集』は、定家ら五人の撰者が撰進した撰歌に後鳥羽院が加点して選ばれた作品が部類され、元久（げんきゅう）二年（一二〇五）三月二十六日に新古今和歌集竟宴が行なわれたことによって、形式的には成立した。しかし、その直後から院の指示による切継ぎ（作品を削除または増補し、訂正するために料紙を切ったり継いだりすること）が始まり、承元（しょうげん）四年（一二一〇）九月まで続いた。そのような過程を経て完成した『新古今和歌集』で最多数入集した作者は九十四首の西行で、第二位が九十二首の慈円、第三位は七十九首の藤原良経（よしつね）となっており、俊成は七十二首で第四位である。それは結果的にそうなったのであろうが、『後鳥羽院御口伝』における、これら四人の作者に対する院の見方と完全に一致するとは言えないものの、それにほぼ近いものではあるだろう。この集以後の宮廷和歌は、やはり後鳥羽院が庶幾した俊成の「姿」を中心として展開していったと考えられるのである。

二　俊成と藤原清輔

これまでもしばしば引用した鴨長明の『無名抄』に、「俊成・清輔の歌判、偏頗有る事」という章段がある。これは長明自身の意見ではなく、藤原清輔の義弟である顕昭が言ったこととして語られているのだが、俊成・清輔の二人と接することが多かった、しかも清輔から言えば身内の人間とも言ってよい顕昭の目には、この二人がどのような人間と捉えられていたかということを物語っている話として、注目に価する。その話とは次のようなものである。

> この頃の歌合など、和歌の優劣を判定するに際して、俊成卿と清輔朝臣はともにまたとない存在だが、二人とも、えこひいきをする判者である。しかし、その様子は違っている。俊成卿は、自分でも不公平なことをすると思っておられる様子で、ひどく論争することもなく、「世間の習わしだから、そうでなくてもいいでしょう」などとい

った調子で、自身が考えている方向に持っていかれた。一方、清輔朝臣は、うわべはたいそう清廉潔白な様子で、えこひいきをするということは少しも表情にあらわさず、たまに他人がそれはどうですかなどと疑問をさし挟みでもすると、顔色を変えて議論されたので、人びとはみな、そうなることがわかっているから、いっこうに異を唱えようともしなかった。

いかにも対照的なこの二人の風貌が浮かぶような話である。その場の雰囲気に強く逆らわないで事を運ぶ俊成の方が上手で、あくまでも自己主張を続ける清輔は無器用だと言える。世間一般でも、この二人の身の処し方は、これに近いものがあって、俊成は清輔よりも他人の反感を買うことが少なかったのではないか、などと想像してみたくなる。

この二人が、お互いに相手を強く意識し続けたことは確かである。俊成は、清輔の没後も、彼への批判をやめようとしなかった。『正治二年院初度百首』の作者に、男定家を加えてほしいと後鳥羽院に嘆願した『正治二年俊成卿和字奏状』（『正治仮名奏状』）で俊成は、藤原教長と清輔が共撰した『拾遺古今集』の撰歌が杜撰であったと述べていることはすでに紹介したが（二一七頁参照）、その具体的な記述は次のようである。

教長と清輔は、大江千里の「照りもせず曇りもはてぬ春の夜のおぼろ月夜にしくものぞなき」（明るく照るのでもなく、すっかり曇ってしまうのでもない春の夜のおぼろ月にまさるものはない）という歌の「春の夜」を「夏の夜」と改めて、『拾遺古今集』の夏部に入れました。これは、『源氏物語』花宴の巻で朧月夜の女君が口ずさんだ歌で『白氏文集』に典拠のある歌ですが、彼らはそれらの古典を読んでおらず、知らなかったために、このような嘆かわしい誤ちを犯したのです。

『拾遺古今集』は現在伝わらないから、事の真偽を確かめられないが、俊成のこのような批判を読んだ後鳥羽院の清輔に対する見方は、当然かなり厳しいものとならざるを得なかったであろう。『後鳥羽院御口伝』での清輔評は、「清輔、させることなけれども、さすが古めかしきこと、時々見ゆ」（清輔は、たいしたことはなかったが、そうは言うものの古風な詠み方が時々見られた）というもので、その代表歌として挙げた作は、摂政藤原基房が主催した嘉応元年（一一六九）の『宇治別業和歌』（一〇九頁参照）で評判となった、

年経たる宇治の橋守言問はん幾世になりぬ水の水上

（年老いた宇治川の橋守よ、尋ねよう。この川が川上から流れ出してから幾代経ったのか、教えておくれ）

という歌一首である。

けれども、彼が『奥義抄』『袋草紙』『和歌初学抄』などの歌学書を著し、『万葉集』

や『古今和歌集』などの訓釈を試みて、平安後期の歌学史に確かな足跡を残したことは事実で、彼のそのような多くの業績が俊成を刺激し、ひいては六条藤家歌学に対する御子左家歌学の確立を促したとも言える。俊成と清輔は、やはり文学史を活性化させた好敵手の間柄であった。

三　俊成と藤原家隆

俊成が自身の和歌の弟子という意識を持って、時には親身な助言などもした歌人として、後に男定家らとともに『新古今和歌集』の五人の撰者のうちに入れられた藤原家隆がいる。定家の晩年の和歌の弟子であった藤原長綱が、定家や家隆の言葉を筆録した『京極中納言相語』（『先達物語』とも）に、家隆が語ったこととして、「故三位入道俊（藤原俊成）」に歌を見てもらったら、「今は御歌おもしろからじはや。風情ないたくあそばしそ」（もうお歌はおもしろくしてはいけないなあ。ひどく趣向を凝らされるな）と教戒されたという話を伝えているのである。それがいつ頃のことであるかはわからない。

家隆は、安元二年（一一七六）正月に十九歳で侍従に任ぜられ、治承四年正月には阿波介とされたが、文治元年十二月には越中守となり、侍従を兼ねた。そして建久四年（一一九三）正月、侍従を辞して正五位下に叙されている。

ところで、藤原重家の男経家の『経家卿集』や惟宗広言の『惟宗広言集』には「侍従家隆歌合」での詠が見出される。『経家卿集』には重家の没や、高倉院崩御の折の家隆と経家との哀傷歌の贈答も存する。これらのことから、家隆は三十代の初め頃には、自邸で歌合を催すほど詠歌に親しんでいたらしいと考えられる。それは、十七歳の定家が初めて『別雷社歌合』の作者の一人として出詠した、治承二年に近い時期だったのではないだろうか。俊成が「風情ないたくあそばしそ」と忠告したのは、技巧に走りすぎて、その素直な歌風が損なわれることを危ぶんだからであろうが、それは家隆がかなり歌を詠みなれた文治二〜三年以後のことかもしれない。

家隆の父光隆は、建久九年（一一九八）五月七日に出家し、建仁元年（一二〇一）八月一日、七十五歳で入滅した（『三長記』当日条）。家隆の家集『玉吟集』（『壬生二品集』の略で『壬二集』とも）は、その二年後の建仁三年六月頃、不幸があった際、俊成（『玉吟集』では「三位入道」と呼ぶ）から、

藤衣脱ぎしは昨日と思ひしをまたやは袖をなほ絞るらん

（君が喪服を脱がれたのは昨日のことと思ったのに、また涙に濡れた袖を絞っていらっしゃるとは）

と弔問の歌を送られたので、

限りあらばまたもや脱がん藤衣問ふに涙のはてぞ知られぬ

（期限があるので喪服はまた脱ぐでしょうが、ご弔問をいただいたありがたさに、涙がいつ尽きるか、わかりません）

という歌に、さらに一首、

波にまよふ藤江の海人（あま）の藤衣いかで玉藻の光寄すらん

（涙の波に漂っている藤江の漁夫〈わたし〉の粗末な衣〈喪服〉に、どうしてこのように美しい光を放つ藻〈あなたのお言葉〉が寄せるのでしょうか）

という歌を添えて返したところ、俊成はそれに対しても、

玉ならぬ藻塩の草もいかでかは藤江の波に問はで過ぐべき

（玉藻などではなく、ただの藻塩草にすぎないが、どうして君のお悲しみをお見舞いしないでいられようか）

と返歌したことが知られる。家隆のこの時の不幸は、あるいは母の太皇太后宮亮藤原実兼女が亡くなったことを意味するのではないかという想像も可能ではないかと思うが、確か

なことはわからない。

家隆の祖父清隆は、元永元年（一一一八）に中宮権大進となり、保安二年（一一二一）に中宮大進に転じた。その時の中宮は藤原璋子である。天治元年（一一二四）十一月二十四日、璋子が待賢門院の院号を蒙った際には、清隆は待賢門院別当とされた。彼は、待賢門院の女房で小因幡といった女歌人との間に中宮（建礼門院）中納言という女子や時房（徳大寺公能の養子となった）をもうけている（『愚昧記』治承元年五月十五日条、『尊卑分脈』藤原氏北家良門流）。

また、清隆の男光隆は、永治二年（一一四二）二月二日、正五位下に叙されたが、この叙位は、前年十二月七日に女御藤原得子（美福門院）が皇后とされて入内した際の働きに対して与えられた、清隆の賞の譲りによったものである（『公卿補任』永暦元年条。四四頁参照）。さらに、光隆男だから家隆にとっては兄であり、室の父でもあった雅隆は、久寿二年（一一五五）四月八日に叙爵したが、それは中宮（藤原多子）久寿元年御給によるものであった（『公卿補任』文治元年条）。多子の母は俊忠女豪子だから、俊成にとっては姪にあたる。

このように家隆の父祖や兄弟が、待賢門院や美福門院、また徳大寺家の人びとと公的な関わり合いがあったことも、俊成が家隆に対して好意を寄せる一因となっていたのであろう。

四　俊成にとっての親忠女

「はしがき」で、現在のところ、俊成の和歌は約千七百首ほどが知られていると記したが、それらの中に、名歌として昔から喧伝された作品ではないけれども、江戸時代になってから、多くの書物に引用されて知られるに至った恋の歌がある。それは、

恋せずは人は心もなかからましもののあはれもこれよりぞ知る

（もしも恋をしなかったならば、その人は心がないも同然だろう。「もののあはれ」という感情も、恋を経験して初めてわかるのだ）

という、歌としてはじつにわかりやすい平明な調べの作品である。

この歌は勅撰集に採られることはなかった。俊成在世中の歌論書『歌仙落書』に、彼の代表歌の一首として載り、鎌倉時代末頃の私撰集『拾遺風体和歌集』に採られた程度である。ただ、家集の『長秋詠藻』や『俊成家集』に収められ、冷泉家時雨亭文庫にはこの歌を含む「五条殿　おくりおきし」と呼ばれる俊成自筆詠草の断簡も蔵されている。そして、江戸時代になると、歌謡や浄瑠璃の詞章、小説や随筆などにしばしば引用され、国

学者の本居宣長（もとおりのりなが）はその著『源氏物語玉の小櫛』において、

後の事なれど、俊成ノ三位の、恋せずは人は心もなからまし、物のあはれもこれよりぞしる、とある歌ぞ、物語の本意に、よくあたれりける（二の巻・なほおほむね）。

（後代のことであるが、正三位藤原俊成が「恋せずは……」と詠んでいる歌が、『源氏物語』の本来の意図によく適合しているのである）

と論じた。日本の古典文学、とくに王朝貴族文学に普遍的な美意識である「もののあは

「五条殿　おくりおきし」
（「五月雨」部分，冷泉家時雨亭文庫蔵）

れ」とは何かということを探る際に、うってつけの歌だと、宣長は考えたのである。

この歌は『長秋詠藻』『俊成家集』『歌仙落書』などでの詞書(ことばがき)から、藤原実定が大納言であった頃、その家で催された三首歌会で「恋」の題を詠んだものと考えられる。その時期は、長寛(ちょうかん)二年（一一六四）閏十月二十三日、中納言従二位実定が権大納言に任ぜられてから、翌永万(えいまん)元年（一一六五）八月十七日にこれを辞し、正二位に叙された間であろう。三首題中に夏鳥の「郭公(ほととぎす)」の題があるから、歌会は永万元年の夏の催しであった可能性が大きい。もしそうだとすると、俊成は五十二歳で、まだ顕広の名で左京大夫正四位下の官位にあった（久保田淳「『五条殿筆詠草』について」）。家庭的には、室藤原親忠女(ちかただのむすめ)（美福門院加賀）との間の一番末の子、長じて承明門院中納言（愛寿御前(あいじゅごぜん)）と呼ばれた息女が生まれた翌年のことである。

それ以前に二人は、七人の女子と二人の男子をはぐくんできた。父祖の経歴に照らし合わせてみれば、俊成はおそらく生涯の終わりまで、自身の代であまりにも沈淪(ちんりん)したという意識を拭い去ることはできなかったであろう。大勢の家族を抱えていれば、悩みや嘆きも少なくなかったかもしれない。しかし、何人かの女性と関わり、親忠女とは微妙な人間関係の中で恋心を通した結果、このような家庭を築いて、自身はすでに知命を過ぎた。そのような自身のこれまでを振り返った時、俊成は親忠女との恋が自身にもたらした影響力のいかに強かったかを改めて自覚したのではないだろうか。

人は恋をすることで「もののあはれ」を知るという認識は、観念的に組み立てられたものではなく、親忠女との苦しかった恋の実体験から得られたものであった。彼女の死後の一連の哀傷歌はもとより、『源氏物語』への心酔も、この実体験と分かちがたく結びついていた。親忠女にとっての俊成よりも、俊成にとっての親忠女は、重く、大きな存在だったと想像するのである。

御子左家略系図

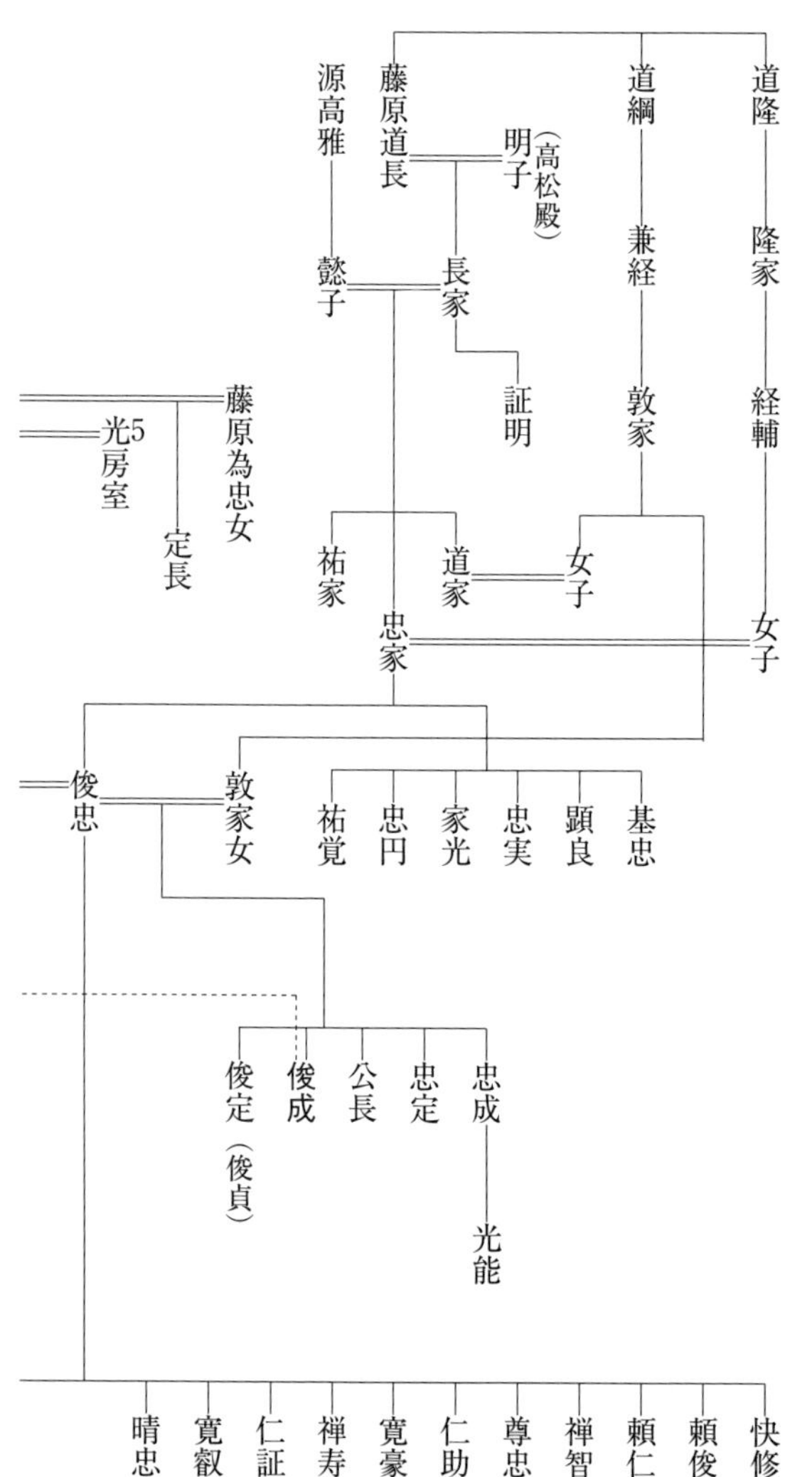

道隆
隆家
経輔
女子
道綱
兼経
敦家
女子
藤原道長
明子（高松殿）
長家
証明
源高雅
懿子
道家
祐家
忠家
基忠
顕良
忠実
家光
忠円
祐覚
敦家女
俊忠
藤原為忠女
光房室5
定長
忠成
光能
忠定
公長
俊成
俊定（俊貞）
快修
頼俊
頼仁
禅智
尊忠
仁助
寛豪
禅寿
仁証
寛叡
晴忠

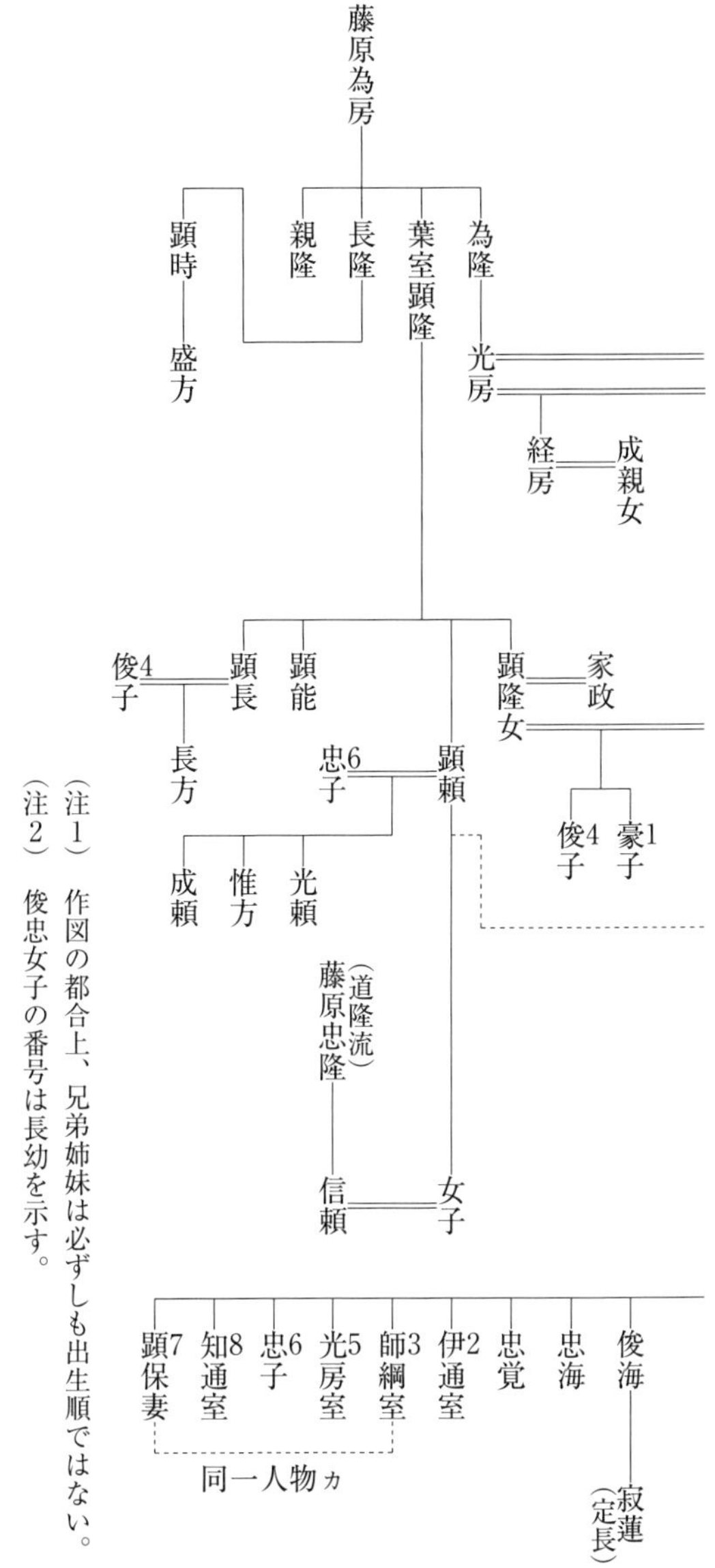

(注1) 作図の都合上、兄弟姉妹は必ずしも出生順ではない。
(注2) 俊忠女子の番号は長幼を示す。

御子左家略系図

藤原俊成略系図

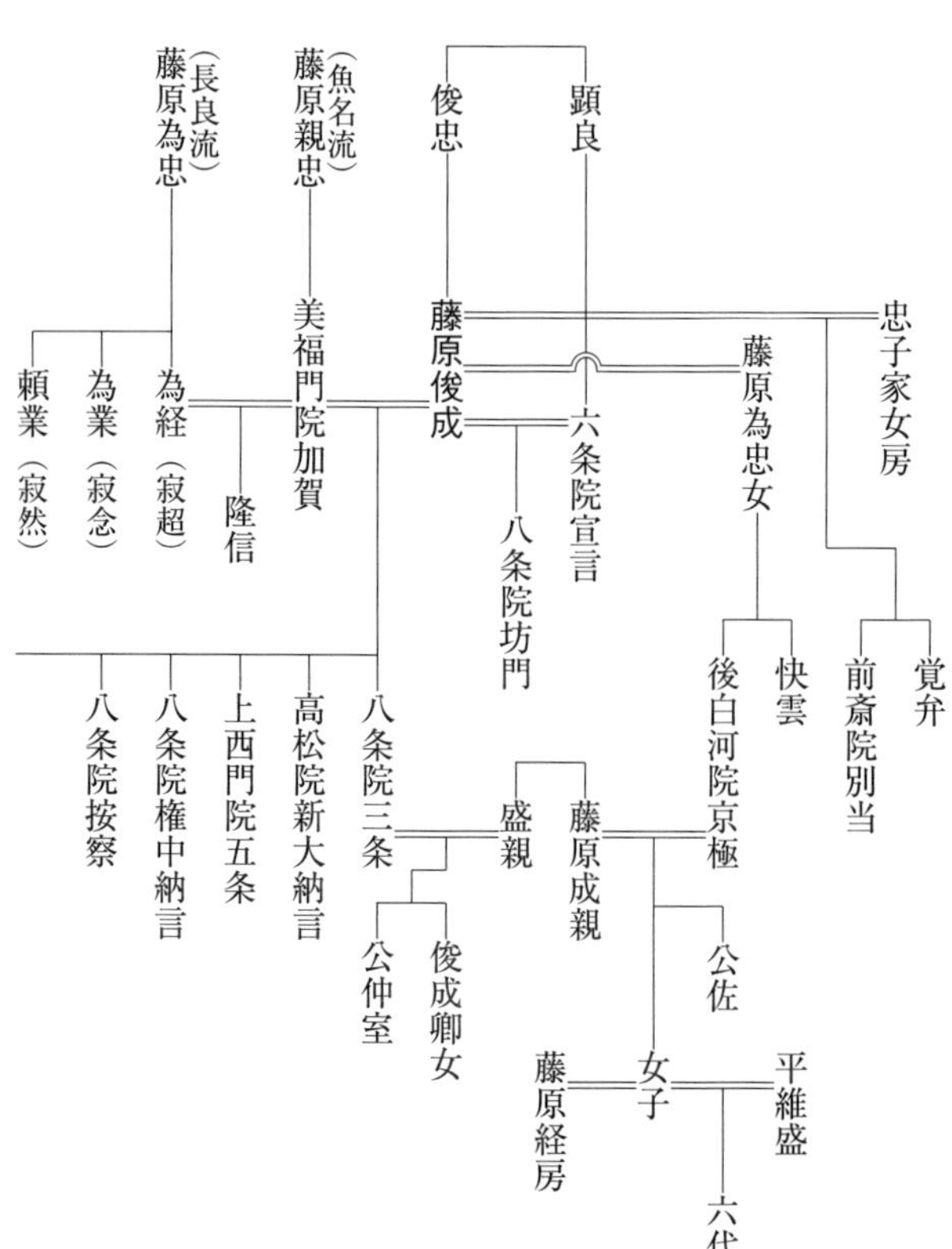

顕良
俊忠
藤原俊成
忠子家女房
藤原為忠女
六条院宣言
八条院坊門
覚弁
前斎院別当
快雲
後白河院京極
(魚名流)
藤原親忠
美福門院加賀
(長良流)
藤原為忠
為経 (寂超)
為業 (寂念)
頼業 (寂然)
隆信
八条院三条
高松院新大納言
上西門院五条
八条院権中納言
八条院按察
盛親
藤原成親
公佐
俊成卿女
公仲室
女子
平維盛
藤原経房
六代

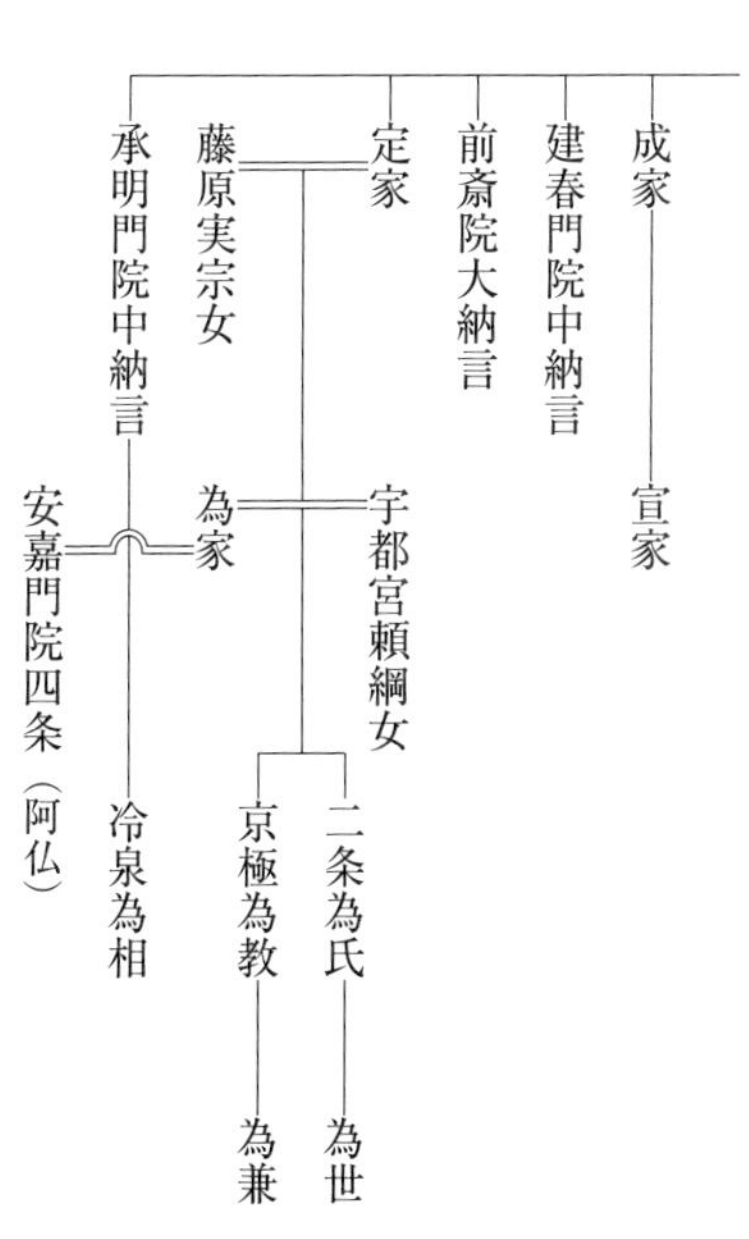
成家
宣家
建春門院中納言
前斎院大納言
定家
宇都宮頼綱女
藤原実宗女
為家
二条為氏
為世
京極為教
為兼
承明門院中納言
冷泉為相
安嘉門院四条（阿仏）

藤原俊成兄弟姉妹略系図

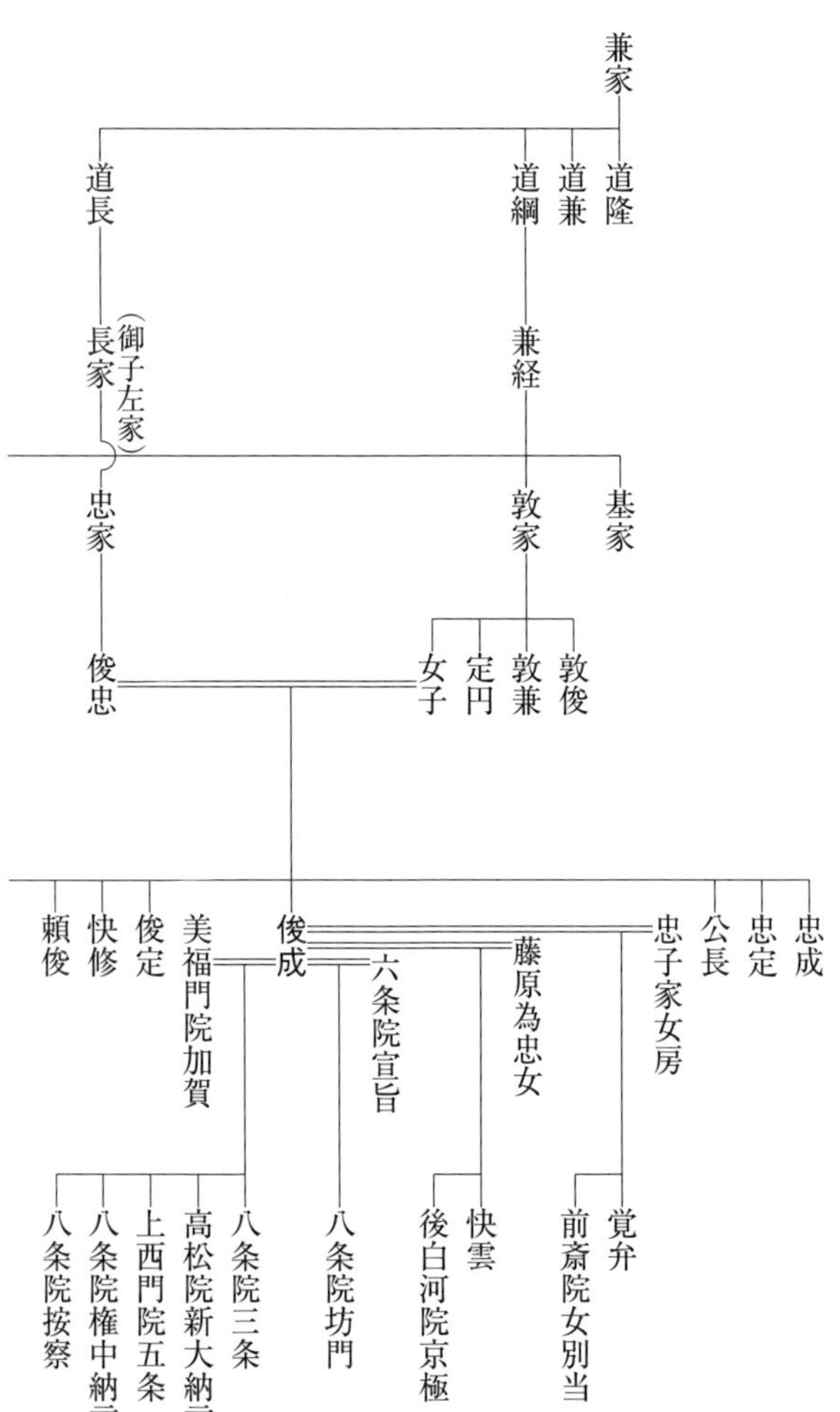

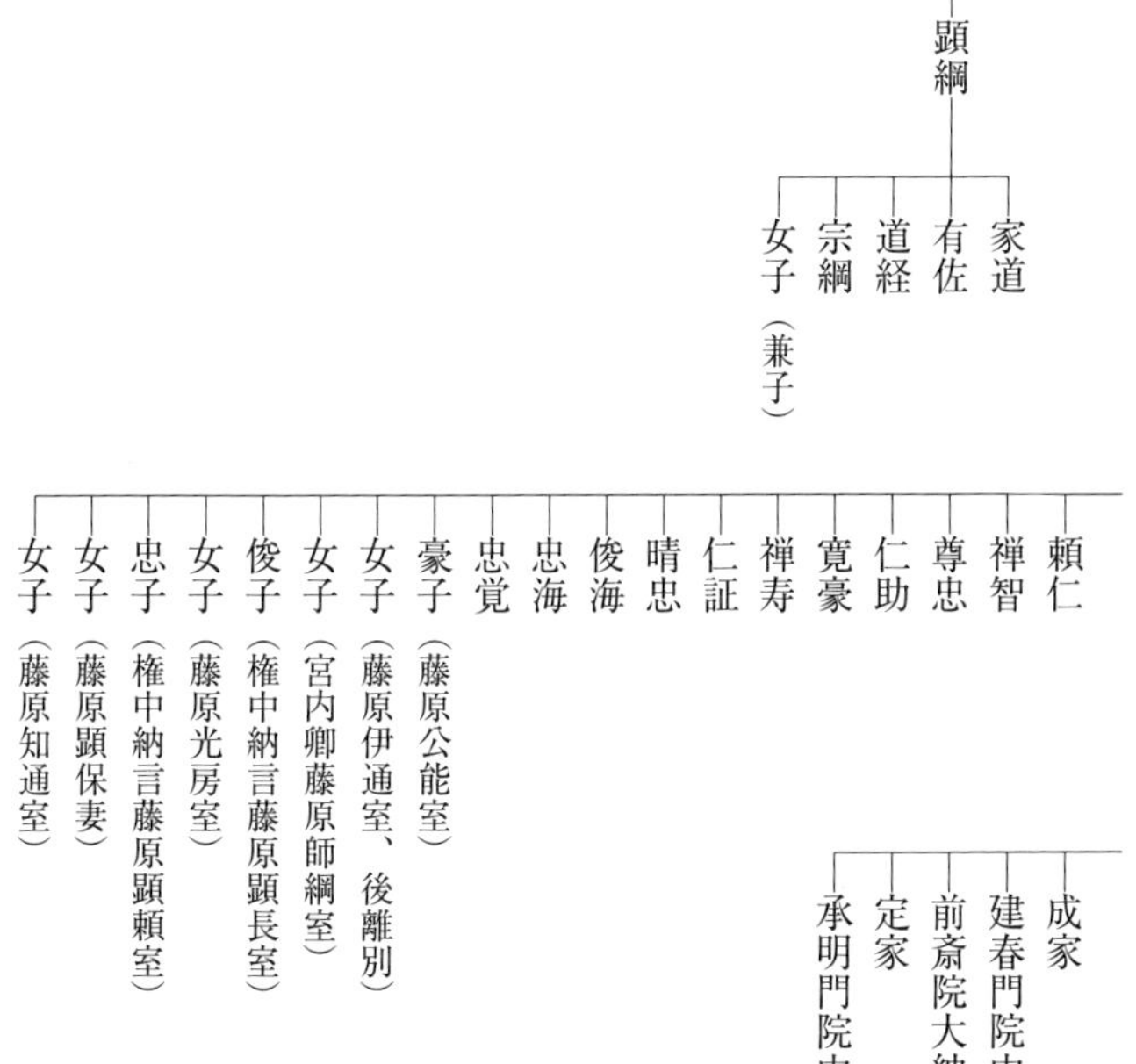
顕綱
家道
有佐
道経
宗綱
女子（兼子）
頼仁
禅智
尊忠
仁助
寛豪
禅寿
仁証
晴忠
俊海
忠海
忠覚
豪子（藤原公能室）
女子（藤原伊通室、後離別）
女子（宮内卿藤原師綱室）
俊子（権中納言藤原顕長室）
女子（藤原光房室）
忠子（権中納言藤原顕頼室）
女子（藤原顕保妻）
女子（藤原知通室）
成家
建春門院中納言
前斎院大納言
定家
承明門院中納言

略年譜

年次	西暦	年齢	事蹟	参考事項
永久 二	一一一四	一	この年、誕生（父俊忠・母藤原敦家女）	
保安 四	一一二三	一〇	七月九日、父俊忠死去	正月二八日、鳥羽天皇譲位、崇徳天皇践祚
大治 二	一一二七	一四	正月一九日、顕広として叙従五位下、任美作守	
長承 元	一一三二	一九	閏四月四日、任加賀守○この年、初子男覚弁誕生（母忠子家女房）	
長承 三	一一三四	二一	六月、藤原為忠主催の常盤五番歌合に出詠○十二月頃、為忠家初度百首に兄忠成と出詠、この頃に為忠女を室に迎える	
保延 元	一一三五	二二	この年の頃、藤原為忠家後度百首に出詠	
保延 三	一一三七	二四	一二月一六日、任遠江守	
保延 四	一一三八	二五	八月一五日、藤原基俊に入門	
保延 五	一一三九	二六	この年、母藤原敦家女死去	
保延 六	一一四〇	二七	この年〜翌年頃、述懐百首を詠む	一〇月一五日、西行出家
康治 元	一一四二	二九	正月二三日、遠江守を重任○この年、前斎院（式	二月二六日、待賢門院出家

			子内親王）女別当となる女子（母忠子家女房）が誕生	
康治 二	一一四三	三〇	この年以降に、美福門院加賀を妻とする	五月一〇日、藤原為経出家
久安 元	一一四五	三二	一一月二三日、叙従五位上○一二月三〇日、任参河守	
久安 四	一一四八	三五	正月三日、養父藤原顕頼出家、五日死去○この年、女八条院三条（母美福門院加賀、以下母加賀と表記）誕生	
久安 五	一一四九	三六	四月九日、任丹後守	
久安 六	一一五〇	三七	正月六日、叙正五位下○この年、崇徳院に久安百首部類を命じられる○この年、女高松院新大納言（母加賀）誕生	
仁平 元	一一五一	三八	正月六日、叙従四位下○この年、藤原顕輔撰進の詞花和歌集に入集○この年、上西門院五条（母加賀）誕生	
仁平 二	一一五二	三九	一二月三〇日、任左京権大夫	
仁平 三	一一五三	四〇	九月頃、久安百首を奏進○この年、女八条院権中納言（母加賀）誕生	
久寿 元	一一五四	四一	この年、八条院按察（母加賀）誕生	
久寿 二	一一五五	四二	八月一日、近衛天皇大葬の迎火者殿上人をつとめる○八月九日、東寺への初度の御誦経使をつとめ	七月二三日、近衛天皇死去○七月二四日、後白河天皇践祚

保元　元	一一五六	四三	る○一〇月二三日、叙従四位上○一一月一〇日、内昇殿を聴される○この年、嫡男成家（母加賀）誕生	七月一一日、保元の乱勃発
保元　二	一一五七	四四	一〇月二二日、叙正四位下○三月二六日、嫡男成家、叙従五位下○この年、建春門院中納言（母加賀）誕生	一〇月八日、大内裏新造
保元　三	一一五八	四五	この年、前斎院大納言（母加賀）誕生	八月一一日、後白河天皇譲位、二条天皇践祚
平治　元	一一五九	四六	春、内裏御会で詠歌	一二月九日、平治の乱勃発
永暦　元	一一六〇	四七	一二月、美福門院哀傷歌を詠み交す	
応保　元	一一六一	四八	四月二八日、内裏御書所作文に参会○九月一五日、転左京大夫	
応保　二	一一六二	四九	三月一四日、高倉殿二首当座歌合で藤原清輔に批判される○五月三〇日、兄快修、天台座主に就任○この年、定家（母加賀）誕生	
長寛　二	一一六四	五一	八月一五日、歌林苑歌合で判者となる○八月末以後、崇徳院遺詠に返しの長歌を詠む○この年、承明門院中納言（母加賀）誕生	八月二六日、崇徳院死去
永万　元	一一六五	五二	七月二八日前後、藤原清輔撰の続詞花和歌集に入集	六月二五日、二条天皇譲位、六条天皇践祚○七月二八日、二条院死去

仁安 元	一一六六	五三	正月一二日、左京大夫を辞し、嫡男成家を侍従に申任○八月二七日、叙従三位（これ以前、中宮亮重家家歌合の判者）○一〇月一〇日、憲仁親王立太子に参仕○一一月三日、大嘗会悠紀方和歌を詠進○一二月三〇日、次男定家、叙従五位下	
仁安 二	一一六七	五四	正月二八日、叙正三位、院司○一二月二四日、俊成と改名	二月一一日、清盛、任太政大臣○五月一二日、後白河院供花会
仁安 三	一一六八	五五	正月六日、嫡男成家、叙従五位上○一〇月三日、賀茂社奉幣使として遣わされる○一二月一三日、任右京大夫	二月一一日、清盛出家○二月一九日、六条天皇譲位、高倉天皇践祚
嘉応 元	一一六九	五六	六月一七日、後白河院出家の仏事に参仕○一一月二六日、基房宇治別業歌会で代作○一一月、或所歌合（成範家歌合か）、清輔と判者をつとめる	三月、後白河院、梁塵秘抄を撰す
嘉応 二	一一七〇	五七	正月一八日、嫡男成家、任備後介○七月二六日、皇后宮大夫を兼任○一〇月九日、住吉社歌合に出詠・判者○一〇月、建春門院北面歌合に出詠・判者○この年か、自邸に十首歌会を催す	
承安 元	一一七一	五八	正月一八日、備前権守を兼任	
承安 二	一一七二	五九	二月一〇日、任皇太后宮大夫○六月一二日、兄快修が死去○一二月、広田社歌合に出詠・判者○この年、歌仙落書成り、俊成の歌が最多数採られる	二月一〇日、平徳子（建礼門院）中宮○三月一九日、清輔ら、宝荘厳院尚歯会を催す

安元　元	一一七五	六二	○この年以前、自邸に月五首歌会を催す 一二月八日、右京大夫を辞し、定家を侍従に申任	一〇月一〇日、右大臣家歌合（清輔出詠、判者）
安元　二	一一七六	六三	九月二八日、病により出家、法名釈阿	三月四～六日、後白河院五十御賀
治承　元	一一七七	六四	正月五日、嫡男成家、叙正五位下	六月一日、鹿谷の陰謀が露顕○六月二〇日、藤原清輔死去
治承　二	一一七八	六五	三月一五日、賀茂重保勧進の別雷社歌合で出詠・判者○この夏、守覚法親王に長秋詠藻を進覧○七月、藤原兼実に右大臣家百首を追詠し進覧○八月二二日、右大臣家百首に合点○一〇月一六日、俊忠男律師寛叡死去○この年、八条院按察、藤原宗家と結婚、定家が宗家の猶子となる	三月二〇日、右大臣兼実家百首初度披講（～六月二九日、第十度披講、結願）○一一月一二日、言仁親王（安徳天皇）誕生、一二月一五日に立太子
治承　三	一一七九	六六	一〇月一八日、右大臣家歌合で出詠・判者○この年までに治承三十六人歌合成るか（俊成は一番右作者）	一一月二〇日、平清盛が後白河院政を停止、幽閉（治承三年の政変）
治承　四	一一八〇	六七	正月五日、定家、叙従五位上○二月一四日、俊成の五条邸焼亡○一一月一二日、姉藤原忠子（故顕頼室、九条三位）死去	二月二一日、高倉天皇譲位、安徳天皇践祚○五月二六日、以仁王・源頼政挙兵○六月二日、福原遷都
養和　元	一一八一	六八	閏二月二四日、女後白河院京極が死去○四月、定家が初学百首を詠む○一一月一〇日、後白河院の御所に初参殿○一一月一九日、新築の五条邸に移	正月一四日、高倉院死去、この月、後白河院政再開○閏二月四日、平清盛死去○この年、養和の飢饉

			る	
寿永 元	一一八二	六九	一一月、賀茂重保撰の月詣和歌集に入集○この年の頃までに惟宗広言の言葉和歌集が成り、入集	
寿永 二	一一八三	七〇	二月、後白河院より勅撰集撰進の院宣が下される（千載和歌集）	七月二五日、平家都落ち○八月二〇日、後鳥羽天皇践祚
文治 元	一一八五	七二	六月一〇日、嫡男成家、任右少将○一一月二五日（大嘗会御前試の夜）、次男定家が源雅行と争って除籍	三月二四日、壇ノ浦の戦い○一一月二九日、守護・地頭設置○一二月二八日、藤原（九条）兼実に内覧宣旨
文治 二	一一八六	七三	三月六日付の藤原定長宛の申文で（「あしたづの歌入文」）定家還昇を懇願、一六日以前に還昇○この年の頃、西行が自歌合『御裳濯河歌合』『宮河歌合』を撰し、俊成・定家に判者を依頼（～一一八九年までに加判）	
文治 三	一一八七	七四	九月二〇日、千載和歌集を形式的奏覧	
文治 四	一一八八	七五	四月二二日、千載和歌集を奏覧○五月二二日、院宣により撰者の詠を追加して千載和歌集を奏進	
文治 五	一一八九	七六	七月～八月前半頃、慈円の日吉百首（拾玉集所収「早率露胆百首」）への参加を辞退○一一月一三日、次男定家、任左少将○一一月頃、定家とともに女御入内屏風歌の詠進を拝命	閏四月三〇日、源義経自害○九月三日、奥州藤原氏滅亡
建久 元	一一九〇	七七	春、俊成五社百首が完成（三月一日、清書）○六	正月一一日、女御任子（兼実女）入

			月二五日、荒木田氏良に伊勢百首の奉納を託す○九月二二日、藤原良経家の花月百首にもとづく撰歌合に加判	内○一二月一六日、西行死去○一二月四日、源頼朝、権大納言・右大将を辞す
建久二	一一九一	七八	一〇月三日、良経家五首歌合で判者	
建久三	一一九二	七九	三月二九日・五月一六日、後白河院をしのび静賢と長歌の贈答○四月一五日、源通親とも長歌の贈答○九月頃、慈円が九月に住吉社に奉納した百首和歌の草稿に加点、和歌贈答	三月一三日、後白河院死去○七月一二日、頼朝、補征夷大将軍
建久四	一一九三	八〇	二月一三日、室美福門院加賀（藤原親忠女）死去○六月末、哀傷歌を詠み式子内親王と和歌贈答○七月九日、定家と哀傷歌往返	五月二八日、曽我兄弟仇討
建久五	一一九四	八一	この年、九条良経主催の六百番歌合が成立か（俊成の加判完了か）	
建久六	一一九五	八二	正月五日、次男定家、叙従四位上○正月二〇日、藤原経房主催の民部卿歌合で作者・判者○この年、慈円に嫡男成家の中将昇任の取次を断られる	三月一二日、東大寺大仏殿落慶供養
建久七	一一九六	八三		一一月二五日、九条兼実、関白罷免
建久八	一一九七	八四	七月二〇日、古来風躰抄を著す○一二月五日、守覚法親王より御室五十首への詠進を依頼される	
建久九	一一九八	八五	五月二日、良経の『後京極殿御自歌合』に加判。同じ頃、慈円の『慈鎮和尚自歌合』に加判○この	正月一一日、後鳥羽天皇譲位、土御門天皇践祚

			夏、定家、御室五十首を詠進、俊成も同時期に詠進か	
正治 元	一一九九	八六	初夏の頃、御室五十首成立か○十二月九日、嫡男成家、任右中将	正月一三日、源頼朝死去○二月、三左衛門事件（源通親襲撃未遂事件）
正治 二	一二〇〇	八七	二月二十日、女八条院三条が死去○七月、後鳥羽院の正治二年院初度百首和歌の計画に定家が除外される○八月九日、定家、父俊成の院への奏状（正治二年俊成卿和字奏状）により院百首作者を拝命（このあと俊成も百首詠む）○九月三〇日、院当座歌合に列席○一〇月二六日、次男定家、叙正四位下○一〇月一二日・一一月八日・一二月二六日、通親家影供歌会に列席○一二月以前、石清水若宮歌合（通親判）に参加	
建仁 元	一二〇一	八八	二月八日、院当座十首歌会（和歌試）で若い歌人の披講次第を聞く○三月一六日、通親直廬影供歌合（作者・衆議判）○三月二九日、新宮撰歌合（作者・判者）○四月三〇日、鳥羽殿影供歌合（作者・衆議判）○六月一三日、前日急病を煩うも回復し、定家に院第三度百首を持参させる○七月二七日、和歌所発足（定家とともに寄人の一人）○八月三日、和歌所初度影供歌合（作者・判	正月二五日、式子内親王死去○二月一六日・一八日、老若五十首歌合

年号	西暦	年齢	事項	一般事項
			者）、同日に当座九品和歌御会（出詠は未詳）○八月九日、和歌所歌合（衆議判）○八月一五日、和歌所撰歌合、当座九品和歌会○一一月三日、和歌所寄人に上古以後の和歌撰進の院宣（『新古今和歌集』撰進始まる）○一一月二八日、石清水社歌合（作者、判者を兼ねたか不明）○一二月、仙洞句題五十首（点者の一人）	
建仁　二	一二〇二	八九	正月一三日、和歌所歌会○二月一〇日、和歌所影供歌合（作者、判者未詳）○三月上旬〜下旬、重病○五月二六日、城南寺影供歌合（衆議判・作者）○七月二〇日以前、猶子の寂蓮死去○九月六日ごろ、千五百番歌合（建仁元年院第三度百首を結番）の加判（分判）を拝命○九月一三日、水無瀬殿十五首歌合（判者）○九月二九日、桜宮十五番歌合（判者）○閏一〇月二四日、次男定家、任左中将	七月二三日、源頼家、補征夷大将軍○一〇月二〇日、源通親死去
建仁　三	一二〇三	九〇	三月七日、定家、新古今集撰歌の奏進を指示される○六月一六日、和歌所影供歌合（衆議判）○七月五日、八幡若宮撰歌合（判者）○一〇月二四日、嫡男成家、叙従三位○一一月二三日、後鳥羽院主催による俊成九十賀宴○一二月一七日、女八条院	九月七日、実朝、補征夷大将軍

			按察が死去	
元久元	一二〇四	九一	八月下旬、定家が後鳥羽院に疎まれる○一一月一〇日、院春日社歌合（講師は定家、俊成は歌のみ詠進か）○この年、祇園社百首を詠む○一一月三〇日、死去○一二月一日、法性寺の山中に埋葬	七月一八日、頼家殺害される
元久二	一二〇五		正月四日、五七日（三十五日）の仏事○正月一八日、七七日（四十九日）の仏事	三月二六日、新古今和歌集の竟宴（形式的成立、切継ぎ増補が承元四年〈一二一〇〉九月まで続く）

参考文献

＊史料・和歌関係資料・論著書・論文の四部に分け、各部とも著者・編者の五十音順に掲げた。

一　史　料

浅見和彦・伊東玉美編『新注古事談』　笠間書院　二〇一〇年
海野泰男『今鏡全釈』上・下　福武書店　一九八二～八三年
岡見正雄・赤松俊秀校注『愚管抄』（『日本古典文学大系』八六）　岩波書店　一九六七年
川端善明・荒木浩校注『古事談　続古事談』（『新日本古典文学大系』四一）　岩波書店　二〇〇五年
宮内庁書陵部編『図書寮叢刊』　明治書院　一九九四～二〇一三年
『砂巌』、『九条家本玉葉』一～一四
黒板勝美・国史大系編修会編『新訂増補国史大系』　吉川弘文館　一九二九～六七年
『本朝世紀』（同九）、『日本紀略』後篇・『百錬抄』（同一一）、『今鏡』『増鏡』（同二一下）、『公卿補任』第一・二篇（同五三・五四）、

『尊卑分脈』第一～四篇（同五八～六〇下）
国書刊行会編『玉葉』全三冊　国書刊行会　一九〇六～〇七年
増補「史料大成」刊行会編『増補史料大成』　臨川書店　一九六五年
『中右記』一～七（同九～一五）、『長秋記』一・二（同一六・一七）、『兵範記』一～四（同一八～二二）、『台記』一～三（同二三～二五）、山槐記』一～三（同二六～二八）、『吉記』一・二（同二九・三〇）、『三長記』（同三一）
竹鼻績訳注『今鏡』上・中・下（『講談社学術文庫』三二七～三二九）講談社　一九八四年
東京大学史料編纂所編『大日本史料』第四編之八　東京大学出版会　一九七〇年覆刻
東京大学史料編纂所編『愚昧記』上・中・下（『大日本古記録』）岩波書店　二〇一〇～一八年
平林盛得・小池一行編『五十音引僧綱補任僧歴綜覧』推古卅二年―元暦二年　笠間書院　一九七六年
山中裕・秋山虔・池田尚隆・福長進校注・訳『栄花物語』一～三（『新編日本古典文学全集』三一～三三）　小学館　一九九五～九八年
冷泉家時雨亭文庫編『冷泉家時雨亭叢書』　朝日新聞社　一九九二年～刊行中
『豊後国風土記・公卿補任』（同四七）、『朝儀諸次第』四（同五五）、『明月記』一～五（同五六～六〇）、『翻刻明月記』一～三（同別巻二一～四）

二　和歌関係資料

家永香織『為忠家初度百首全釈』　風間書房　二〇〇七年
家永香織『為忠家後度百首全釈』　風間書房　二〇一一年
片野達郎・松野陽一校注『千載和歌集』（『新日本古典文学大系』一〇）　岩波書店　一九九三年
上條彰次校注『千載和歌集』　和泉書院　一九九四年
川村晃生・久保田淳『長秋詠藻・俊忠集』（『和歌文学大系』二二）　明治書院　一九九八年
久保田淳・山口明穂校注『六百番歌合』（『新日本古典文学大系』三八）　岩波書店　一九九八年
佐佐木信綱編『日本歌学大系』第二巻　風間書房　一九五六年
『新編国歌大観』編集委員会編『新編国歌大観』全一〇巻二〇冊　角川書店　一九八三～九二年
武田元治『重家朝臣家歌合全釈』　風間書房　二〇〇三年
天理図書館善本叢書和書之部編集委員会編・片桐洋一解説『和歌物語古註続集』（『天理図書館善本叢書』和書之部第五八巻）　天理大学出版部　一九八二年
中村文他『正治二年院初度百首』（『和歌文学大系』四九）　明治書院　二〇一六年
萩谷朴『平安朝歌合大成増補新訂』全五巻　同朋舎出版　一九九五～九六年
橋本不美男・有吉保・藤平春男校注・訳『歌論集』（『新編日本古典文学全集』八七）　小学館　二〇〇二年

林屋辰三郎『古代中世芸術論』(『日本思想大系』二三) 岩波書店 一九七三年
檜垣孝『長秋詠藻全評釈』上巻・下巻 武蔵野書院 二〇一八～二一年
久松潜一編『歌論集』一(『中世の文学』) 三弥井書店 一九七一年
藤岡忠美校注『袋草紙』(『新日本古典文学大系』二九) 岩波書店 一九九五年
松野陽一・吉田薫編『藤原俊成全歌集』 笠間書院 二〇〇七年
陽明文庫編・谷山茂解説『千載和歌集 長秋詠藻 熊野懐紙』(『陽明叢書』国書篇第三輯) 思文館 一九七六年
冷泉家時雨亭文庫編『冷泉家時雨亭叢書』 朝日新聞社 一九九二～二〇一七年
『古来風躰抄』(同一)、『俊成定家詠草』他(同九)、『中世私家集』三・四(同二七・二八)、『中世万葉学』他(同三九)、『源家長日記』他(同四三)
渡部泰明・小林一彦・山本一校注『歌論歌学集成』第七巻 三弥井書店 二〇〇六年

三 論著書

芦田耕一『六条藤家清輔の研究』 和泉書院 二〇〇四年
家永香織『転換期の和歌表現―院政期和歌文学の研究』 青簡舎 二〇一二年
石田吉貞『藤原定家の研究』 文雅堂書店 一九五七年、改訂三版一九八二年

井上宗雄『平安後期歌人伝の研究』増補版　笠間書院　一九八八年
上條彰次『藤原俊成論考』　新典社　一九九三年
上條彰次『中世和歌文学諸相』　和泉書院　二〇〇三年
風巻景次郎『西行』　建設社　一九四八年
川上新一郎『六条藤家歌学の研究』　汲古書院　一九九九年
川田順『西行の伝と歌』　創元社　一九四四年
久保田淳『新古今歌人の研究』　東京大学出版会　一九七三年
久保田淳『中世和歌史の研究』　明治書院　一九九三年
窪田章一郎『西行の研究』　東京堂　一九六一年
黒田彰子『俊成論のために』　和泉書院　二〇〇三年
五味文彦『院政期社会の研究』　山川出版社　一九八四年
五味文彦『明月記の史料学』　青史出版　二〇〇〇年
五味文彦『書物の中世史』　みすず書房　二〇〇三年
小山順子『和歌のアルバム―藤原俊成　詠む・編む・変える―』　平凡社　二〇一七年
佐藤明浩『院政期和歌文学の基層と周縁』　和泉書院　二〇二〇年
田仲洋己『中世前期の歌書と歌人』　和泉書院　二〇〇八年
谷山茂『幽玄』（『谷山茂著作集』一）　角川書店　一九八二年

谷山茂『藤原俊成　人と作品』（『谷山茂著作集』二）角川書店　一九八二年
谷山茂『千載和歌集とその周辺』（『谷山茂著作集』三）角川書店　一九八二年
中村文『後白河院時代歌人伝の研究』笠間書院　二〇〇五年
西村加代子『平安後期歌学の研究』和泉書院　一九九七年
野本瑠美『中世百首歌の生成』若草書房　二〇一九年
橋本義彦『源通親』（『人物叢書』）吉川弘文館　一九九二年
藤平春男『歌論の研究』ぺりかん社　一九八八年
松野陽一『藤原俊成の研究』笠間書院　一九七三年
松野陽一『千載集―勅撰和歌集はどう編まれたか―』平凡社　一九九四年
松野陽一『鳥帚　千載集時代和歌の研究』風間書房　一九九五年
松野陽一『千載集前後』笠間書院　二〇一二年
安井重雄『藤原俊成　判詞と歌語の研究』笠間書院　二〇〇六年
山本一『藤原俊成　思索する歌びと』三弥井書店　二〇一四年
渡部泰明『中世和歌の生成』若草書房　一九九九年
渡部泰明『中世和歌史論　様式と方法』岩波書店　二〇一七年
渡邉裕美子『藤原俊成』（『コレクション日本歌人選』〇六三）笠間書院　二〇一八年

四　論　文

石田吉貞「藤原俊成の子女―「砂巌」所収定家自筆記録について―」（『国語と国文学』第三八巻第一一号）　東京大学国語国文学会　一九六一年

紙　宏行「俊成『古今問答』考」（『和歌文学研究』第九三号）　和歌文学会　二〇〇六年

久保田淳「「五条殿筆詠草」について」（『国語と国文学』第七二巻第五号）　東京大学国語国文学会　一九九五年

久保田淳「歌ことば―藤原俊成の場合―」（『国語と国文学』第七八巻第八号）　東京大学国語国文学会　二〇〇一年

久保田淳「藤原俊成の「あけぼの」の歌について―歌ことば「あけぼの」に関連して―」（『日本学士院紀要』第七〇巻第一号）　日本学士院　二〇一五年

小山順子「藤原俊成自讃歌「夕されば」考」（『国語国文』第八六巻第四号）　京都大学国語国文学会　二〇一七年

橋本不美男・井上宗雄・福田秀一「砂巌目録（翻刻と略注）」（『和歌文学研究』第一一号）　和歌文学会　一九六一年

弓削　繁「『建礼門院右京大夫集』と藤原俊成」（後藤重郎先生算賀世話人会編『和歌史論叢後藤重郎先生傘寿記念』）　和泉書院　二〇〇〇年

著者略歴

一九三三年　東京都生まれ
一九五六年　東京大学文学部国語国文学科卒業
一九六一年　東京大学大学院人文科学研究科国語国文学専門課程博士課程退学（単位取得）
一九七九年　文学博士（東京大学）
現在　東京大学名誉教授

主要著書
『新古今歌人の研究』（東京大学出版会、一九七三年）
『中世和歌史の研究』（明治書院、一九九三年）
『久保田淳著作選集』全三巻（岩波書店、二〇〇四年）
『藤原定家全歌集』全二巻（筑摩書房、二〇一七年）
『藤原俊成　中世和歌の先導者』（吉川弘文館、二〇二〇年）

人物叢書　新装版

藤原俊成

二〇二三年（令和五）二月十日　第一版第一刷発行

著　者　久保田（くぼた）淳（じゅん）
編集者　日本歴史学会
　　　　代表者　藤田　覚
発行者　吉川道郎
発行所　株式会社　吉川弘文館
東京都文京区本郷七丁目二番八号
郵便番号一一三―〇〇三三
電話〇三―三八一三―九一五一〈代表〉
振替口座〇〇一〇〇―五―二四四
http://www.yoshikawa-k.co.jp/
印刷＝株式会社 平文社
製本＝ナショナル製本協同組合

ISBN978-4-642-05311-2

『人物叢書』(新装版)刊行のことば

人物叢書は、個人が埋没された歴史書が盛行した時代に、「歴史を動かすものは人間である。個人の伝記が明らかにされないで、歴史の叙述は完全であり得ない」という信念のもとに、専門学者に執筆を依頼し、日本歴史学会が編集し、吉川弘文館が刊行した一大伝記集である。

幸いに読書界の支持を得て、百冊刊行の折には菊池寛賞を授けられる栄誉に浴した。

しかし発行以来すでに四半世紀を経過し、長期品切れ本が増加し、読書界の要望にそい得ない状態にもなったので、この際既刊本の体裁を一新して再編成し、定期的に配本できるような方策をとることにした。既刊本は一八四冊であるが、まだ未刊である重要人物の伝記についても鋭意刊行を進める方針であり、その体裁も新形式をとることとした。

こうして刊行当初の精神に思いを致し、人物叢書を蘇らせようとするのが、今回の企図である。大方のご支援を得ることができれば幸せである。

昭和六十年五月

日本歴史学会

代表者 坂本太郎

日本歴史学会編集

人物叢書〈新装版〉

▽没年順に配列　▽一、四〇〇円～三、五〇〇円（税別）
▽品切書目の一部について、オンデマンド版の販売を開始しました。
詳しくは出版図書目録、または小社ホームページをご覧ください。

日本武尊　上田正昭著
継体天皇　篠川賢著
聖徳太子　坂本太郎著
秦河勝　井上満郎著
蘇我蝦夷・入鹿　門脇禎二著
天智天皇　森公章著
額田王　直木孝次郎著
持統天皇　直木孝次郎著
柿本人麻呂　多田一臣著
藤原不比等　高島正人著
長屋王　寺崎保広著
大伴旅人　鉄野昌弘著
県犬養橘三千代　義江明子著
山上憶良　稲岡耕二著
道慈　曾根正人著
行基　井上薫著
橘諸兄　中村順昭著
光明皇后　林陸朗著
鑑真　安藤更生著
藤原仲麻呂　岸俊男著
阿倍仲麻呂　森公章著
道鏡　横田健一著
吉備真備　宮田俊彦著
早良親王　西本昌弘著
佐伯今毛人　角田文衛著
和気清麻呂　平野邦雄著
桓武天皇　村尾次郎著
坂上田村麻呂　高橋崇著
最澄　田村晃祐著
平城天皇　春名宏昭著
藤原冬嗣　虎尾達哉著
仁明天皇　遠藤慶太著
橘嘉智子　勝浦令子著
円仁　佐伯有清著
伴善男　佐伯有清著
清和天皇　神谷正昌著
円珍　佐伯有清著
菅原道真　坂本太郎著
聖宝　佐伯有清著
三善清行　所功著
藤原純友　松原弘宣著
紀貫之　目崎徳衛著
小野道風　山本信吉著
良源　平林盛得著
藤原佐理　春名好重著
紫式部　今井源衛著
慶滋保胤　小原仁著
一条天皇　倉本一宏著
大江匡衡　後藤昭雄著
源信　速水侑著
源頼光　朧谷寿著
藤原道長　山中裕著
藤原行成　黒板伸夫著
藤原彰子　服藤早苗著
源頼義　元木泰雄著
清少納言　岸上慎二著
和泉式部　山中裕著
源義家　安田元久著
大江匡房　川口久雄著
奥州藤原氏四代　高橋富雄著
藤原頼長　橋本義彦著
藤原忠実　元木泰雄著
源頼政　多賀宗隼著
平清盛　五味文彦著
源義経　渡辺保著
西行　目崎徳衛著
後白河上皇　安田元久著
千葉常胤　福田豊彦著
源通親　橋本義彦著
文覚　山田昭全著
藤原俊成　久保田淳著
畠山重忠　貫達人著
法然　田村圓澄著
栄西　多賀宗隼著
北条義時　安田元久著

大江広元　上杉和彦著
北条政子　渡辺保著
慈円　多賀宗隼著
明恵　田中久夫著
藤原定家　村山修一著
北条泰時　上横手雅敬著
道元　竹内道雄著
北条重時　森幸夫著
親鸞　赤松俊秀著
北条時頼　高橋慎一朗著
日蓮　大野達之助著
阿仏尼　田渕句美子著
北条時宗　川添昭二著
一遍　大橋俊雄著
叡尊・忍性　和島芳男著
京極為兼　井上宗雄著
金沢貞顕　永井晋著
菊池氏三代　杉本尚雄著
新田義貞　峰岸純夫著
花園天皇　岩橋小弥太著
赤松円心・満祐　高坂好著
卜部兼好　冨倉徳次郎著
覚如　重松明久著
足利直冬　瀬野精一郎著
佐々木導誉　森茂暁著
二条良基　小川剛生著
細川頼之　小川信著

足利義満　臼井信義著
今川了俊　川添昭二著
足利義持　伊藤喜良著
世阿弥　今泉淑夫著
上杉憲実　田辺久子著
山名宗全　川岡勉著
経覚　酒井紀美著
一条兼良　永島福太郎著
亀泉集証　今泉淑夫著
蓮如　笠原一男著
宗祇　奥田勲著
尋尊　安田次郎著
万里集九　中川徳之助著
三条西実隆　芳賀幸四郎著
大内義隆　福尾猛市郎著
ザヴィエル　吉田小五郎著
三好長慶　長江正一著
今川義元　有光友學著
武田信玄　奥野高広著
朝倉義景　水藤真著
浅井氏三代　宮島敬一著
里見義堯　滝川恒昭著
上杉謙信　山田邦明著
織田信長　池上裕子著
明智光秀　高柳光寿著
大友宗麟　外山幹夫著
千利休　芳賀幸四郎著

松井友閑　竹本千鶴著
豊臣秀次　藤田恒春著
ルイス・フロイス　五野井隆史著
足利義昭　奥野高広著
前田利家　岩沢愿彦著
長宗我部元親　山本大著
安国寺恵瓊　河合正治著
石田三成　今井林太郎著
黒田孝高　中野等著
真田昌幸　柴辻俊六著
最上義光　伊藤清郎著
前田利長　見瀬和雄著
高山右近　海老沢有道著
島井宗室　田中健夫著
淀君　桑田忠親著
片桐且元　曽根勇二著
徳川家康　藤井讓治著
藤原惺窩　太田青丘著
支倉常長　五野井隆史著
徳川秀忠　山本博文著
伊達政宗　小林清治著
天草時貞　岡田章雄著
立花宗茂　中野等著
宮本武蔵　大倉隆二著
小堀遠州　森蘊著
徳川家光　藤井讓治著
由比正雪　進士慶幹著

佐倉惣五郎　児玉幸多著
林羅山　堀勇雄著
松平信綱　大野瑞男著
国姓爺　石原道博著
野中兼山　横川末吉著
保科正之　小池進著
隠元　平久保章著
徳川和子　久保貴子著
酒井忠清　福田千鶴著
朱舜水　石原道博著
池田光政　谷口澄夫著
山鹿素行　堀勇雄著
井原西鶴　森銑三著
松尾芭蕉　阿部喜三男著
三井高利　中田易直著
河村瑞賢　古田良一著
徳川光圀　鈴木暎一著
契沖　久松潜一著
市川団十郎　西山松之助著
伊藤仁斎　石田一良著
徳川綱吉　塚本学著
貝原益軒　井上忠著
前田綱紀　若林喜三郎著
近松門左衛門　河竹繁俊著
新井白石　宮崎道生著
鴻池善右衛門　宮本又次著
石田梅岩　柴田実著

太宰春台　武部善人著
徳川吉宗　辻達也著
大岡忠相　大石学著
賀茂真淵　三枝康高著
平賀源内　城福勇著
与謝蕪村　田中善信著
三浦梅園　田口正治著
毛利重就　小川國治著
本居宣長　城福勇著
山村才助　鮎沢信太郎著
木内石亭　斎藤忠著
小石元俊　山本四郎著
山東京伝　小池藤五郎著
杉田玄白　片桐一男著
塙保己一　太田善麿著
上杉鷹山　横山昭男著
大田南畝　浜田義一郎著
只野真葛　関民子著
小林一茶　小林計一郎著
大黒屋光太夫　亀井高孝著
松平定信　高澤憲治著
菅江真澄　菊池勇夫著
鶴屋南北　古井戸秀夫著
島津重豪　芳即正著
狩谷棭斎　梅谷文夫著
最上徳内　島谷良吉著
遠山景晋　藤田覚著

渡辺崋山　佐藤昌介著
柳亭種彦　伊狩章著
香川景樹　兼清正徳著
平田篤胤　田原嗣郎著
間宮林蔵　洞富雄著
滝沢馬琴　麻生磯次著
調所広郷　芳即正著
橘守部　鈴木暎一著
黒住宗忠　原敬吾著
水野忠邦　北島正元著
帆足万里　帆足図南次著
江川坦庵　仲田正之著
藤田東湖　鈴木暎一著
二宮尊徳　大藤修著
広瀬淡窓　井上義巳著
大原幽学　中井信彦著
島津斉彬　芳即正著
月照　友松圓諦著
橋本左内　山口宗之著
井伊直弼　吉田常吉著
吉田東洋　平尾道雄著
緒方洪庵　梅溪昇著
佐久間象山　大平喜間多著
真木和泉　山口宗之著
高島秋帆　有馬成甫著
シーボルト　板沢武雄著
高杉晋作　梅溪昇著

川路聖謨　川田貞夫著
横井小楠　圭室諦成著
小松帯刀　高村直助著
山内容堂　平尾道雄著
江藤新平　杉谷　昭著
和宮　武部敏夫著
西郷隆盛　田中惣五郎著
ハリス　坂田精一著
森有礼　犬塚孝明著
松平春嶽　川端太平著
中村敬宇　高橋昌郎著
河竹黙阿弥　河竹繁俊著
寺島宗則　犬塚孝明著
樋口一葉　塩田良平著
ジョセフ＝ヒコ　近盛晴嘉著
勝海舟　石井　孝著
臥雲辰致　村瀬正章著
黒田清隆　井黒弥太郎著
伊藤圭介　杉本　勲著
福沢諭吉　会田倉吉著
星亨　中村菊男著
中江兆民　飛鳥井雅道著
西村茂樹　高橋昌郎著
正岡子規　久保田正文著
清沢満之　吉田久一著
滝廉太郎　小長久子著
副島種臣　安岡昭男著

田口卯吉　田口　親著
福地桜痴　柳田　泉著
陸羯南　有山輝雄著
児島惟謙　田畑　忍著
荒井郁之助　原田　朗著
幸徳秋水　西尾陽太郎著
ヘボン　高谷道男著
石川啄木　岩城之徳著
乃木希典　松下芳男著
岡倉天心　斎藤隆三著
桂太郎　宇野俊一著
徳川慶喜　家近良樹著
加藤弘之　田畑　忍著
山路愛山　坂本多加雄著
伊沢修二　上沼八郎著
秋山真之　田中宏巳著
前島密　山口　修著
成瀬仁蔵　中嶌　邦著
前田正名　祖田　修著
大隈重信　中村尚美著
山県有朋　藤村道生著
大井憲太郎　平野義太郎著
河野広中　長井純市著
富岡鉄斎　小高根太郎著
大正天皇　古川隆久著
津田梅子　山崎孝子著
豊田佐吉　楫西光速著

渋沢栄一　土屋喬雄著
有馬四郎助　三吉　明著
武藤山治　入交好脩著
坪内逍遙　大村弘毅著
山室軍平　三吉　明著
阪谷芳郎　西尾林太郎著
南方熊楠　笠井　清著
山本五十六　田中宏巳著
中野正剛　猪俣敬太郎著
三宅雪嶺　中野目　徹著
近衛文麿　古川隆久著
河上肇　住谷悦治著
牧野伸顕　茶谷誠一著
幣原喜重郎　種稲秀司著
御木本幸吉　大林日出雄著
尾崎行雄　伊佐秀雄著
緒方竹虎　栗田直樹著
石橋湛山　姜　克實著
八木秀次　沢井　実著
森戸辰男　小池聖一著

▽以下続刊